中国政府出版品国际营销平台精选图书·文学书系　　　王昕朋 主编

类似于自由落体

Similar to Free Fall

朱 辉 著

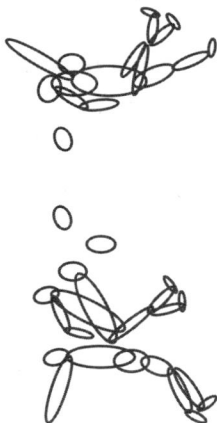

中国言实出版社

图书在版编目（CIP）数据

类似于自由落体 / 朱辉著 . -- 北京：中国言实出版社，2021.6

（中国政府出版品国际营销平台精选图书·文学书系 / 王昕朋主编）

ISBN 978-7-5171-3354-4

Ⅰ.①类… Ⅱ.①朱… Ⅲ.①中篇小说—小说集—中国—当代②短篇小说—小说集—中国—当代 Ⅳ.① I247.7

中国版本图书馆 CIP 数据核字（2021）第 092983 号

出 版 人　王昕朋
责任编辑　张国旗　李昌鹏
责任校对　代青霞

出版发行　中国言实出版社
　　　　　地　　址：北京市朝阳区北苑路 180 号加利大厦 5 号楼 105 室
　　　　　邮　　编：100101
　　　　　编辑部：北京市海淀区花园路 6 号院 B 座 6 层
　　　　　邮　　编：100088
　　　　　电　　话：64924853（总编室）　64924716（发行部）
　　　　　网　　址：www.zgyscbs.cn
　　　　　E-mail：zgyscbs@263.net
经　　销　新华书店
印　　刷　北京温林源印刷有限公司
版　　次　2021 年 7 月第 1 版　2021 年 7 月第 1 次印刷
规　　格　880 毫米 ×1230 毫米　1/32　9.125 印张
字　　数　180 千字
定　　价　58.00 元　　　ISBN 978-7-5171-3354-4

有风骨讲美学接通全球

——"中国政府出版品国际营销平台精选图书·文学书系"总序

王昕朋

　　中国言实出版社是国务院研究室主管主办的国家级出版单位，出版定位是：主要出版党和国家重大政策的研究成果以及相关的辅导读物。1995 年成立以来，我们一直坚持这一出版定位，围绕党和国家中心工作开展出版活动，因而，国内外读者很少见到由中国言实出版社出版的文学类图书。但是，近几年文学界对中国言实出版社已不陌生。这源于出版理念的一次变革。习近平总书记在文艺工作座谈会上的重要讲话指出："一部小说，一篇散文，一首诗，一幅画，一张照片，一部电影，一部电视剧，一曲音乐，都能给外国人了解中国提供一个独特的视角，都能以各自的魅力去吸引人、感染人、打动人。"这给了我们启示、启迪，文学也是讲好中国故事、传播中国好声音的重要途径。所以，我们也用心、用功、用力打造文学板块，并将它推向世界。2018 年 8 月,由中国言实出版社出版的李春雷报告文学作品《朋友——习近平与贾大山交往纪事》获第七届鲁迅文学奖,同时入选"丝路书香"出版工程在国外出版,于是文学界发现,中国言实出版社在文学出版领域同样有不俗的表现。中国言实出版社的文学图书品种少而精,中国文学的声音在通过中国言实出版社持续传播到海外,承载着文化和文学信息的《温文尔雅》翻译成英文、日文、俄文、德文、法文、意大利文、西班牙文、葡萄牙文、阿拉伯文等多种语言向全球推介,英文版、中文繁体版荣获第十三届"输出版引进版优秀图书"奖,长篇小说《京西胭脂铺》一举登榜"中国图书世界馆藏影响力图书 20 强"。付秀莹、金仁顺、乔叶、魏微、滕肖澜、叶弥、戴来、阿袁等 8 位"当代中国最具实力女作家"的作品集同时推出,之所以在名称中冠以"中国"二字,是出于对外推介的考量,其中付秀莹、魏微、戴来等人的小说集后来入选"经典中国"项目在美国出版,产生良好反响。

近年来,中国言实出版社加快国际出版步伐,与英、美、日等多家国外出版单位建立战略合作关系,近百名当代中青年作家的作品陆续推介到美国纽约、日本东京、德国法兰克福等多个国际书展,被多个国家的图书馆收藏,图书受到国外图书界关注,连续 6 年入选中国图书世界馆藏影响力百强出版单位。2015 年经财政部批准立项,中国言实出版社建设并主办中国政府出版品国际营销平台,为推动"文化走出去"提供支持。2020 年,有感于体量庞大的中国当代文学无法快捷地被全球关注所带来的传播学遗憾，有感于年度文学选本出版周期较长，有感于众多具有潜力、实力、影响力的青年作家的作品没有很好的对外传播渠道，中国言实出版社整合资源，决定专门为中国政府出版品国际营销平台的文学板块打造出一种比年度选本出版周期短、对当代文学创作反应更为灵敏的季度文学选本。《中国当代文学选本》应运而生，书名由王蒙题写，选稿编委梁鸿鹰、李少君、王干、付秀莹、古耜皆为业内名家行家，所选作品为国内新近发表的文质兼美的力作。作为一种有公信力的季度文学选本，《中国当代文学选本》因"让国外读者快捷阅读当代中国文学精品"的窗口作用，以及"为中国作家走向世界铺筑交流合作桥梁"的桥梁作用，受到作家、汉学家、国内外读者一致好评。《中国当代文学选本》传播中国声音，讲述中国故事，产生良好社会效益。有鉴于此，中国言实出版社决定打造这套"中国政府出版品国际营销平台精选图书·文学书系"。

出版社并不承担培养作家的使命，但是这套"中国政府出版品国际营销平台精选图书·文学书系"的入选作品多是出自青年作家之手，原因在于，我们始终关注着中国当代文学最具活力与实力的鲜活部分，求取风骨与审美的统一，始终在精心遴选极具当代性的中国文学好声音，始终把推动中国当代文学与全球接通作为出版人的责任，这套"中国政府出版品国际营销平台精选图书·文学书系"的入选作家和作品便是如此。有风骨、讲美学，是选取这套丛书的思考维度。"有风骨"是要对民族精神有所反映，要为人民而文学，要关怀民生，帮助读者把无病呻吟、凌空蹈虚的作品以独特筛选眼光来淘汰掉；而"讲美学"是指中国言实出版社遴选书稿时看重作品的文本质量，内容和形式互为表里，是为美。美为作品飞向全世界插上翅膀，中国言实出版社人始终认为，美是全人类可通融的共同语言，有风骨、讲美学才能接通全球，成为文学精品。这些优秀作品里，都跳动着时代的脉搏，展现着当代中国日新月异的面貌，蕴含着深厚的文化自信。出版是文学生产的终端，对于中国言实出版社而言是文学传播的开始。中国言实出版社将始终秉持"好作品主义"，重视名家不薄新人，盘点、整合中国文学资源，积极开展对外译介和推广工作，自觉地将有风骨、讲美学的文学精品作为永不改变的出版追求。

2020 年 12 月

目　录
CONTENTS

夜晚的盛装舞步

　　他们分手已经八年。这八年音讯全无。后来他听说辛夷在美国离婚了。出乎意料的是，有一天，她突然回来了。可以想见，他们鸳梦重温。

　　妻子朱夷是粗心的，孔阳原本不喜欢她这一点，现在却觉得这是个好品质。这样的品质给孔阳的身体，给他的思想，都提供了太多的自由空间。

　　孔阳很想问问辛夷，如果他们当年结婚了，现在是什么样？但每一次话到嘴边他都失去了勇气。辛夷可是一个沧桑过的人，她如果不想回答，她可以嘻嘻哈哈地和你打岔，甚至会找个问题来反问你，让你先说；也许她认了真，暗暗地恼了，她还会反唇相讥：你什么时候和我结婚啦？你目前是不是有这个打算啊？——那他岂不是引火烧了身？

辛夷是他隐秘的温暖，而她总是在他需要温暖的时候给予他。

这一次重逢，他从未见过辛夷愁苦的表情。她永远机智明快，也不缺乏他所迷醉的必要的疯狂。他们的约会总是在夜晚，也从来没有第三人知晓，所谓"单刀赴会"——这是一个奇异的词语，带有一种神秘的、略带夸张的快乐。它令你感到一种张力，一种期待，还有一点色情。他们将要会面，在床上斗法，在此之前或许先要斗斗嘴皮子。把这个词语用于约会是辛夷的首创。在孔阳的印象里，以前好像都是他主动去约辛夷，但那天她打来一个电话，约他去看一场歌舞晚会。他立即答应了，有一种意外之喜，因为他们已经有好几天没有见面了。按约定，晚上七点，市体育馆，他们各自出发，"单刀赴会"！

辛夷还叮嘱他："你能不能带个望远镜，最好是军用的。"孔阳"扑哧"笑了出来：这还真的像是去打仗啊？他答应了，但有点犯嘀咕。望远镜他家里有一个，是以前给儿子迪迪买的，在迪迪放玩具的抽屉里，但要把它带出去，且不说迪迪会有意见，万一朱臾知道了也会起疑心。他先要把迪迪送到外婆家，晚上出去的理由是单位有应酬，可谁要带着望远镜去吃饭呢？桌子有那么大吗？你有那么长的筷子吗？他迟疑着，出门之前支开迪迪，飞快地把望远镜塞进了口袋。

入场券在辛夷手里，他们需要先会合。因为要就着辛夷来的方向，孔阳和她约好，在南门左侧的花圃那儿等；南门相对背一点，人不那么多，也不至于太扎眼。他把迪迪安顿好，让他在外婆家做作业，提前二十分钟打车到了那里。体育馆建在山上，灯火通明，像个硕大无朋的飞碟，好像随时可以飞出去。上山的台阶很长，孔阳随着人流慢慢地往上走。平时还不觉着什么，一上山就觉得腿有点酸，他喘着粗气，突然想起了一首卡拉OK里常听到的歌，叫《小和尚下山》的，说的是小和尚从来没有下过山，有一天偷偷下山来，却闹出不少笑话，因为师父曾经吓唬他，山下有老虎，系花巾，穿花袄，可小和尚见了"老虎"，却觉得"老虎"可爱得不得了。孔阳停下脚，松松发酸的腿，微微笑了。小和尚是下山见虎，他今天是上山会虎——突然想起现在卡拉OK里常唱的京剧《打虎上山》，不由得乐了。

出乎意料的是他在台阶上就遇到了辛夷。眼睛在无意中一瞥，他就看见辛夷正站在两段台阶的连接处，等着买矿泉水。他悄悄踅过去，等着辛夷把水拿到手上，轻轻从后面伸手拔出一瓶道："哈，我渴死了，真是大旱得甘霖！"辛夷吓了一跳，回头见是他，气恼地道："好啊，我正嫌累赘哩，你拿着！"把另一瓶也塞到他手上。

辛夷穿着一件栗色的风衣，衬得脸越发的白，个子也显得比平时高一些。周围是移动的人流。孔阳悄悄碰碰她，玩笑地把手臂递过去，眼睛朝一对手挽手的年轻情侣身上一扫。辛夷含笑着"去"一声，迈开步子就上了前。她的风衣下摆一闪一闪，老远都能看到。

辛夷站在花圃边，等他过来，问："要不是刚才遇到我，你打算在哪里等我？"

孔阳道："就在这里呀。"

"我问你准备在哪边等。这边，还是那一边？"

"我就在这边。"

"哈，错了，"辛夷笑道，"我肯定是在那边。"

南面大门的两边各有一个对称的花圃，相距还比较远，如果隔着进大门的人流，一般看不见对面。孔阳道："我们不是说好在南门左边吗，这不是左边啊？"

"这也可以说是右边，"辛夷笑道，"你面对着大门这边就是左边，如果反过来背着大门，这边就是右边——我都懒得跟你说了，你其实已经明白了，现在是在抬杠。"

孔阳道："我们是老实人，左啊右啊都被你搞昏了，"他把脸往辛夷面前一凑，双目灼灼道，"我们只会正着看。"

辛夷把脸侧开道："所以两个人相约，即使双方都信守了约定，可能还是会错过——告诉你，这是政治啊。"

孔阳道："我可不懂政治，我只懂一点点的爱情，"他突然想起了时隔多年后辛夷的不期而至，"要是两个人约错了，一个记的是左，另一个记的是右，站的方位又正好相反，倒反而能如期相遇。"

"狡辩！"辛夷道，"你这种人大大的狡猾，你肯定是站在中间的大路上等，左拥香草右抱美人，左右兼顾，哪边也不错过。"

孔阳吓了一跳，仿佛睡在梦中，突然有人把他身上的被子掀了。他红了脸，幸亏在那样的灯光下别人看不出，笑道："总之你是正反都有理，我是左右不是人。"他夸张地叹着气，"要是你早生几年，参加当年反右派，我怎么着也是在劫难逃啰。"

因为时间宽裕，他们就这么彼此消遣着，直到找到座位，演出开始。

他们的座位不算好，在八区的最后一排。因为票是辛夷弄来的，孔阳安慰她，这种票最好，不但可以看台上，还可以看观众。又亮出望远镜，说反正有这个。晚会是一家做宝石的企业赞助的，因为财大气粗，有很多不大不小的领导来捧场，都坐在贵宾席。晚会名为"梦翡翠之夜"，梦翡翠想翡翠，他们是不是人人都已得了一个上好翡翠，别人看不出，但他们个个都戴着一副墨镜，这倒是很显眼。为什么晚上还要戴这东西，实在是令人费解，白天戴上墨镜，天立时就黑了，晚上还戴着，那就是双重黑夜，莫不是他们不是来看演出，倒是引观众来看他们？但老实说，除了使人误以为来了一排盲人，看不出有什么别的效果——但是盲人干吗还来看演出？看得见吗？这不通啊！

总而言之还是为了一块翡翠。孔阳遥指那些领导对辛夷说："你看看，那排墨镜，我明白了。"

"什么？"

"我明白他们为什么要戴墨镜了。"

辛夷抬头看一看道："我也知道，"她哧哧笑着说，"他们是为了防止精神污染，因为今天晚上有艳舞。"

"不对，秘密就在墨镜上，"孔阳嘿嘿笑道，"那镜片是翡翠做的，就是他们今天的出场费，一人一副。真要有艳舞，我保证他们一定把墨镜摘了！"

这当然都是开玩笑。辛夷道："你以为人家都像你呀？你说到艳舞，我倒找到原因了——"孔阳打断她说："我没说艳舞，是你说的。"——"好好，是我说的，我说的又不是我跳的，你急什么？"辛夷一副研究问题的神色，"领导都是公众人物，他们其实都不喜欢摄像机，怕上电视，所以他们要戴墨镜。"

"上电视怎么啦？这不是很风光吗？"孔阳倒真疑惑了。

"如此看来呀，你还没有彻底变坏，"辛夷款款道，"领导也是人，有欲望的男人，他们会不会去夜总会、洗头房，会的是吧？——他敢不敢告诉小姐他是谁，是某某领导，不敢对不对？——那他还愿意上电视啊？人家小姐也是人，小姐也会看演出哩！"

"高，实在是高！你很可怕。"孔阳如醍醐灌顶，茅塞顿开。他以前在电视上看见大小领导出席仪式时常戴个墨镜，也感到奇怪，还以为他们是模仿外国总统的保镖，是领导层流行的新潮流，辛夷此言一出，豁然开朗。他在下面拍拍辛夷大腿，叹气道："我们是规矩男人，所以看不懂。"

"你规矩吗？"辛夷说得高兴，手突然往前一指，"规矩男人，摄像机照过来了！"

远处是有个记者，扛个摄像机，正在拍观众的场面。孔阳笑道："反正不是朱夷，她不扛摄像机。"

"她扛火焰喷射器，"辛夷继续吓唬他，"你现在也怕上电视了吧？为了以防万一，我建议你明天把你们家电视弄坏掉。"

"去你的。我再坐高一点，谁来拍？"孔阳正正身子道，"茫茫人海，我算老几？"话虽这么说，他心里还是有点乱了。朱臾早上到电视台就没有再联系过，不晓得她会不会来这里赶场子。辛夷看他尴尬，哧地笑了一下。

体育场人非常多，他们的位置也不显眼，什么样的镜头都不需要他们做代表，危险其实是没有的。所以他们的话只是成熟男女之间的调笑。有的时候玩一点小火也是温暖的。他们话说多了，暂时沉默下来，周围也渐渐安静了。一个领导讲了几句简单的话（扶一扶鼻子上的墨镜），灯光就暗了。演出开始了。

这是一台类似于拼盘大杂烩的演出，既有歌舞，也有曲艺、魔术、杂耍，中间还插了两段时装表演，因为着了泳装，倒真像是孔阳他们提到的艳舞。就连主持人也是杂拼的，一个小有名气的男配音演员，加一个金发碧眼的美国姑娘。那美国姑娘操一口流利的中国话，自我介绍说她的中国名字叫"爱石"，就是热爱石城的意思，弄得底下的石城观众一阵鼓噪；她这几句表白刚完，那配音演员端着洋腔洋调的中国话说，大家可能不知道，"爱石"其实还有很多名字，她在石城叫"爱石"，在杭州叫"爱杭"，到了上海就叫"爱沪"，上次钱塘江观潮晚会，大家知道她叫什么吗？对了，她叫"爱钱"！

全场观众轰笑着，气氛是活起来了。那"爱石"或是爱别的什么应该是能听懂的，却并不生气，只朝她的搭档啧了一眼。那配音演员意犹未尽，接着说："我和爱……爱……爱石小姐配合很久了，所以领略了她很多的名字，"他突然以手加额侧开身子悄悄地说，"上个月我们到人民大学演出，你们能猜出她叫什么吗？——"

底下轰然作答："爱人！"

孔阳皱着眉头道："这是什么乱七八糟的东西？！"

那洋腔洋调突然变成了中央台播音员一样正经的声音："爱石小姐爱天爱地，爱东爱西，她爱的其实就是我们脚下的土地，她爱的，是——中国！"这伙计好本事，话头一甩就过来了，"下面请大家欣赏著名歌星××的演唱，《我的中国心》！"

这歌星颇有名气，号称"金童"，那时候大家还不知道他是同性恋，以后还会被他的"爱人"扎一刀。他歌唱得还好，稍有点跑调，说明是真唱。那天晚上他端了架子，唱了一个就下去了，连美国小姐都没拦住。那时候真是中国演艺界的黄金时光，一个个出来都光彩照人，至少紧接着出场的"玉女"也还没暴露她被走私大亨包养的底细，她在聚光灯的烘托下，端的是流光溢彩，亭亭玉立。她先唱一首《爱拼才会赢》，又唱一首《珍珠玛瑙》，很乖巧地和晚会扣了题，可见"玉女"的性格很随和，并不自尊自贵，一辆"保时捷"真的是能搞定的。

这晚会因为杂七杂八，十全大补，把串场的两个主持人忙得不轻。他们插科打诨，东拉西扯，拼命把那些毫不相干的节目往起来串，一不留神，那"爱石"的外国口音就露出来了，这下那配音演员不论是操洋腔洋调，还是纯正汉语，跟她一配都显得好笑。辛夷拿着望远镜看了一会儿，轻声道："我就不信她是美国人——她是新疆人，要么就是俄国人。"

"俄国人也是外国人。"

辛夷道："反正不是美国人。"

孔阳道："美国人就高级呀？好，好，她不是美国人，你是美国人，从美国回来的人。"正这么说着，舞台上又上来了几个黑人，边唱边舞，活蹦乱跳，闹腾得人耳朵都有点吃不消。辛夷把望远镜递给孔阳，笑道："我可没说美国人高级，这几个人我就受不了。"

"为什么？"

"他们太黑了，我害怕在路上他们一蹭到我，我的衣服就会有一块黑。"辛夷笑道，"其实我这是偏见。有些黑人其实是很体面的，很干净。"

孔阳觉得好笑，莫名其妙又起了醋意，加油添酱地道："你怎么不想到他们洗澡？黑乎乎的，一站起来，那浴缸里的水立即就成了墨汁！"

辛夷一敲他的手臂，骂道："你太恶毒！在美国你这样是要吃官司的！"

"所以我不去美国啊。"

灯光迷幻的舞台上不时还喷出一阵白雾，海市蜃楼一般，他们就这么轻轻地聊着，仿佛在云端里看着西洋景。他们看到什么都有话说，什么都好笑。上来一个歌星，男的，长发披肩，唱歌时喜欢闭眼，辛夷笑话他是气不够，闭眼是为了防止跑气。又来了一个舞星，秃瓢，跳得大汗淋漓，正舞得性起，突然台上喷出大团的液态氮，立时雾失楼台，还有点刺鼻子，孔阳用望远镜看着那舞星汗湿得鳗鱼似的身体，笑着说那味儿是他的脚丫子臭……体育场里很嘈杂，别人听不到他们说话，他们自己窃窃地笑。每一个节目结束全场都是灯光大亮，抬眼四看，碗形的看台上全部都是人，每人一头黑发，黑压压的一片。不知谁扔出一个纸飞机，在看台上盘旋，人群呼啦站起来了，像波浪一样跟着纸飞机涌动。孔阳看得惊心动魄，幸亏那纸飞机飞了个圈子就落下去了，人浪没有涌到他们这边。孔阳刚要说这飞机难不成是百元钞票折的呀，这么起劲，辛夷道："这时候要是来一个巨人就好玩了。"

"什么巨人？"孔阳有点摸不着头。

"一个巨大的外星人啊，"辛夷道，"一看到这样的场面，还有足球赛，我就会想到这些看台上的人真像是碗壁上的肉末，不管他们吃的什么穿的什么，不管是男是女，你说像不像肉末？——"孔阳插话说："你这是巨人的眼光。""我就是巨人啊，"辛夷说，"我从天上下来，看到这个闪亮的房顶，抬手一拨，山崩地裂，然后用手指在碗边这么一抹，往嘴里一送——喷，地球人，味道不错！"她嘻嘻笑着，小巧的嘴唇还抿了一抿。

孔阳听得呆了。天知道这个小巧精致的脑袋里想了些什么，天知道她曾经经历了一些什么。看看周围，那些"肉末"们已经安静下来，等待着下一个节目，浑不知刚才已有人在言谈里吃过他们一回。孔阳悻悻地笑道："以前你没来，我在心里用望远镜看你、盼你，现在我发现我应该用显微镜看你。"

"吓着你了吧？"辛夷道，"不过你可不能用显微镜看我哟，你会看到毛孔，看到细菌的。"

"那就用 X 光机。"

"那更不行，那更会吓着你的，"辛夷微笑道，"你只能看到一个骨架！"她伸手轻柔地摸摸孔阳的脸道，"什么都要讲个分寸，X光最不懂分寸——你要看我，只能用你的这一双色眼。"

孔阳夸张地瞪瞪他的眼睛。灯光暗下去了，只有下方的舞台上还明如白昼。观众们久已期待的那个摇滚歌星登场了，他是今晚真正的主角。怒涛般的音乐响起来了，歌星晃动他肥硕的身体唱起来了，观众们一片一片，最后连成了片，也唱起来了。

唱着唱着，看台上闪起了点点灯火，那是观众们的打火机。小小的火苗闪烁着，随着节奏晃动着，仿佛夜晚海洋里的萤火。孔阳也站着，因为不站起来他看不见舞台。突然他像被火烫了似的哆嗦了一下。他的手上并没有打火机，辛夷奇怪地问："你怎么啦？"

孔阳摇摇头，表示没什么，示意她看演出。那片灯火让他想起了柔桑，他的妻妹。她得了癌症，现在还住在医院里。他家里有个小巧的手电筒，是柔桑以前看演出领的，拿在手上舞。现在却不知放哪里去了。他突然觉得一阵内疚。好像柔桑已经死了，他丢失了她的遗物。

在巨浪似的歌声中，他仿佛正在往海里沉。好不容易那歌星唱罢，他木然坐了下来。灯光亮了，所有的脸都红扑扑的。他不想让辛夷看出他的情绪，搭讪着拿过了辛夷膝上的望远镜。

辛夷翻看着手中的节目单。孔阳却没有心思再去关心节目。他举着望远镜随意地看着舞台。舞台黑着，他可以看见工作人员正在忙碌；一队模特儿正等着上台，你打我一下，我推你一把，嬉笑着，聚光灯一亮她们就会一本正经。他抬起镜头朝对面的看台上看。一片的人，一个个的人，他可以清晰地看见他们每个人的脸，不同的穿着，各自的表情，只是听不见他们说话的声音。

会看见熟人吗？这个念头刚一闪过，他的心突然咯噔了一下，望远镜定住了——

他看到了朱夬。

她正和身边的一个男人说话，言笑晏晏，看上去兴致很高。孔阳调了一下焦距：那个男人他认识，就是朱夬的搭档。

他们身边看不到摄像器材，看来不是来工作的。他们是记者，有路子，票比这边要好得多。孔阳莫名其妙地，竟为这个感到了嫉妒。他举着望远镜，继续注视着对面。他浑身冰冷，四处冲突的血液激得他的手微微发抖。

一进体育馆孔阳就说了，今天不光可以看台上，还可以看观众，没想到真的随便一看，倒看得惊心动魄。朱夬不知说着什么有趣的东西，左右两个男女都在笑，她自己却一本正经，颇似一个讲笑话的高手。她显然刻意打扮过，淡扫蛾眉，薄敷腮红，身上的那件黑色的羊绒上衣也是她这个季节最贵的衣服，去年端午节他们逛街时买的。朱夬本不算白，给那衣服一衬，确实白皙动人：买衣服时朱夬原本嫌贵，正是孔阳说的这个理由让她下了决心。那天他们心情好，花了不少钱，除了衣服，还给迪迪买了个望远镜。望远镜虽然很小巧，却有十二倍，所以对面看台上的朱夬，就跟坐在面前差不多。他听不见她说话，却能清晰地看见她面部的所有细节，她的眉眼，她翕动的嘴唇，她耳廓下的那颗痣……

这颗痣是在左边吗？好像是在右边的吧？莫非它会移，或者他根本就是记错了——这竟又是个左和右的问题，实在是有点滑稽可笑了。但孔阳笑不出来，他有些犯迷糊。衣服和望远镜是同一天买的，可谁能想到，它们此刻却各踞一方，遥相对应？这是否暗示，今天的这一幕，在一年以前的那一天，就已经安排好了？

孔阳看得痴了。辛夷在一旁捅他一下道："你看什么呢，艳舞还没开始哩。"

他放下望远镜，揉揉眼睛，好像是有点累了。所谓艳舞，他完全没有兴趣，只偶尔敷衍地看看。时装表演一结束，他又若无其事地把望远镜拿了过来。

他们还在那儿。现在是那个搭档在说话。孔阳只知道那个人姓扬，图个顺口，一直叫他搭档。搭档，搭档，听起来就不是个好词，像是联手作案的。

他的心彻底地乱了。

柔桑病得七死八活，她这个做姐姐的竟还有心思来看演出！孔阳感到不可思议，怒火中烧。晚会结束后从体育场出来，孔阳在台阶上东张西望，他现在倒不怕遇到朱夬，如果正巧碰到，他想自己一定有勇气面对她，质问她。他自己是带了个女人，但她不也带了个男人？大家彼此彼此，半斤八两，谁也不要去指摘谁。说不定这时候揭破真相，倒是个最好的时机哩——也许他这样想，也正因为他明白其实他们是不可能碰上的。人海茫茫，这艘船遇不到那艘船。他做出找人的样子，只是因为他心里暂时失去了内疚。真要惹事，他和朱奂都有手机，举手之间，他就可以找到她——这时候身后的某一个地方突然有手机响了，他吓了一跳，仓皇四顾——原来是一个不相干的女人，她停下脚，正在接电话。孔阳暗自苦笑一下。如果他手机打出去，没准朱奂的手机就真的在他不远的地方响起来。要那样，可真是乱了套了。

但他眼前抹不掉望远镜里看到的那个场面。看来有些事情在不知不觉中早已发生了，只不过没有揭破，也不能揭破，各过各的。看来他真正应该后悔的是他今天不该来看晚会，来了也不该带什么望远镜。眼不见，心也就不烦了。辛夷让他带"军事望远镜"，虽说是个玩笑，隐隐中倒也说明，今晚的望远镜就和冲突有关。他虽然没有机会发作，但硝烟在他心里。

他低着头闷闷不乐地走着。人流渐渐稀疏一些了，他突然想起应该和辛夷说说话，抬眼一看，却不见她的影子。正错愕间，有谁在后面拍了他一下肩。他大吃一惊，稳稳神，镇定地缓缓转过身体。

"把我弄丢了吧？我看你散了神，试试你还会不会想起我。"

"我怎么散了神？"孔阳道，"我是意外地看到了一个人。你猜猜是谁？"

"我不猜。和我不相干。"

"我看到了一个女人。"

"就是用望远镜看到的吧，"辛夷冷冷地说，"难道她穿得比那些模特儿还少？"

"看看，吃醋了吧。"

"我吃什么醋，你才吃醋，"辛夷讥诮地说，"这个女人和你关系不一般，她和男朋友在一起，那个男的你也认识对不对？"

孔阳"呀"一声，夸张地赞道："你好厉害，火眼金睛！"他的脸色渐渐凝固了，轻声说："我见到了朱奂。"

辛夷猛然回头，怔怔地盯住他。话一出口孔阳就后悔，他又何必要说？但是他又说："她和她的搭档，坐在观众席上。"

"哦，不就是同事嘛，"辛夷道，"你不要乱想。什么事都不要想当然。人家看到我们这么走着，还以为我们是夫妇呢，其实我们不是。"

孔阳觉得她有点不讲理，无言对答。他苦笑一下，不再说话。山下的停车场那儿，密密麻麻的自行车大半已经走了。一个小伙子晃着膀子走过去，从车缝里找到自己的车子，不承想刚一搬弄，一排车子哗啦啦地倒下去了。他使劲搬了一下，这一边的又倒了。小伙子昂着脖子"操"一声，索性撂开车子，潇洒地上了一辆出租车走了。孔阳看着他，心里真是好羡慕。在等出租车的时候，他听见天上有一架飞机正由远而近，隐约地轰鸣。夜航的灯闪烁着，从两栋摩天楼间掠过，因为距离太远，他看不出灯的颜色。突然他想起那一年的那个傍晚，他得知了辛夷出国的消息，也是在街头，他凝视着天空的飞机，想象着远去的辛夷，潜然泪下……辛夷现在就在他身边，刹那间，他却觉得他们相距遥远。

他悄悄地握住了辛夷的手，坚持要送她回去。车到了她楼下，他没有上楼。她屋里灯亮了，她朝他摆了摆手。他们第一次见了面但却没有做爱。

　　孔阳把辛夷送回家，重又上了出租车。他斜靠在座位上，心里像个火锅，火辣辣地翻滚得厉害。那个搭档已经和朱夷合作好几年，孔阳基本没打过交道，只是有时听朱夷说起，他喜欢上网、旅游，热衷于各种流行音乐和书籍。朱夷对他好像也没有什么特别的好感，还笑话过他追逐名牌，却买不起多少，一年到头就盯着那几件衣服穿——这样一个浅薄的时尚青年，会和朱夷有什么事吗？她至于吗？——但是，又为什么不至于呢？这种事要摆理由可以摆出一长串，什么理由都摆不出也照样会弄到一起。这本来就不是一个论证的过程，是吸引和被吸引，是吸引和抗拒吸引。抗拒吸引的人会为自己意志坚定而得意，会出去吹嘘，有时也会深感委屈，觉得自己的配偶欠了自己；被吸引或者说被勾引的人十有八九都是闷声发财，表面上装得若无其事：朱夷可不就是这样？说不定谁勾引谁都还是个疑问哩。

　　他在车上给岳父家打了个电话。岳父告诉他，迪迪已经被他妈妈接回家了。"早走了、早走了，现在肯定早就到家了。"老头子似乎是在安慰他，但孔阳却觉得他是欲盖弥彰。他真的什么都不知道？他就没看见朱夷匆匆地擦去脸上脂粉再回家？如果她没有问题，为什么不能让老公分享分享自己的美丽容颜呢？——虽然没看到，但孔阳相信她一定是及时把脸上的妆卸了。老头子不知女婿的心思，还有话说。他说柔桑今天吐血了，晚上吃了一点饭就吐了，带了血。孔阳冷静地说，你们以前没发现吗？她恐怕不是第一次吐血，她以前肯定藏起来了。岳父急得不行，一迭声地说，那怎么办？怎么办？孔阳冷冷地道："我现在正在车上，等回家跟你女儿商量商量再说吧。"

"你女儿"，你两个女儿。老头子总是会护着自己女儿的。孔阳绝对有把握，如果有朝一日他和朱臾发生矛盾，她父母一定是向着女儿，哪怕表面上还要说几句不痛不痒的话。说到底，他孔阳只是个外人。永远是外人。

可是朱臾凭什么搞外遇？他哪一点还不能让她满意？长相、能力、地位、收入，他不是最好的，但也绝对不差，至少不比那个搭档差！

搭档、搭档！可是孔阳还真拿不准，朱臾是否真的和他联手"作案"了——如果她确实在回家以前就已经卸了妆，至少可以说明她心里发虚。所以，他应该尽快到家。

他到家时迪迪已经上床了。朱臾正在客厅的餐桌前看着什么。除了迪迪的房间，家里的大灯小灯全开着，一副迎接他回来的姿态。

"回来啦，"朱臾招呼道，"我正在检查迪迪的作业，很糟糕，作文有五个错别字，数学错了两道——你看看。"

"你慌什么？"孔阳坐到沙发上，淡淡地道，"让我歇歇行不行？小孩子做错题又不是故意的。他睡了？你让我把他拖起来打一顿？"（潜台词是：成人故意做不该做的事才该揍）

"你怎么啦？又喝酒啦？脸上红红的。"朱奂关切地走了过来。

孔阳扭过脸，软软地顶道："谁喝酒了？一定要喝酒才脸红啊？"（潜台词：让人脸红的事多着呢）

朱奂更认定他是喝了酒，不和他计较，笑道："好，好，你脸不红，没喝酒，你是白面小生。不过以后这些应酬你还是尽量推掉，太累人。"

"我不累，你累。"孔阳道，"你的脸色才不好，其实可以画点妆。"（潜台词：别以为我就没看到）

"我神经啊，晚上要睡觉了还化妆？"

"哎，你别说，有的人化妆就是为了睡觉哩。"（已经说不上什么潜台词，这话完全赤裸裸了）话一出口朱奂愣了一下，孔阳也被自己的话吓着了，缓一缓道，"画了妆睡觉可以多一点情调嘛。"

朱奂立即羞红了脸道："什么时候我画一次给你看。这阵子太烦了。"

"烦而不烦，忙里偷闲，"孔阳道，"你很会调节的。"（潜台词：今晚你不是已经偷过了吗？）

朱奂道："你还真要我画呀？"

孔阳道："你算了吧，画得七红八绿的，晚上不要吓着我！"朱奂本已往洗脸镜前走，这时停下了。孔阳心里闪过一丝犹豫，他听说化妆时间长了脸上会起皮疹，但不知真假，可以促使朱奂一试；他也想让朱奂再涂抹一次脸，看看她和望远镜里相比能不能弄出什么新变化。但一想到镜头里的画面他又一阵厌恶。苦笑道："你画了妆我更看不透你了。"（潜台词：你早已是戴了假面具了）

朱臾今天一再忍让，再锐利的剑锋递来她都努力避过去。"那我就让你看看，"她打起兴头道，"你不认识我不好吗？半夜醒来，身边睡着一个陌生女人，你不就有两个老婆啦？"幽幽地道，"这不是男人们的梦想吗？"

孔阳立即道："但也可以说是一个老婆都没有了！"

朱臾没接话，对着镜子动手在脸上画。孔阳乘机走到迪迪房间，把口袋里的望远镜放回了原处。望远镜不是照相机，里面没有底片，但另有底片在孔阳心里。他看看儿子。迪迪睡得憨憨的，只有醒了他才是个机灵的孩子，他双手伸着，做投降状，孔阳轻轻地把他的手放回被子里。回到客厅，他去上厕所，路过朱臾身边时突然感到好奇，拿眼一瞥，却发现朱臾怔怔的，脸画了一半，正在流泪。

"柔桑不行了，她吐血了。"

"嗯。"

"肯定已经扩散了。她日子不多了，可我还在这儿画脸……"她的眉眼已经画好，嘴唇还是惨白着。上部是浓妆，下面是本色，一张拼贴起来的怪脸。泪水流下来，越过了无形的分界线——可怜的生活！孔阳骇住了，刹那间涌起一股潮水似的怜悯。"我已经知道了，"孔阳轻声道，"这没有办法，总有这一天的。"

朱夷哭着，抽出一张面纸，使劲地在脸上擦着。孔阳说："现在太晚了，明天问问医生，还有没有什么办法。"

"问医生有什么用！"朱夷终于发作了，她的脸乱着，在灯光下显得极其狰狞，"他们是白痴草包蠢猪！他们能告诉你柔桑不会死吗？他们只知道要红包！"

孔阳被她骂蒙了。他又不是拿红包的，他是送红包的。她这个记者也属于拿红包的。他压住火，冷冷道："他们是不能告诉你柔桑不会死，但人家早已告诉你迟早会有这一天。他们尽责了。"说到这里，他突然感到难受，柔声道，"不要哭了，早点睡，啊？明天我一早就到医院去。"

朱夷抽噎着走进卧室，上了床。孔阳又去看了看迪迪。两人躺在床上，半晌无话。朱夷侧过身子，喃喃地说："我受不了了，我太苦了。"她动了动孔阳的手臂，示意他搂搂自己。孔阳木木地随着她。夜色中，他只能看见她的轮廓。他想起那一年，刚结婚不久，他们在街上看到一对夫妇很不般配，男的英俊挺拔，女的矮胖胖的，等人家过去，朱夷就哧哧地笑话他们。他凑到她耳边悄悄说：你可别觉得他们不配，人家说不定关键的部位特别"合"哩！朱夷笑着打了他一下……他突然对身边的朱夷感到一阵厌恶，似乎有一种异样的雄性气息直往他鼻子里钻。有一些场景他想都不能想，碰也不能碰。他抽出他的手臂，翻过了身去。虽然他刚才闪过一点点的欲望，但一盆水从头浇到脚，慢慢地结成了冰。

相约日暮里

　　日本有些地名是很奇怪的。有个地方叫早稻田，这很多人都知道。其实早稻田在东京的闹市区，不用说稻田，连稻草你都看不到。日本是很干净的。又有个地方叫演歌，在宇都宫市的城郊，"演歌"那个路牌的东面就是大片的稻田，野风飒飒，有几个农妇顶着头巾在田里慢慢地移动，一声也不吭，跟"歌"好像也沾不上边。当然了，现在没有草，没有歌，也许以前是有的，就像南京有个地方叫"破布营"，并不代表现在那儿的居民还要再去收破烂。但另外一些地名总还是让人摸不着头，简直令人发噱。东京的北边有个吾妻桥，是一条小街，不知是什么人竟把自己的妻子和万人踩的桥联系在一起，不可理解。更有个城市叫"我孙子市"，按中国人的习俗，这真是把这座城市的居民一起骂了。

去日本以前，妻子给我寄过一张东京地图。因此我不光知道早稻田，还知道银座和浅草。银座像个贵妇人，富丽堂皇，霓虹万丈，令人难以逼视；浅草的街道纵横交叉，酒旗猎猎，就像一群小家碧玉，喧闹，浅薄，却很容易让人亲近。这两个地方后来我都去过了，确实是地如其名。这些地方都游览过以后，我在日本就基本上无事可干了，成了一个闲人。

去日本以前我就知道我还要回来。学校让我交出房子，我心里就有些不快。后来找了人，交了押金才算是把手续办好。出去以前很是忙乱了一阵，不光是各式各样的手续，还因为适逢我们班毕业十周年返校纪念，我是唯一留校的，义不容辞要来主持。那一天能来的都来了。除了两个分在新疆内蒙的，一个生病去世，五个在国外，一共到了三十个人。后来大家都喝多了。我们当时的班长，现在当了副厅长的，来跟我干杯。我已经不能再喝了。但他说这一杯你得喝，为了你在日本的妻子，你一定得喝。妻子也是我们的同学，这酒我不能不喝。一杯下去他又端起一杯。说日本还有个同学，你也得为她来一杯。我心中一凛，开始装傻。但是装不过去。同学们都看着我坏笑，开始起哄。我硬着头皮把酒喝下去，说不出是什么滋味。

我们的脸上都红通通的，仿佛十年前的青春又回到了我们身上。其实青春是没有了，剩下的只有回忆。我原本以为我和辛夷的那段故事同学们大多不知道，看来我错了。出国以前的那段日子我手忙脚乱，简直有些慌张。毕业后我只见过辛夷一次，她来南京出差，好几个同学聚在一起，我们没有单独说一句话。一晃又是好些年了。间或有她零零星星的消息传过来，我知道她去了日本。出国的前夜我梦见了她。她的侧影。醒来后我有些惶恐，一夜再也没有睡着。我就要见到辛夷了。还有妻子也在日本。不知道是谁更让我感到迫切。这样的想法令我羞愧。我觉得有点对不起妻子。

东京还有个地方叫日暮里。这是一个不那么著名的地方，地图上不容易发现。我是在从东京去宇都宫市的电车上知道这个名字的。妻子在宇都宫读书，而她在日本的亲戚都在东京，我们常常要乘坐 JR 东北线电车在两地间往返。市际电车上一般人不多，每一节车厢里往往只有三两个乘客，或在看书，或在打盹。一个小时的车程有些无聊，每停一站，我都会走到车门那儿，看看车门上方的路线图。妻子给我做些解说。但日本的公共交通实在是太发达，也太复杂了，我一直弄不清什么"山手线""中央线"，倒是"日暮里"这个地名我过目不忘。它在东京的西部，日落的地方，这更令人向往。我们偶尔看到一个人的名字，很别致，有味道，就想去见见这个人，是不是也是一样的心理呢？

日暮里应该是一个陈旧的地方，一个记忆中的名字。它应该是歌舞伎町和摩天楼的反面。想象中的日暮里是一个款款而行的老妇人，木屐清脆，击打着小街，和服是黯淡的，混着细碎的夕照——也许，和服还是艳丽的吧，但华丽的和服掩不住老妇苍老的容颜，一如街道两旁的老房子……到日本几个月了，日暮里我还一直没有去。其实去一下并不很难，路不算远，也没有经济上的考虑。那时候我们已经去过迪士尼乐园，去过箱根温泉，富士山、日光也都去过了，好几次妻子问我还想到哪儿看看，话到了嘴边我还是闪过去了。

辛夷的电话打来时我略有些意外。到日本后妻子就把她的手机给了我，她在研究室，而我大部分时间在宇都宫的街上闲逛，带了手机方便一些。但问题也随之而来。除了妻子和几个中国亲友，手机一响，传出的总是"摸西摸西"，是日语，让我不知说什么好。我多么想听到中国话呀，可是在周围听不到，在电视里听不到，连电话也说日语。我已经讨厌这个东西了，上街前常常把它扔到床上。那天手机偏偏带在身上。铃声响时我不想接，但它很固执，不接不行。出乎意料的是里面传出了我熟悉的乡音，中国话。我立即就听出，那是辛夷的声音。

我很慌乱，简直语无伦次。我似乎一直等待着这个声音。她怎么知道我来了日本的呢？

我骑在车上，伸腿支着车子。街上很安静，汽车从远处的隔离栏那边嗖嗖地驶过，如五彩的流水。说起来令人难以置信，这是辛夷有史以来第一次和我通电话，第一次通话我们用的却不是中国的电波。她说她知道我来了，很高兴，还说我们大概有十年没见面了吧，真是很久了。我说见过一次的，在南京的常春藤酒馆，可是那一次酒喝得很匆忙。她说记得的，问我还好吧，是不是还和以前一样。我不知道怎么回答这个问题，这几年我没什么变化，可和大学时那是完全不同了。我问她怎么样，肯定很忙。她说是忙。现在就在上班，不过她的同事们听不懂中国话，没关系，我们只管聊。可我实在是不知道再说些什么，十年了，要说的实在是太多。我倒是很佩服她，轻轻一带，就超越了我想象中的某种尴尬。我们只像是两个普通的同学。但其实我们不是啊。我想起了大学校园的林荫大道，那里留下了我的青春，我青春的梦，我的家现在还在那里。我不知道再说什么好，只能沉默。也许我是故意的。她也不说话了，电话里传来了吱吱的杂音，很远很远。她想起那条春深似海的大路了吗？

　　还是辛夷首先打破了寂静。她提了到我的妻子。她说没想到会在新宿碰见她，真是很意外。那个场面妻子已经跟我描述过，在我的想象中多次出现。东京有几十万中国人，妻子又不常去东京，可她们就在新宿碰见了。辛夷夸我妻子，说她没有变，还像以前一样。我说你也不会变的吧，反正我是老了。辛夷说是吗，我倒想看看你现在成了什么样。话筒里传出了她的笑声，我似乎看到了她笑起来右颊上的酒窝。她说她要请我们吃饭，问我们什么时候有空。我告诉她我们也许后天就到东京去，本来就要去办事。辛夷说那就说定了，我们在东京见面，又说：你能做主的吧？她笑，我也笑。我说"大丈夫"（日语：没问题）。辛夷说那就一言为定，到时候再联系。我说好的，如果她方便的话，就在日暮里见面。她愣了一下，似乎诧异我怎么一下子提出这个地方。但是她没有多问。见面的地点就这样约定了。

多年的写作似乎已反过来影响了我的生活。妻子曾玩笑说我有小资产阶级情调，想一想，她说得没错。提到日暮里的时候我是脱口而出的。那是一个陈旧的背景，天生适合回忆。我们到了东京的第二天，辛夷又打来一个电话。妻子和她嘻嘻哈哈地谈了半天，然后电话递给了我。辛夷问我见面的时间，我说就下午，四点吧。顾及妻子就在我身边，我的话很简短。我没有说黄昏见面，但下午的后面就是黄昏。人约黄昏后，这更证明了我可救药的小资情调。

第一次和辛夷通电话后我的心里有些发虚。妻子从研究室回来时我已经把晚饭做好了。吃饭的时候妻子老看着我笑。怪怪的。多年的夫妻成朋友。突然间我就明白了，肯定是妻子先打电话给辛夷，告诉她我来了日本的消息，我没来之前她们也是极少通电话的。是妻子在背后促成了我和辛夷的约会。我的脸烧得像个小孩。这个时候，我简直像是她的弟弟了。我又恼又羞，索性把电话的内容向她和盘托出。妻子说：别讲了，别讲了，我不要听。又说：就这些吗？我不相信，你缩写了吧？还说：也是的，电话里能说什么呢，你们见面的时候再细谈吧。

晚饭后，妻子说她今天不到研究室去了。我们去散步。走出我们居住的国际交流会馆，我们走上了石井町。町就是街道。两边都是两层的小楼，院子里杂树生花，很安静。妻子说辛夷现在很瘦，比上学时还要瘦得多。她说辛夷的丈夫在京都，那边有一份收入很高的工作。还说辛夷比自己聪明得多，修士（硕士）读完了就去工作，不像自己读什么博士，既辛苦又没有收入。其实关于读博士，我以前也有过同样的意见，但在日本居住一段时间以后，我不这样想了。这里很富裕，但至少不适合我生活，钱是挣不完的，读个博士回去，我们也可以过得很好。我来过了，感受过了，更明白我们终于还是要回去的。

那一段时间我写了不少散文。我原本是打算写长篇的，但发现没法写。几本中文书早已读烂，也听不到我熟悉的汉语。街上是有很多汉字的，妻子学校的对面就有一个"大众食堂"，虽然是繁体字，但意思完全一样。可我走在大街上，却像一个半梦半醒的梦游人。如果到了美国，满眼的ABC，也许反而彻底清醒了。我已经失去了对汉语的感觉。妻子说你怎么听不到中国话呢，我跟你说的难道是外语吗？我说你说的是汉语，但你的汉语现在绝无仅有，空前强大，我一写小说就变成了你的味儿。我只能去写散文。那些文章从总体来看是一些观点复杂甚至充满自相矛盾的东西，就像我对日本的感受一样复杂。初来乍到时，我确实被它的富裕所震惊，相同的人种和熟悉的汉字也让我感到亲切。我好像是到了中国一个特别先进的特区。那些汉字和假名片假名夹杂在一起，也能表达复杂的思想，这使我感到惊异。但后来感觉就慢慢地变了。我去了靖国神社，出来后就决定给国内的报纸写专栏。我希望更多的人能够读到这些文章。我写了《进入靖国神社》，描述偌大的神社里那些歌颂"勇士"的石碑；还有无数的樱花和松柏，每一棵上都系着一个小牌子，写着"支那远征军战友会敬植"之类的字句。在《市役所》那篇文章里，我告诉读者，日本的政府就叫"役所"，区役所，市役所，等等；役所就是公务员服务的地方，我觉得这样的叫法更顺耳。还有一篇《归化与永住》，我激烈地表达了自己对"归化"这个词的反感，其实归化就是入籍，日本人选用这两个汉字，使懂得汉字的中国人立即就会想起归顺甚至投降。这是很屈辱的感觉……我总共写了十几篇文章，现在看来它们也许是过于尖刻了，但当时我是如鲠在喉。在这种情绪之下很难进行小说创作，我的长篇刚开了个头就流产了。虽说我原本就没有计划在日本"永住"，但一旦真切体会到自己和一个地方的隔阂，依然会感到郁闷。曾经有个华人朋友劝我去打点工，我没有去。我怕日本工头的嘴里会骂出"八嘎"之类的话，那将不可收拾。即使只是被人吆五喝六，我也受不了。我承认，我已经成了一个废人了。

在金泽市的日本海边上，我看着金光万点的大海，看着极目处的夕阳，突然间真切地感觉到，脚下是一个海岛。它已经在中国大陆的对面存在了亿万年。我对妻子说，我想回去了。我不一定要等签证到期。妻子说：你想得太多了，想得太多你就不快活，就像今天，有人组织我们出来玩，你就玩他妈的，有什么好吃的，你就吃他妈的。你想得太多就不会快活。我说，不、不，你在这里生活了好几年，你用这样的态度对待现实，我很同意，可我还是想早点回去。妻子不说话了，半晌她说：你难道就不想见见辛夷吗？她微笑着看着我。我避开她的目光，突然很激烈地说：我是来看你，又不是看她。我早忘了这个人了！我说，我已经看过你了，反正还有一年你也要回去的，现在我该回国了。

从金泽回宇都宫不久我就接到了辛夷的电话。那天晚上我和妻子沿着石井町散步，一直走到宇都宫市的城外。马路边上有一个路牌：演歌。我一个人很多次骑车经过这个地方。没想到那天我们倒真的听到了音乐声。和我以前听过的《早春赋》和《樱花谣》类似，那是典型的日本音乐。循着音乐看过去，是寥落的天幕，下面是一片灿烂的灯火。那是石井小学，音乐正是从那个地方传来。妻子突然想起了什么似的告诉我，那是日本七八月间的"大祭"，是祈祷丰收的活动。她说，你也再了解了解日本吧，我们去看看。

从演歌回城到石井小学还有很长的一段路。熟悉风俗的日本人大概是早早地就去了，我们在路上没有遇见一个同路的人。按说妻子应该是认识路的，其实我也认识，但夜晚所有的景观似乎都已改变，我们还是迷了路。经过路边的一片墓地时，妻子吓得再也不肯往前走。其实日本的墓地不叫墓地，叫彼岸；彼岸也不像中国那样设在郊区，他们的彼岸都在城市里面，和民居混杂在一起。这是一种特殊的生死观，但妻子是中国人，中国女人。虽说墓地的周围全是亮着灯的小楼，妻子还是坚决要求折回去。这么一折腾，我们终于找不到路了。我们走到一个死胡同，返回去，却又发现方向偏了。音乐已经很近，尖锐的笛声和沉闷的鼓声在天幕上交织，悠长而怪诞。等我们气喘吁吁地赶到学校的操场，"大祭"已接近尾声。宽阔的操场中央搭着一个瞭望塔一样的台子，一面大鼓正在上面发出节奏激越的轰响，竹笛锐利的声音仿佛寒光闪闪的利剑在夜空划动。雪亮的太阳灯光下，无数的人在围观，数不清的人在表演。男人们穿着兜裆布，抬着像中国轿子一样的东西，上面站着一个孩子，指挥着男人们的呐喊；盛装的日本女人云髻高绾，雪白的袜子，踩着鼓点，做着简单幼稚却又华丽难言的动作，排成长队，在广场上兜圈子。也许更精彩的高潮被我们错过了，但在我以后多次的回味里，真正令我感到难以释怀的是"大祭"的音乐。沉闷的鼓声属于大地，笛声直刺云天，仿佛武士挥舞着矛与盾。整个"大祭"只有两种乐器，没有过渡，没有和声：也许只有易走极端的日本人，才能制造出这样的音乐——我在文章里写道：极端的民族手里的刺刀戳不着别人，索性捅到自己肚子里去，历史中的日本人正是这样。回去的路上有很多人同行，一辆辆汽车飞快地从马路中间掠过。妻子兴致很高，说如果我有兴趣看一次全过程，到东京我们还可以再看，浅草的"大祭"是有名的。我明确地表示我不喜欢。我不想再凑这个热闹。妻子突然就不吱声了。后来我猜想，她认为我是太想见辛夷了，对一切都不再有兴趣。其实不是这样的。我只是不喜欢那种音乐，那种仪式。我听不懂他们喊的那些口号，太汹涌了，这让我想起鬼子进村。妻子直到走进会馆都没有再说话，我这才意识到她是在生气。她是多心了，但我不忍这种多心伤着她。我索性主动说起了辛夷，我说其实我现在倒真的不想去见辛夷了，我已经听你说过，她比以前瘦了一点，肯定还老了一点，也就是那个样子了。妻子是个直性子，马上开口说：哎，你想象力倒丰富，历历在目吧？——你就不怀疑我骗你，说不定她胖了一点呢？她要是胖一点那可是更漂亮啰。我说：不可能！在日本的中国人哪有什么胖子？要胖只有像我这样，到中国去胖。我拍拍自己的肚子，妻子也笑起来。

那一夜我们很温柔。我们已经很久没有这样的激情了。半夜梦醒，我竟又想起了辛夷。我相信她肯定是比大学时更瘦了。她原本就是我们班女生中最瘦长的一个。就像我长胖了很多一样，瘦了，胖了，都是岁月的印记。现在我们同在异乡的海岛上，不知道她深夜是否也会醒来？

那时候月光透过纱窗淡淡地照在床上。妻子蜷缩在床里，沉沉地睡着。我们刚刚有过温存，但我却想起了辛夷；我想起了辛夷了，却又没有想到性。日后回想起来，这似乎是有点奇怪，但其实，这又是不奇怪的呀。多年以前，我和辛夷同学时，我们接近了，我们恋爱得很羞涩，很小心，也很短暂。以后我明白了，所有的恋爱都是源于性的，我们也不例外，但那时我们的交往却似乎与性完全无关。就像两颗青涩的果子，成熟的季节离我们还很遥远。唯一的肌肤相触是在蝉鸣中的树林下，一只青虫落在她身上，她尖叫一声抓住了我的手，很快又畏闪着分开。也就是这样了。这样的恋爱或许只可能发生在十多年以前，或者在现在的小说里。十多年的时间还远说不上沧桑，但一切都和从前不同了，我们也被一起驱往中年。我们接触过，然后又很快分开了，这真是一个简单的故事。在妻子面前，我并没有对这段故事讳莫如深，因为它实在已是很远。说起来我和辛夷最终的分手原因不明，但我和妻子结婚后，有一天她对我说：你知不知道，选择了配偶，就意味着选择了生活，但辛夷是先选择了生活，再选择配偶，不少女人都是这样的。她这话好像是随口说的，但当时我愣了好半天神。不管是恋爱还是结婚，我从来也没有想那么多。看看身边的妻子，我突然觉得，她是个直性子，但并不幼稚，也许她才是真正的洞若观火。

在东京的两天我们很忙碌。妻子要去参加早稻田大学的一个年会，她一篇论文的主体部分要在会上"发表"。日本的"发表"相当于我们的发布或宣读。她发表的时候我要给她录像。妻子和她的姐姐似乎有无数的话要说，我有时也会插一下嘴。但说实在，我对她们的话题没有发言权。妻子的姐姐一家已在日本生活八年，八年在日，有无数的理由可以让他们选择留下来；回国的理由只有一个，那就是，他们是中国人，而这里是日本。妻子的姐夫已在日立公司属下的一个制作所就职，很辛苦，也很稳定，他们六岁的儿子已经不能流利地讲中国话了，回国的困难也是显而易见的。他们已打算申请永住，但两口子的意见还很不统一：女的要留下，男的想回去。在这种情况下，我说什么都不好。

辛夷电话打来时，妻子正教她的小外甥珠珠认汉字，她姐姐姐夫在厨房里做饭，有一句没一句地谈论着去与留的问题。电话一响，我就抬眼看妻子，她让我去接，我坐着不动。电话果然是辛夷打来的，她先和妻子聊了半天，然后又让我说话。我和她约好了下午四点在日暮里见面。她说"不见不散哦"，我没有应声，只含混地"噢"了一下。放下电话，妻子继续逗珠珠玩，突然"扑哧"笑出来。我不满地瞪瞪她，问：你为什么说下午你不去？妻子说：我不是跟辛夷说了吗，下午我要带珠珠去上野动物园，而且我答应他了，晚上他要跟我睡。我知道这是假话。昨天她要珠珠跟我们睡，小家伙死挣活挣还是光屁股跑到他爸爸妈妈床上去了。我赌气说：那我也不去了。珠珠突然凑过来说：我去，我跟你，乘电车，不去上野。我把他拉过来说：好，我带珠珠去，我们去吃寿司。

午饭后我们几个人又闲聊了一会儿。妻子告诉她姐姐，我要去会一个老同学。临走时，她姐姐问要不要等我回来吃晚饭，妻子代我回答说，不用了。珠珠说：我去吃寿司，真的要跟去，被他爸爸拽住了。妻子送我去地铁站。她在路上对我说：辛夷的丈夫今天不在东京，又不是两个家庭的聚会，我还去了干吗呢？她把手机递给我，叮嘱我路上多看看指示牌。她拍拍我的肩膀说，你就放心去吧，将在外，君令有所不受。我嘿嘿干笑两声说：你想干什么啊？妻子说：你快走吧。我不等你回来吃饭，可是还是要等你回来睡觉的哦。说完了，自己又先笑起来。

护国寺地铁站有很多个进出口。沿着一条斜坡走下来，就是车站了。进站后，妻子帮我在自动售票机上买好车票，把票交到我的手上。我汇入人流，通过了检票口。远远地，我看见她朝我挥着手。我摆摆手，突然间想起了四年前她来日本，我在上海虹桥机场送她的情景。她站在等候安检的队伍里，拖着和她的身高不相称的行李，我们隔着高大的玻璃，泪眼相望。

她朝我扬起三根手指，用力地摇晃着。那是我们的约定，两到三年，她一定回来。到如今，一拖就是四年了。四年啊，我们就这么过来了。那一幕的情景时常在我的记忆中出现。那一天我走出机场，注视着巨大的飞机轰鸣着越飞越远，最后在云层中消失，一时间竟不知自己身在何处。现在我的耳边又响起了轰鸣声，那是地铁进站的震撼。柔和的音乐夹着日语开始报站，我走进地铁，看着车窗外飞速掠过的街道，仿佛身在梦中。

这是我几个月来第一次单独乘车。车上人不算多，我找个座位坐了下来。地铁里很安静，只有几个日本中学生在车厢的顶端叽叽喳喳地聊天。她们都浑身晒得黝黑，染了头发，其中一个还染成了银白色，在她青春的脸的衬映下，她的白发显得很怪异。染发的潮流早已传到中国去了。年轻的把黑发染掉，老年人把白发染成黑发，只有中年人还保持本色。记得辛夷是一个天生的黄毛丫头，那时候我觉得是一个缺憾，分手后我还以这个为理由劝慰过自己，现在不知道，她变成什么样子了。想到很快就要见到她，我的心里开始激动。我没有把握，见面时能把她一下子认出来。那么多的人，我辨不出哪个是中国人，也很难说能一眼认出辛夷。毕竟我们已经近十年没有见面了。

地铁很平稳，每到一站，站台上就会响起悦耳的音乐，人们鱼贯着上下车，秩序井然。妻子早已反复交代，我应该在池袋换车，乘"山手线"电车去日暮里。辛夷和我说好，我们在日暮里站的南口见面。我下了车，想象着和辛夷久别重逢的场面，我们会握手吗？不握手又能怎样？明知道辛夷不会在池袋出现，但我的眼睛还是下意识地四处张望。池袋是一个大站，方圆也许有一公里，巨大的车站像一座迷宫，无数的人在我的面前匆匆走过，杂沓的足音在大厅里混响。一时间我有些恍惚，我发现独自在东京乘车并不是一件容易的事情。我在人流中穿行，寻找通往日暮里的通道。我不会几句日语，根本无法问路，只能焦急地在几个方向不同的通道口往返。当我看到"日暮里"三个汉字时，额上早已沁出了汗珠。

紧张的感觉就是从这时开始的。那一瞬间，"日暮里"那三个字，仿佛是迷路的游子眼中突然出现的故乡的炊烟。实践再度证明，我是无法离开汉字了。上了去日暮里的电车，我没有心思观赏窗外的都市景色了，我一次次地走近车门，去查看上面的运行图。直到车窗外的站台上出现日暮里的站牌，我才长长地松了一口气。

记忆中，那一天的过程是如此清晰。我看看手表，发现时间还来得及。我随着出站的人流往外走。通道拐角处的空地上分布着一些木柱，红白相间，顶端削成斜面，令人感到奇怪。后来妻子告诉我，那是专门用来对付流浪汉的，他们常年住在车站里，有碍观瞻，削成斜面的柱子让他们坐都没法坐，更不用说躺了。这真是个体面的办法，比警棍管用多了。知道了柱子的奥秘后我再在街上见到那些蓬头垢面的流浪者，总是心生怜悯，几乎感同身受。但当时我可没想到这么多，我随着人流，爬上高高的台阶，走出了日暮里车站，骄阳下的热浪立即扑面而来。我记得，我身上空调残留下的冷气似乎立即就被吸干了。

和想象的完全不同，日暮里其实是个极其繁华的地方。鳞次栉比的大街上，看不见一家酒旗招晃的茶肆，也没有穿和服的妇人。宽阔的十字街头，无数装束怪异的年轻人在等待绿灯。几个身穿牛仔衣的姑娘小伙子，头上扎着绸带，在摩天楼前的空地上自弹自唱……和池袋或涉谷类似，这里是商品的世界，年轻人的天堂。早晨我从报纸上得知，昨天日暮里的"大祭"有十万人参加，百万人观看，通宵达旦的狂欢。那应该是一个令人震惊的场面，但现在地上干干净净，看不出一点痕迹。如同日本的河流里急涨急落的洪水，一夜间就退尽了。

　　我没有心思在这里驻足停留。太阳已经偏西，空气依然火热。上衣被汗浸湿了，很不舒服。我在车站出口前转悠，仔细地在人群中张望。时间已经过了四点了，我突然想起，自己是不是走错了路？回头看去，巨大的字迹赫然在目：日暮里站北口！

　　我慌神了。我看看太阳，根据方位辨别出南面的方向，沿着大街快跑。这是一个意外的错误，但如果你了解东京的车站有多复杂，就不难理解我为什么会迷路；如果你还知道日暮里车站的各个出口相距有多远，你就更可想象当时我有多忙乱。下一个出口我又找错了，接下来我甚至还又转到了北口。等我终于站在南口前面，浑身已是大汗淋漓了。

　　我抬起衣袖擦擦被汗水刺痛的眼睛。出口处的冷气悄悄地涌出，吹在我的背后，我站在热与冷的交界线上。霓虹已经盛开了，灿若星海，在视野中明灭。我瞪大眼睛，看着前面如过江之鲫的行人，希望其中出现一个身影。她看见我，朝我挥挥手，然后款款地穿过人流，向我走来……

但我最终没有见到辛夷。我看到一个穿黑衣服的姑娘向我靠近，可是我确信我并不认识她。这是一个怪诞的插曲，日后想起来百感交集。黄昏临近时，车站周围出现了一些卖假电话卡和发色情广告的人，看上去形迹可疑。在这样的背景中，先是一个手持话筒的男人往我手上塞了一张纸，我一看，是"日本爱国党"抗议美国"核大虐杀"的传单，我冷笑着扔在他的脚下，他瞪瞪我，悻悻地走开了。然后，一个黑衣服的姑娘慢慢地向我走来。她浓妆艳抹，亲热地朝我微笑，嘴里说着一串日语。那种讨好的表情立即就使我明白，这是一个妓女。我正烦着，脱口说道："你别找我！"我说的是汉语。没想她听懂了，自嘲地笑笑，说一句"没花头"，转身就走了。

我心里一片茫然。一时间竟有点抱怨妻子，本不该主动和辛夷联系，告诉她我来日本的。她真的希望见到我吗？其实也不见得，毕业后那次在南京的常春藤，她为什么匆匆告别，而不留下一个单独相聚的机会呢？

日暮里的黄昏红尘万丈，原本不是一个浪漫的地方，就像日本，凭什么要能容纳中国人的情感呢？

这一切，都是我自己的问题。

时间已经过了五点，我打定主意，转身进了车站。我决定回去了。在返回池袋的电车上，我口袋里的电话突然响起来。是辛夷的电话。她很焦急，她说她在南口等了好久，后来又四处找我。这时我已经完全平静了。我对她说，我实在是个老外，今天的责任全在我，是我不认识路。辛夷听我说我正在电车上，就问我能不能下车返回，她到日暮里的站台上等我。当时我离日暮里其实还不远，但我告诉她我还有一站就到护国寺了。我说以后我们再找机会见面吧，今天已经耽误你的时间了。这话也许有点生分，辛夷沉默了。半晌她又说："我给你打过电话的，是你没有接。"

我相信她的话。回去后检查手机的来电记录，四点多确实有过一个"公众电话"的登记，可我当时没有听见。妻子很奇怪，不明白辛夷为什么没有用手机。日本的流浪汉都有一个手机的，辛夷不配手机，难道是为了节省吗？——这是后话。辛夷说她真的打过电话，我再次向她道歉，我说下次方便的时候我来请你，我们请你吃饭，不过那可能是在中国了。辛夷说好的，回国探亲的时候一定和我联系。

日暮里离池袋有十几站，为了避免影响别人，我离开座位走到车厢的接头处。面对玻璃窗，东京浮华的夜景在我眼前源源不断地掠过。我和辛夷拉拉杂杂地聊着天，身后一个女人的身影映在窗玻璃上，面容模糊，好像我正在和她说话，好像她就是隔着窗户的辛夷。辛夷说日本的生活是很方便的，她回国已经不太习惯了。她说她已经来了七年，等到十年就申请永住。她还说她现在的工作工资很高，她和丈夫一年的收入有一千多万日元（约合一百多万人民币）……

车到池袋前我们一直在通话。也许是因为距离太远，电话的声音不太清楚，不时飘过一阵悠远的杂音，仿佛在告诉我，我们隔了十年。我这些年的生活波澜不惊，乏善可陈，所以我主要是听她说。辛夷说日本人都是工作狂，她跟着天天也要加班到夜里十点。电车到达池袋前开始减速，我问她什么时候回国。辛夷说过年前就要回去。我说你不是要永住吗？辛夷说是的，过年回去是探亲，最后什么时候回去她说不准，真的是说不准。还问我打算不打算留下来。

这时我提到了朱迅。那是一个来自中国的电视主持人，在日本华人中很有知名度。我说你知道吗，报上说朱迅前几天回国了，回了中央台。她这样的人都回国了，我又能在这里干什么？朱迅在TBS台主持一档深夜的成人节目。辛夷笑起来，她说：你还看这种节目啊？！我也哈哈大笑起来。

这是我们的谈话中唯一涉及"性"的地方。想起这个我就忍俊不禁。电车停靠池袋站时我们挂了电话。我要在那里换车。熟悉的声音已经消失了，耳畔全是杂乱的日语。我站在繁忙的站台上，像一根柱子，人流在我身边分开，又合拢。行人逐渐稀疏了，从四面射来的灯光照在我身上，投下数不清的影子。突然间就想起了妻子说过的话。她说，选择了配偶，就意味着选择了生活。那她自己呢？她也是这样的吧？她是因为选择了我，才选择放弃毕业后等待她的教职，秋后回国。不知道她以后将如何回忆日本，她是否会后悔她的选择？

我从站台上的自动贩卖机里买了一罐乌龙茶，大口地喝着。茶是中国福建的茶，水是日本的水。很清凉。我把空罐扔进垃圾桶，登上了开往护国寺的电车。夜景灿烂，东京进入了它日复一日的夜生活。窗外的灯火无涯无际，宛若梦境。在另一辆电车里，辛夷此刻也正在回去的路上。她的周围站满了人，我只能看见她闪烁的影子。我站在车门边，等待着电车靠站。这时，我手里的电话再次响起来了。那是妻子的声音。

电话时代的爱情

    如果说谈恋爱在大学期间是一门选修课，毕业以后，它就成了一门必修的课程。李淳和张信颖是 H 大学女教工宿舍的一对室友，她们在大学期间都没有谈过一次完整的恋爱，这种相似的经历使她们住到一起后不久就成了很不错的朋友。

    她们同一年参加工作。张信颖来自外校，学的是园艺；李淳学植保，是本校的毕业生。张信颖刚进 H 大学时，李淳经常和她一起在校园散步，她以一个主人的身份向张信颖介绍，这是学生城，那边是行政楼，那个大烟囱下面的就是教工浴室，国庆节后它就会营业……走着走着，她有时会突然惊呼起来：哇，好漂亮，这是什么花呀？这时，张信颖就会以一个行家的口吻告诉她：这是西府海棠，这是广玉兰，冬青树围着的那一棵是三角枫，到了深秋它们就会更好看了……那是一段令张信颖至今追念不已的时光。H大学的校园非常美丽，在这样美丽的环境里她们时常会谈到爱情。有一天，李淳突然问："你说，可爱的男人为什么总是婚姻里的男人呢？"

这话有些绕口，张信颖不解地看着她。

李淳说："我是说为什么结过婚的男人才显得那么可爱？"

张信颖说："你这样觉得吗？"

"是的，"李淳说，"没结过婚的男人我觉得太小了。"她叹了口气。

说这话时是一个深秋的黄昏，具体的日期张信颖记不清了。她模模糊糊地记得，那是在认识成涌之后不久的某一天。

认识成涌几乎是一个必然。他是植保系的教师，年轻的副教授，英俊潇洒，谈吐幽默。李淳以前是他的学生，毕业后就成了他的同事。他们的接触也就多起来了。

因为外地来了一个校友，就有了那次很松散的聚会。李淳和张信颖平时合在一起吃饭，李淳有了饭局，就把张信颖也拖上了。她告诉张信颖，成涌还在电台主持着一档节目。"他声音很好，到时候你就知道了。"

聚会定在广州路的"肯特基"。这是张信颖第一次见到成涌，应该说，她的印象很深刻。成涌彬彬有礼，言辞得体，比之校园里那些夸夸其谈的"小男孩"，自有一种成熟的吸引力。开始时张信颖还有些腼腆，后来在李淳的影响下她也渐渐放松开来。李淳平常就是一个很会闹的人，张信颖看出，那天她相当兴奋。张信颖记得自己当时拿起了一只鸡腿，小心地在嘴边撕着，李淳笑眯眯地说："你在开垦。"

张信颖的脸红了，见李淳正端着一杯可乐，顺嘴回敬她："你在灌溉。"

这是流传在女教工宿舍的一句"台词"。周围的人全笑了起来。

那天人很多。也许成涌就是那个时候开始注意她们两个的。他开始隔着人频频与她们说话，临分手时他掏出名片，在上面写上了自己家里的电话。他把名片分别递给张信颖和李淳说："有空给我打电话。"

李淳笑着说："我还要打电话吗？我们在系里经常见面的。"

成涌说："那不一样。在系里那是工作。"

张信颖看到李淳的脸红了一下。

那段时间她们的寝室出现了一个常客。他叫陈雁临，是本校体育系的教师。他整天穿着运动衣，每天下午要在运动场跑上五千米。李淳参加校女教工篮球队的训练，一来二去，就和他认识了。有一次她们在食堂吃饭，排队时遇到了陈雁临，李淳介绍说："这就是我跟你说过的那个从来不骑自行车的人，他是长跑健将。"张信颖好奇地问："你真的从来不骑车？"陈雁临说："我不是长跑健将吗，我喜欢走路。"说话间他们已经走到了女工宿舍附近，张信颖邀请他上去坐坐。从那儿开始，陈雁临就经常到她们寝室来了。

陈雁临很快就成了一个追求者。这一点李淳和张信颖都看出来了。他隔三岔五地买来很多零食，在她们寝室里坐上半天。

他不光是健将，也很健谈，经常竭力鼓动她们也去长跑，还说了长跑无数的好处，"你们看我这身体！"他拍拍他精瘦结实的胸脯。张信颖说："李淳跑我就跑。"李淳说："我不能再跑了，我已经太瘦了。"陈雁临热切的眼睛顿时黯淡下来。

他一走，两个女孩憋了一会儿，终于还是忍不住，笑成了一团。张信颖说："他这是邀请我们参加爱情长跑。"

李淳说："他是邀请你，与我没关系。"

张信颖说："邀请你！"

李淳说："我早就认识他了。我对他没感觉。"

张信颖尖锐地问："那你对谁有感觉？"

李淳嬉笑着指着嘴里的梅子说："我对这个有感觉。"

她们吃着桌上的话梅，没有就这个问题继续谈下去。也许那个时候，她们的心里都飘过了另一个人的影子。

就在这天的第二天，或者是第三天，张信颖给成涌家打过一个电话。

对她和李淳而言，成涌是一个微妙的话题。她从另外的渠道听说了有关成涌的一些背景。他结婚已经五六年，没有孩子，妻子早几年到韩国去了，不知是留学还是工作。关于他们的夫妻关系，有人说是快要离婚，还有人说其实已经离了。这是一些传闻，它具有某种程度的真实性，却又不完全可信。在张信颖打那个电话以前，她所知道的也仅止于此。

宿舍楼的电话在走廊里。张信颖拨出那个电话号码，突然间有些慌乱。她甚至没想好究竟说些什么。

电话里是长长的振铃声，没有人接。张信颖正要放弃的时候，耳机里传来了悦耳的女声：

"……，……"

这是一连串叽里咕噜的外国话，突如其来。除了能听出那是一个女人，她一个字也听不懂。张信颖吓了一跳——天啦，这是串线串到外国去了吗？！她慌忙扔下了电话。

她心里怦怦乱跳着回到寝室，李淳正躺在床上听收音机。她正听得入迷，没有注意到张信颖通红的脸。

收音机里传出的是著名的《夜晚心桥》节目。一个小女孩正诉说着她的心思。她说她喜欢班上的一个同学，但她不敢表白。主持人说："为什么呢？"小女孩说："我担心一旦说出口，连好朋友都做不成了。""哦、哦。"主持人理解地应着，开始了循循善诱的开导。

张信颖听出了那个主持人的声音。那是成涌。原来他正在主持节目。李淳听得很入神。等电台里一个电话接完，李淳说："整天陪这些人聊天，真不知道他烦不烦。"

张信颖支吾着，生怕她问自己刚才出去干什么。幸亏收音机里另一个电话又打进去了。

成涌家电话里的那个外国女声是一个谜。张信颖不知道那究竟是怎么一回事。宿舍楼的电话是分机，张信颖很快就排除了电话串到外国的可能。她相信，那个女人是成涌的夫人，她从韩国回来了。她刚刚回国，一时还不适应国内的语言环境。

成涌他是一个有老婆的人，而且他们的感情还没有破裂：

这是一个明确的提醒。张信颖如挨一猛掌。她有些惆怅，也如释重负。

实际上她后来知道了，成涌家装的是一部可以留言的传真机："这里是成涌的家，现在是录音电话，有事请留言。"成涌不在的时候，它就会如此应答。那部传真机是他老婆从韩国带回的"原装货"，它有一个特点，那就是如果主人不在的时候停过电，它里面的录音就会被洗掉，自动切换上机器内部电脑的韩国话。张信颖碰上的就是这个情况。

这个电话阻断了张信颖生活中的某种可能。现在，她经常想，如果李淳在第一次给成涌打电话时，也碰巧听到了那个声音，她会怎么办呢？事情的发展还会是后来那个样子吗？

张信颖果断地将成涌划出了自己的生活范围，但她渐渐地，越来越明确地感觉到他在自己生活边缘的某种存在。可以肯定的是，李淳恋爱了。

这是一个尊重私生活的年代。张信颖委婉地提醒过李淳，但她很快发现，在她们之间，所有由她首先提出的有关成涌的话题都是不合时宜的。甚至在李淳夸奖成涌的时候，过于热情的附和都会引起她的警觉和误解。

"你不必再多说了，"张信颖提醒自己，"再要多说，可真的'连好朋友都做不成了！'"

李淳很忙，她在寝室的时间越来越少了。张信颖也开始和陈雁临一起跑步。这人耐力好，耐心也好，张信颖终于被他打动了。他们穿着式样相同的"李宁牌"运动鞋，在环绕 H 大学的马路上奔跑着，梧桐树向他们的身后退去……在他们节奏均匀的奔跑中，李淳沉浸在她痴迷的爱情当中。秋天去了，春天来了，他们迎来了麦城炎热的夏天。

张信颖几乎从来没有在校园里看到过成涌和李淳共同的身影。她相信他们另有一些更好的去处。她知道成涌一人独住一个单元。"五一节"前后，李淳曾经神秘地"失踪"过几天，她说是去雁荡山玩了。她回来的时候脸色苍白，时不时捂一捂肚子，成涌跟在她的身后。他很周到地给李淳端茶倒水，看上去无微不至。张信颖注意到，成涌的表现略显尴尬。张信颖后来才知道，李淳那是去做了一次人流手术。

有一次在听《夜晚心桥》时，李淳曾经说，成涌的节目"很有情调"，有"人情味"。现在她已经死了。张信颖经常记起她这句话，推想着他们故事的细节。她对陈雁临说：成涌身上的"人情味"，其实是"情人味"，他"很有情调"，也许是"很会调情"吧。

暑假还没有结束，成涌的妻子回来了。

那是麦城最为难熬的季节，也是李淳丧魂落魄的日子。她经常魂不守舍地坐在寝室里，痴痴地发呆。有天晚上，李淳出去打电话，走廊里隐约传来了一阵压抑的争吵。回来的时候李淳泪流满面。张信颖不敢问她什么。她隐隐地预感到，好像要出事了。

事后的传闻有声有色，说法不一。很多人言之凿凿地纠正别人的说法，好像他们都亲眼看到了那个场面。待尘埃落定，李淳也已随风而去后，张信颖还常常梦见那一幕。

李淳是在楼子路等到成涌的。她红肿着眼睛赶上前去，把自行车停在成涌的车前。成涌刹住车，愣住了。那是晚上九点多钟，路灯斑驳的光线投射在他们身上。

"你怎么在这儿，这么热的天？"

李淳说："我等你。"

成涌看了看表说："我要去做节目，有什么事明天再说好不好？"

李淳说："我只要你一句话。你知道的。"

成涌迟疑着。他不断地看表，紧皱双眉。

沉默了片刻，李淳说："我明白了。"她推起车子，走向马路对面。成涌站在原地没有动。"你不要误会。"他期期艾艾地说。

"我看错了你！"李淳在马路对面站住了。有行人骑着车从他们面前飞驰而过，留下了一串破碎的铃声。马路很窄，泛着苍白的灯光，仿佛是一条干涸的河流。李淳说："这是河！这是河！"她尖厉地喊道，"你根本就没打算渡过来！从来都没有！"

成涌沉默着。李淳从口袋里掏出她从实验室带出的农药，猛地塞进了嘴里。安瓿瓶碎了，她的嘴唇也破了。红的和黑的液体立即就涌出了她的嘴边。等成涌跑过去时，李淳已经倒了在地上。

抢救进行了五个多小时，但没有效果。李淳是有备而去的，在那么炎热的天气里，农药几乎立即就被干渴的身体吸收了。

李淳的死耽误了当晚《夜晚心桥》节目的正常播出。值班导播一面给成涌打寻呼，一面在机器上反复播放着流行音乐。

激越嘶哑的歌声伴着电波在天空回荡。在那是李淳已无法听到的挽歌。

成涌没有出席李淳的告别仪式。他回避了一个难堪的场面。陈雁临说："李淳的那些亲友不会放过他的！"他恨恨地攥着拳头，"我恨不能揍他一顿！"张信颖温柔地摸摸他凌乱的头发，让他不要胡来。

张信颖和陈雁临的长跑还在坚持。他们把时间移到了晚上，因此你在白天的马路上看不到他们奔跑的身影。有一天，他们跑过宁夏路的一家小卖部时，张信颖听到了店里的收音机里传出的成涌那侃侃而谈的声音。

成涌正在做节目。无数的听众躺着、坐着，或者拎着收音机走在马路上，听着他们中的某一个人对着电话倾诉心声。

电台里灯火通明。导播接进了一个电话。成涌觉得声音有些耳熟，但他一时听不出究竟是谁。

"请问小姐，你今天'上桥'想谈点什么？"

对方说："我想和你谈谈爱情。"

电话里隐约掠过汽车的行驶声，好像是在街头打的。这是很常见的情况。

成涌说："你说说看。是你自己的事吗？"通常他都是这么开头的。

"就算是吧，"对方说，"这要看你怎么看待。"

成涌开始警觉。他沉默着。

"我想问你，如果一个人爱你，最后为你而死，你会怎么样呢？"

成涌慌乱起来。他一不留神打翻了桌上的杯子。他拼命地朝隔着玻璃的导播做着手势。导播立即明白过来，飞快地把电话切断了。

收音机里一阵忙音，然后响起了音乐声……

宁夏路上，张信颖从磁卡电话亭走了出来。陈雁临迎上去，想要问什么，被她用一个简捷的手势制止了。她挽上他的手，慢慢向学校走去。

前面的小卖部里，一个老头拿着他的老式收音机，诧异地调着台。里面传出的，是被他弄得走了形的通俗音乐。

热吻不留痕

ㄴ

　　一大早，陈祈骑车去办公室。元旦放假三天，这是第一天上班。他的自行车篓里装着五六个封好的信封，里面都是他的新出的小说集。他打算带到杂志社，让管收发的临时工小胡寄出去。信封上的这几个人，都是他极熟悉的朋友，其中的马力，更是这本书得以出版的直接促成者。马力是一个三十多岁的高个女人，原名马丽，嫌这个名字太俗，先改成了马里，又觉得太黑，像是非洲来的，最终改成了马力。马力长得过于丰腴，喜欢做手势，说话时好多肉都在乱插话。陈祈第一次见到她，一直都在微笑，显得憨态可掬，十分厚道，其原因是陈祈看她说话总憋不住要"扑哧"笑出来，为避免唐突佳人，他只好细水长流，坚持平缓地释放。这给马力留下了极其美好的印象。她在上海一家门面很大的杂志社工作，同时在刊物上开设名为"马力工作室"的专栏，经常可以收到慕名而至的女性读者来信，这些人无一例外地都弄错了她的性别。她觉得这些来信很有趣，令人自信，见到新朋友常常忍不住从头脑里挑上一段背出来与大家分享。陈祈的微笑让她觉得自己有幸结识了一个知情识趣的男人。

陈祈很快就成了她在麦城的男朋友。上海离麦城只有三个小时的车程，来去很方便；他们是在春天结识的，接下来就是衣衫简洁的夏天，这使他们那些如火如荼的动作省去了很多烦琐的程序，这也很方便。也就是说，他们很快就睡到一张床上去了。但是陈祈并不喜欢她。她在饭桌上胃口很好，在床上的胃口就更好。陈祈渐渐地就有些厌倦。他是个瘦子，有限的精力白天要用于上班，晚上还要写作。他感到有些人不敷出。马力再来时，他就很有点敷衍了事的味道。陈祈的马力输出太小，马力当然有感觉，况且他还委婉地表示过，她太胖了，应该想办法瘦下来一点。马力对此的回答是来得更勤。她娇羞地解释说，她缺少消耗，所以需要更多的运动，以减少卡路里。陈祈当时只觉得眼前一黑，心里立即就恨上了上海男人。平时在麦城的风景名胜常能听到上海男人烂面条一样的说话声，可算是战地黄花处处香，可是你说，现在他们都死到哪里去了？

上海的男人当然没有全死光，而且他们在另一些方面还确实很管用。就在陈祈鼓足勇气准备要卸去重负的时候，马力带来了一个好消息，她在某家出版社的一个朋友很"够朋友"，愿意帮忙给陈祈出一本小说集。这是一个喜讯，说明这段时间陈祈确实没有做无用功，换言之，没有白累。但他在好好地感谢了马力一番后，心里又有点泛酸：那个男人和马力到底是什么关系呢？他怎么就这么"够朋友"？他这么"够朋友"，马力也不会不"够意思"吧？他闷闷地抽了一支烟，又喝了半杯茶，随即也就想通了：此人实在是帮了一个大忙啊！——不是一个忙，是两个忙——既帮忙出书，又帮助分担包袱。自己得了便宜也就不该再卖乖了。如此想来，和马力这辆车应该继续开下去。想想自己一手出书一手牵着女人，左边形而上右边形而下，这上上下下基础牢靠，两手都不软，一个男人活得这么全面，你还有什么资格好抱怨的呢？

陈祈和马力一直好到现在，一直好到书出来。他在大学期间学的是应用物理，"马力"这两个字作为做功的物理单位，当年做习题时已经写得很熟，称得上颜筋柳骨，所以在他车篓里的几本书中，给马力的题签是最漂亮的。

陈祈的住处离杂志社不远。一路无话，心情愉快，十五分钟也就到了。

杂志社最近气氛微妙。刊物的名称叫"银潮"，是一家面向老年人的杂志。取名的时候很有预见力，因为中国已步入老龄化社会，街上将来一定是满目银发。不承想杂志红火了没几年，很快就成了万木春中一病树；街上银发倒是不少，刊物就是赚不来银子。眼见着马路对面的《银幕》杂志社一片兴旺，《银潮》决定减员增效。减员就是要下岗，谁都害怕刀子落到自己头上。

聘任动员会元旦前一个月就已开过，说是十五个人至少有三个下岗指标，很多人都觉得脑后直冒凉气。全体同志都缩着脖子忙自己的事，十几副兢兢业业的模样；偶尔有谁伸出脖子，也是想瞅准了咬别人一口。

基于这样的背景，陈祈上了班，给编辑部的同事们打了一圈烟，就闷在桌前看稿子。有一篇稿子是一个二十出头的美丽女孩写的。她的职业是"自由撰稿人"，人长得好看，也什么都能写，要啥有啥。这一篇写的是老龄婚恋问题，看起来像是时政评论员说话，头头是道，全是她的理，其实喋喋不休，像是患了老年痴呆。稿子主编已决定要发，还叮嘱陈祈结算时"稿费从优"，让他再编一编。陈祈看得很认真，编得心里直冒火。要不是怕下岗，他早就把稿子退了。

好不容易把稿子处理完，社办公室的小眉走了进来。小眉的脚步像只猫，她穿着一身花衣服，像只花猫。她冲大家笑笑打个招呼，在办公室里走了一圈。每到一张桌前，她就伸一伸她的尖指甲，发一支五色圆珠笔。走到陈祈桌子前，除了圆珠笔，她还递过来一封信。信上的地址没见过，一看就是读者来信。马力有读者来信，陈祈也有啊。陈祈拆开信，一看就高兴起来。信上称陈祈为"陈作家"，署名是"你的忠实读者小玫"。陈祈开始认真地看信，准备给"小玫"答疑解惑，指点人生迷津。他现在不是编辑，是作家；"小玫"也不是"小梅"，"小梅"像个小孩子，"小玫"一看就是大姑娘。看了几行，突然意识到小眉还站在身边，忙抬起头。小眉不屑地"嘁"了一声，撇撇嘴，几大步就出去了。她现在不像是猫，是一只够不到树叶的梅花鹿。而且梅花鹿在生气。

小玫在信里和陈祈谈小说。她说她看过他的《对方》，问为什么取这个题目。虽说小说是陈祈的强项，但这个问题也非三言两语所能说清。什么是对方？除了自己都是对方啊！陈祈在心里感慨，打算把信带回去，好好地做个答复。这时候他想起了自己的小说集，现在它们还摆在桌上。他用透明胶带把几个信封一一封好，到办公室交给了小胡。小胡正在看报纸，看得"哧哧"直乐。他用眼一扫说："你放那儿吧，我马上去邮局。"

小眉也在看报纸，看得表情凝重，双眉紧锁。她眉毛不小，很长很浓。陈祈以前很喜欢这双长眉。

小眉的眉毛不需再画，嘴唇倒是经常要描。陈祈以前就送过她口红。口红的牌子叫"热吻不留痕"，名字很香艳。味道既香，颜色也艳。要知道梨子的滋味，你就要亲口尝一尝。陈祈知道口红的滋味，正是因为他尝过。这种口红考虑周到，涂了口红的嘴被尝过，外人看不出来，尝过别人口红的嘴也不留痕迹。这样，刚刚吻了别你们就可以一前一后去上班，不必再去照镜子。这种事大意不得。陈祈以前比较粗心，不注意这些小节，幸亏那时他和小眉感情正浓着，出门上班前你看我、我看你，小眉总能发现问题及时补救。小眉的丈夫在扬州工作，是一家私企副总，钱多，时间却少，很少回麦城看老婆。小眉钱多，时间也多，尤其不缺乏和陈祈接触的机会，一来二去，两人就在工作中发生了事情。

小眉有钱，却有贫血症，血色素只有八克，所以她每天至少要上三遍口红。她胃口也很好，吃得比陈祈还多，但就是不长肉，对此她引以为豪，因为她不需要花钱瘦身了。她贫血，女人每月一次的那种流失已很节约，可嘴唇还是泛白，比她的脸红不了多少。所以陈祈就给她买口红。口红才用到第三管，陈祈就跟她不那么好了。这倒不是因为陈祈嫌她瘦，而是陈祈自己实在是太瘦了。那时他已认识马力，两个女人，陈祈颇感左支右绌。很快，小眉就开始多愁善感，常常独自叹息，但陈祈并不挂怀。他身体不好，衷心拥护一夫一妻制。小眉现在心存怨望，看报纸都会伤感。《服务导报》的头版登了一篇"负心郎"的故事，她看得双眉紧蹙，咬牙切齿，恨不得手持利刃，白进红出。她倒没有好好看看二版的另一篇特写，抨击的是一个拿着老公的钱养"男蜜"的女人。一版二版，本是事物的正反两个方面。

　　陈祈来请小胡寄信，小眉正在看报纸。陈祈办好了走过小眉桌前，小眉正向办公室主任回忆上月31号她丈夫给她过生日的幸福场面。陈祈是元月5号的生日，上一个生日是元旦那天和小眉并起来过的，很是浪漫浓情，当时作家陈祈还将它命名为"跨年度的烛光之夜"。现在陈祈听见她的话，微微一笑就走了。他一个单身男人，诸多不便，还自己努力出了本书，这容易吗？放假几天他一直在家忙着检查书里有没有错别字，要不是远在美国的妻子打来一个电话，预祝他生日快乐，他连自己的生日都差点忘掉了。

陈祈一出去，小眉就走到靠墙的桌前，去看陈祈到底给谁寄的信。她想看看陈祈是不是立即就给那个"小玫"回了信，信到底有多厚。报纸上的"负心郎"和一个女人好着的同时还给另一个女人写情书，现在的人什么事干不出来？陈祈以前还跟她吹过，小说是生活的反映，而且能概括生活，她要看看报纸上的小说（她认为那就是小说）能不能概括当下的现实生活。

十一点钟，陈祈被一个电话喊了出去。印刷厂让他去看一下校样，有一个地方非他亲自上机去调整不可。陈祈在印刷厂弄到十一点四十才解决了问题，看看表，还是骑上车返回杂志社。眼下的形势，考勤卡哪一次都不能少签，少签了说不定就是小辫子。快到杂志社有一个上坡，陈祈在那里遇到了小胡。他下了车子和小胡打招呼。不想小胡对他说，那些信他没有寄出去，小眉说那里面肯定是私活，不让寄。她已经汇报到主编那儿去了！

陈祈吓了一跳，眼前一阵发黑。坏了，坏了，让她给咬了。他强作镇定问："信现在在哪儿？"

小胡说："还在我桌子上。"他可怜巴巴地说，"也怪我，没有早点把信收到包里。"

陈祈皱着眉头不说话。小胡愤愤道："这个女人他妈的讨厌！谁没点私事呢，她上班还不是老偷偷摸摸打长途？以为我们不知道啊。"

"是啊，是啊。"陈祈沉吟着推着车子继续往上走。锁车的时候他对小胡说："没关系。我没办私事，她早就想找我的碴子了，可惜找错了。"

小胡诧异地望着他，一脸迷惑。陈祈问："主编刚才怎么说？"

"他说要找你了解一下情况。"

"好，这才是领导！"陈祈拍拍小胡的肩膀说，"没你的事儿。你放心，我不会连累你的。"

杂志社里人已经全走了，连小眉也不在办公室。陈祈在考勤卡上签上字，表示自己并没有早退，又到小胡桌上把那几封信拿回了自己办公室。

他抽了一支烟，刚拆开一个信封，小胡走了进来。他给小胡递上烟说："我不寄了，我等主编来找我。"

小胡紧张地说："你们不会吵起来吧？"

陈祈说："怎么会呢？反正影响了工作也不关我的事。"

小胡开始唠唠叨叨地讲小眉的坏话，说她小心眼，刻薄，社里发苹果明明可以也发给他一份，她就是不发，宁可多出两箱摆在那儿烂。"老实不客气，我每天吃它几个！吃得她肉疼！"小胡说到这里又有点得意。

陈祈很不耐烦。他找出那篇"自由撰稿人"的稿子，铺开一张发稿单，像煞有介事地加班。小胡还是说个没完，陈祈说："你快去弄饭吃吧，我把这点事儿做完就走。"小胡临出门，陈祈又叮嘱道："你别再提这个事儿，他们不来找我也就算了。多一事不如少一事对不对？"

小胡连说着"对对"，到办公室煮饭去了。

小胡正把电炉的插头往下拔，陈祈走了进来。他把手里的几个信封往桌上"咚"地一扔说："还是放你这儿吧。我想了想，我要是拿回去，不是明摆着我怕了她吗？这不行！"

"你——"小胡脸色唰地变了。

"你放心，我说过的，不会吵架。大家都是同事嘛。"陈祈说，"我这个人讲义气，决不连累朋友。"

下午两点半，陈祈准时上班。小眉看到他，神色有些慌张。陈祈很自然。他趁身边没人柔声说："明天是我的生日，我想请你到烛光酒吧去喝茶，好不好？"

小眉仿佛被击中，呆在那儿。

"下班的时候我等你回话，"陈祈轻声说，"要不然晚上电话联系。"

陈祈拿着编好的稿子走进主编办公室。主编看了稿子很是满意。"改得好，改得好，很细致。"主编连声夸赞。

陈祈谦虚道："不是改得好，是写得好，很有见地，文笔也好。"他给主编敬了支烟，点上，起身要走。主编说："你有事儿啊？我想跟你聊一聊。"

陈祈连忙坐下来。

"有件事，我还是跟你说一说吧。今天上午，你是不是让办公室寄了几封信？"

陈祈说："是啊。怎么啦？"

"有人反映你寄的是私活。老实说，我是不信的。"

"什么？！"陈祈跳了起来，"是谁说的？"

"你先别管是谁说的，"主编的手向下按了按，"你寄的到底是什么？"

"是书。"陈祈气得脸色发白，眼看就要发作，却又慢慢红了。他低下头期期艾艾地说，"可能是我不对，我想把那套《寿星不是梦》寄给几个朋友，他们都是圈子里的，认识不少书商。我想把书推销推销，自己也赚点发行费。"

主编眼睛亮起来，"是这个事儿啊！这很好！很好！这怎么是私事呢？这是公私两得利嘛！"

陈祈长叹一口气说："没意思，没意思。"他神色黯淡，出了门，走到对面的办公室，从小胡桌上把几个信封都拿了过来。他拿起一个信封，撕掉，一本《食补成寿星》掉在地上。他又撕开第二个，里面是《运动成寿星》。主编拦住了他。他心疼地把书捡起来，拍拍上面的灰尘说："你不要生气，这件事不光你要做，我还要号召大家都来做。"

陈祈感叹道："我是不敢再多事了。"

"你是听我的还是听谁的？"主编说，"你不要跟小人计较。有些同志，素质很差，专以小人之心度人。这个我有数，要采取措施！"他把小胡喊进来吩咐道："这几个是急件，很重要。你马上把这两本书换个信封，按原来的地址，一起寄出去。"小胡奇怪地看看他们两个，不敢多话，拿上东西就走了。陈祈想拦都没有拦住。

《寿星不是梦》是《银潮》杂志上优秀文章的集大成，一套五本，主编亲任丛书主编。杂志社并无出书权，书号是买来的。原本想名利双收，不承想积压了半屋子。主编给每人发了一套，多次呼吁也没人肯推销。现在有人付诸行动，主编感到很振奋，也很温暖；陈祈做事不先声张，实在是个很踏实的同志啊。他把陈祈大大夸赞了一番，夸得陈祈的脸红扑扑的。

陈祈告辞出门，一头碰上了小眉。他冲她调皮地挤挤眼睛，做了个很温柔的鬼脸，仿佛是鸳梦重温。小眉心里百感交集。

当天晚上，陈祈正在电脑前写作，十一点钟时，电话响了。他拿起话筒，对方的电话却挂了。半小时后，他已经躺到床上，电话又响起来。这一次还是没人说话，只听到有人在抽泣。"唉——"陈祈对着话筒长长地慨叹一声，把电话挂了。他感到很累，索性起身把电话线拨了。躺到床上，觉得心里的滋味很怪，自己又叹了一口真实的气。

第二天，第三天，陈祈给上海打了好几次电话，都没有能找到马力。第四天，马力的电话打到了办公室。接电话时小眉就站在他身后不远处，所以陈祈的脸上自始至终挂着很正规的微笑。马力说："你他妈的什么意思？啊？！《减肥成寿星》？你想分手就分，有屁就放！绕什么圈子？你妈妈才又老又肥呢！"

一箭之遥

先要告诉你，我们是好朋友

星期四那天我还到他们家去了。我当然不知道，两天后就会出事。

路是熟路。从宁夏路口拐进一条小巷，骑上百把米就到。十几天不来，这儿竟大变了样，让我怀疑自己是不是走错了。小巷两侧原本用白石灰写着"拆"字的房子全不见了，真的拆了，建筑工地摆开了架势；断壁残垣上搭起了一排工棚，好些赤着膊的民工们正在那儿忙碌着。小巷的地上撒了不少破砖烂瓦，弄得像条烂蛇，我小心翼翼地挑着路骑，扶把的手被震得生疼，最后只好下车推着走。我这是到郑桥鸿家去。早上我到火车站，本想查一查出版社给我托运的样书，书没查到，却忙出了一身汗。回来时骑过他家附近，突然想到已经好久没到他家去了，心念一动，就拐了进去。这完全是兴之所至的计划外行为。

到了郑桥鸿家楼下，我按响了他家的对讲机。他正巧在家，一听是我，马上开了铁门，让我上楼。郑桥鸿家的房子是吴辛单位的，设施非常好，好到再艺高胆大的小偷也会嫌麻烦。大楼的门洞口是一个大铁门，各家可以遥控开闭；上了六楼，两家又在楼梯口装了一扇铁门，他家门上的防盗门也没有因此省掉：一路上，三道门。小偷还不如去偷银行！我曾经开玩笑说，要是以后社会治安再这么差下去，监狱装不下犯人了，说不定公安局会来征用你们家的房子。郑桥鸿哈哈笑着说，你不要说得这么邪乎，我可是一辈子也不想和公安局打什么交道。这话说得早了一点，他当时没想到，过不多久他就要去麻烦公安局了。

进了他家门，发现吴辛也在家，原来是要出差，到昭阳去采访，两个人正忙着收拾东西。吴辛自己已经收好了一个小包，里面是采访机、笔记本之类，还有个稍大些的包，郑桥鸿正往里面装一些零食。他是个超标准的好丈夫，常常还兼做哥哥的角色。——梅子、鱼皮花生、瓜子，他边装嘴里还在念叨。我看了好笑，对吴辛说：你这哪儿是去采访，是去推销食品吧？吴辛不好意思地笑道：我也这么说，他就是不听。又对郑桥鸿说：郑桥，你去陪孔阳吧，我来弄。郑桥鸿从包里抽出一包瓜子，往桌上一扔说：你自己吃。我说：这哪儿行，我有这个就行。我拿起桌上的烟，递一支给郑桥鸿，自己也点上了火。

你可能已经注意到，吴辛称郑桥鸿为郑桥，不叫他的全名，其实我有时也这么叫他。郑桥——正巧，叫起来多顺口？我告诉他们，我是去火车站查书的，顺便来看看。郑桥鸿问：书呢？我说书发出半个月了，单子也收到了好几天，书还是找不到。吴辛说：你为什么不先打个电话问问？我说：电话打了，他们让我自己去找找。郑桥鸿骂道：这些混蛋！不用说你，连我都等急了。我们骂着火车站，连出版社都带上了。这是我的一本小说自选集，我很想看看它到底是个什么样子，不由我不急。说话间，吴辛把茶端上来了。我们三个随便坐着，聊着些闲话。

他们家是一个两居室，不算大，但布置得很雅致。客厅里有一个装饰柜，但里面摆的不是酒瓶高脚杯之类，而是一些线装书，是郑桥鸿从古旧书店淘来的。墙上很清爽，除了两盏壁灯，只有一样装饰品，别有一趣：一张弓挂在墙上，旁边还悬了一个蟒皮箭袋；弓静静地悬在那儿，弓弦绷得紧紧的，有一种引而未发的张力。这是吴辛去内蒙出差带回的。我喜欢这种安静的力，喜欢这个家庭的气氛。不过，我并不常到他家，三道门，我也嫌麻烦。我是一个怕麻烦的人，有什么事，一般打打电话也就可以了。在麦城我只和他们夫妇来往较多。我在一所高校教书，同时写作，吴辛是《麦城晚报》的记者。有一次开会，我们认识了，说起来还是老乡。说实话，我对她颇有好感。但会后一联系，才知道她已是罗敷有夫。我怅然若失。看上去她真不像是个结了婚的女人啊。吴辛相当漂亮。后来很自然地我就认识了郑桥鸿，彼此也成了朋友。郑桥鸿在师范大学教写作，我们很谈得来。我和他经历相似，职业相近，最大的不同是，他结婚已经好几年，娶到了吴辛这样理想的妻子，而我至今仍是独身一人。说到底，这是我自己的事，我也认了。

我们交情不错，但也并非无话不谈。其实，这世上哪有无话不谈的关系呢？即使是夫妻又能怎样？我和他俩刚开始稔熟时有些不知深浅，曾跟郑桥鸿开玩笑说我很嫉妒他，把吴辛这样的好女人娶到了手。我本以为这是句恭维话，不想还是犯了忌，郑桥鸿当时的脸色就很不自然。当然他涵养不错，并没有说什么，但我以后就注意多了。

我们谈着说着，谈到了出差的事。吴辛告诉我，她这次是去采访"郑板桥艺术节"，大概要两三天。郑桥鸿抱怨道：就你事情多，一天到晚在外面跑。吴辛说：我一个月有十五篇稿子的任务，总不能一直在本地转吧。我已经两个月没有出去了！郑桥鸿说：你还没出去？半年你才在上海进修了三个月。我对郑桥鸿说：郑板桥是你的本家，你应该支持她去。况且昭阳离吴辛老家不远，正好可以回家看看。吴辛说：老家我是不想回了，会一散我立马回家，这总没意见了吧？郑桥鸿说：我可没让你不回老家，倒显得我不通人情。你不会材料一抓就早点走？吴辛说：总之我三天以内肯定回来。郑桥鸿冲我苦笑一下。吴辛看看墙上的电子钟说：该吃饭了，我去做。孔阳你就别走了，就在这儿吃。我也不客套，说：要不要我帮你？郑桥鸿站起来挽着袖子说：算了，还是我来吧，吴辛你不是难得出差嘛！两口子一起进了厨房。一会儿，里面就响起了炒菜的声音。

我一个人坐着喝茶，随便翻看着桌上的杂志。吴辛出来给我续水，悄声说：我难得出去一次，他还不高兴！我笑着说：你可别说，你上次到上海，郑桥可是经常给我打电话，说一个人在家无聊透了，牵挂你。吴辛说：你可别给他夸张。我说：哪能呢？你们可真是难舍难分啊！吴辛红了脸，突然想起了什么，对厨房喊：盐别放太多，孔阳口淡！郑桥鸿端出了一个盘子，说：我口也不重，还不是被你同化的。我笑起来。吴辛口重，我是领教过的。据郑桥鸿说，如果是他下厨，吴辛在外面叫得最多的就是：别忘了加盐！淡了没法吃！他两个你咸我淡地逗着嘴，你来我往，我坐在那儿心里竟泛起一种不咸不淡的味道。有个家，到底还是好啊！

吃完饭，我就告辞回去了。

深夜的电话

我一个人住一个单间，这是学校对大龄未婚教师的照顾。对此我非常感谢，这让我好歹有了一个窝，一个可以安静写作的地方。我的作息很有规律，晚饭后通常用我的黑白电视看上一会儿新闻，然后就坐到电脑前面开始工作，十一点半上床，看上几页书，然后睡觉。那天也不例外。我上床后不久就睡着了，而且做了一个梦，在梦中我小说里的人物纷纷登场，妙的是，他们正按照我的线索往下活动。有一个若隐若现的情节正影影绰绰地在暗处晃动着……

突然，床头的电话响了，我猛一激灵，一时间处于半梦半醒之间。我本以为这是梦中的铃声，回不过神来。电话继续响着，是实实在在的声音，寂静里，非常刺耳。我有些奇怪，这么晚了，是谁？我抄起电话，一听，是郑桥鸿。

我问：喂，有什么事？

郑桥鸿颤抖着声音说：吴辛出事了！

我说：郑桥，你别开玩笑！我正做一个很重要的梦，被你打断了。

郑桥鸿说：我不是开玩笑，吴辛真的失踪了！

我不相信：失踪了？！她不是出差了吗？你别逗我。

郑桥鸿说：我哪儿还有心思开玩笑。我现在就在派出所里。

我认真起来，从床上坐起了身。我问：到底是怎么回事？

郑桥鸿说：具体情况我还不知道。

我问：那你怎么知道她失踪了？她是不是去老家了？

郑桥鸿说：这不可能。她是乘电视台的车子回来的，十点半她在宁夏路口下的车，可到现在还没到家。

我说：是晚上十点半吗？那她会不会到另外的地方去采访了呢？

不会。她下车时跟车上人说她就回家的。

我说：宁夏路口离你家只有五分钟的路啊，那是不对了。我觉得问题真的严重了。

郑桥鸿沙哑着声音说：我已经全乱了方寸了。这怎么办呀！

我说：你现在在平楼门派出所是不是？我一刻钟后就可以赶到。

他们正在研究案情，郑桥鸿迟疑着说，可能马上会让我带他们沿路再找一找，然后可能还要到分局去。我等定下来再打电话给你吧。

看来也只能这样了。我安慰了他几句，那边有人喊他，电话就挂断了。我躺下来，睡意全无，心怦怦乱跳。天啦，怎么会这样？平日听了那么多的事，难道今天就真的在我的身边发生了吗？暑假里我们学校有一个英语专业的女研究生被几个骗子以旅行社的名义拐到了外地，至今下落不明，我当时听了只觉得这个女孩傻，幼稚得可笑，可吴辛是一个见多识广的记者呀！很难想象她会被人骗走。如果不是被骗，情况只能更加可怕。天啦，灾难真的就如此毫无朕兆地降临了吗？！

我的脑子也全乱了。我摸着一根烟，点着，同时等着郑桥鸿的电话。我担心深夜里电话太响，惊扰了邻居，把电话铃拨到了低挡。麦城这个地方治安情况一直很差，前一段时间几所高校里就出了一连串骇人听闻的案件。整个城市传得沸沸扬扬。就连我所在的教研室，已经是穷得清汤寡水，还被小偷光顾了一次。派出所又是打指纹，又是踩鞋印，忙了好一阵，最后也是不了了之。警方开始时担心扰乱人心，不少案子按住了不让报道，但后来他们大概发现越是保密就越是传得厉害，索性有选择地在电视上公开了一些案子，还悬出了高额奖金，通缉令也贴得到处都是，但还是没有下文。更有一些案件，也许是血腥味太重，警方至今三缄其口，他们也可能是怕说出来了最后又破不了案，下不来台。九月下旬，一个麦城大学的女生被人分了尸，至今毫无线索。这个案子警方也没有公开，但麦城大学和我们学校前门对后门，我还是听到了不少传闻。有一次坐出租车，那个司机眉飞色舞地告诉我，公安局找他们开过会了，说是有一个司机发案的那天晚上载过那两个家伙，两个人都是民工模样，还提着一个大包，里面装的就是那个学生，等等。我听得毛骨悚然。记得事后我和郑桥鸿两口子谈过这件事，吴辛还开玩笑地对郑桥鸿说，你还得感谢我吧，要不是我们单位分了房子，还住你们学校，说不定我们夜里连觉都会睡不着的！

　　从前一阵开始，各个学校的校卫队都忙了起来，公安局也派了不少警力，搞了一个"校园治安强化月"，虽说积案一件未破，但学校的情况确实好多了，再也没出什么大事。但有个说法，说是现在小孩子们都普遍种上了各种疫苗，病毒无处去，所以大人们倒常常得天花之类的毛病。是不是这么一搞，歹徒们在学校无所作为，就被挤到学校外面去了呢？不过我怎么也无法相信，这样的厄运竟会落到我的身边，吴辛的身上。

　　可事实是如此残酷。她在宁夏路口下车，五分钟的路，一箭之遥，她走了三个多小时还没到家！

　　我一支接一支地抽着烟，嘴里抽得发苦。除了抽烟，我现在什么也不能做，我也不知道我该怎么办。我整个脑子都乱哄哄的，里面就像在熬中药。吴辛是个娇弱可人的女人，两天前，就是她出差的那天，我还在他们家。郑桥鸿在厨房做饭，吴辛冲里面喊：盐别放太多，孔阳口淡！这一切仿佛就在眼前，可现在说这话的人没了。就像一滴水珠，汽化了，她突然就从这个城市消失了……

我等着郑桥鸿的电话，我不知道他那儿的情况怎么样了。这样的等待，对我来说是一种残酷的折磨。

时间一点点地过去了，我想我不能再这么等下去，我的神经受不了。即使是在平底锅上烤，我也得翻一个身。我飞快地穿上了衣服，出了门。刚下了几阶楼梯我又折回去，打开抽屉，翻出了几个小巧的塑料手电筒，塞进口袋。我房间有个应急灯，但还没有充电，况且它也实在太大了。

有一些是推测，还有些情况不容置疑。

昭阳和我老家所在的县（也是吴辛的老家）相邻，是个好地方。那儿盛产文人，写《水浒》的施耐庵，清末"扬州八怪"里的郑板桥、李鱓都是昭阳人。其中郑板桥名气最大，所以才有了这么个"板桥艺术节"，谁曾想到，会惹出个这么大的事儿来？昭阳物产丰饶，出稻米、鲜鱼，还有螃蟹。说相声的马季到过昭阳，他大嗥了一顿螃蟹后在相声里说：昭阳是个好地方啊——捧哏问，什么好？马季说，昭阳的螃蟹才五毛一斤啊！当然，那是十几年前的旧事了，现在的螃蟹早已涨到了每斤五十元，但昭阳仍然是个好地方，都说是：人到昭阳，心发痒，这我早有耳闻，但吴辛的心是不会乱痒的，她作为出席艺术节的记者，当然有上好的招待，螃蟹肯定也没少吃，事实是她没等到艺术节最后结束，把会务组给记者们准备好了的一人一袋的材料一拿，就回麦城了。这一点有和她同车的电视台和日报的同行们证明，绝无疑问。

他们坐的是一辆依维柯面包车。同车的共有五个人。他们基本都是熟人，时常见面，但聚在一起的机会并不多。他们互相聊着各自单位的一些事情，吴辛和日报的小周还大致分了一下各自文章的侧重点，以免雷同。车上的气氛融洽而正常。因为忙，也因为会议伙食太好，吴辛带去的零食还没有吃完，大家你一把我一把地分了吃，果皮吐得车上到处都是。司机是电视台本单位的，见他们嘻嘻哈哈地闹得开心，回头开玩笑说：你们把车弄成这样，我怎么搞？小周一拍脑袋说：呀，怎么把你这个大爷给忘了，瓜子你要不要？吴辛说：他怎么吃啊！我这儿还有个好东西，专给你准备的。说着把一包从会上抓来的"板桥"香烟扔了过去，她笑嘻嘻地说：这就算我的搭车费吧……从昭阳到麦城是一条高标准的公路，到了扬州以后更是一马平川，在汽车的前灯下，路面发着令人愉快的暗光，车轮沙沙作响。慢慢地，车内安静下来，他们开始有了点睡意，但没等他们睡实，麦城就到了，依维柯车驶进了灯海，车内的灯光明明暗暗，晃在他们脸上，他们都清醒了过来。

这是个周末，每个人都有一个庸常的，同时也是熟悉的家在等着他们。他们开始在继续行驶的车上收拾行装，准备下车。车到宁夏路附近，吴辛说：我就在这儿下。可司机装着没听见，车子继续向前滑行。吴辛大叫道：停！停！汽车猛地拐了个大弯，折了回去，"嘎"一声停了下来，车上的人全一震。小周笑道：你这是怕我们醒不来呀？司机说：看在吴辛香烟的分上，我服务到家。汽车果然停在宁夏路口，车门正对着小巷。吴辛一迭声地说着"谢谢"，拉开车门下了车。她说：我还有五分钟的路，你们走吧。司机开玩笑地说：要不要我护送？吴辛红着脸说：你就走你的吧！

汽车闪着尾灯渐渐远去了。吴辛是第一个下的车，车上所有的人都能证实上面的情况。

吴辛站在路口的路灯下，把肩上的小包背好。马路对面是麦城警备区的大院，门口灯火通明。那时正是换岗时间，两个警卫"夸夸"正步走到警卫台前，对持枪肃立的士兵唰地一个敬礼，然后两两相对地换岗。吴辛饶有兴味地目睹了这个过程。他们给吴辛带来了一种实在的安全感。

这时正是晚上十点半钟。此时的麦城才真正步入深夜。

……

线索到此中断。实际上以上的描述已经包含了我的一点想象，但其中的一些关键环节是事实，也至关重要。我了解这一切时已是深夜一点半，吴辛仍然毫无消息。我在平楼门派出所见到郑桥鸿时，他已经近乎丧魂落魄，我一见到他就问：你家里现在有没有人？如果吴辛现在到家呢？郑桥鸿说：我请邻居守在我家里，一有情况他就会通知我。他六神无主地说：她一定是出事了！一定出事了！他的话让我的心再一次往下一沉，我想到的是，也许最惨痛的事在过去的几小时内已经发生了，一切都已经无可挽回了。我问他：你能肯定吴辛下车后立即就回家了吗？她会不会还有其他的任务？郑桥鸿肯定地说：不可能！你来以前派出所已经把和她同行的小周喊来问过了，还做了笔录。我问：那她会不会是临时改变了计划，到其他地方去了？郑桥鸿说：怎么可能？我给她所有能去的地方都打过电话了。他略带愠怒地对我说：你就别再瞎猜了。

　　其实我心里当时还冒出了一个想法，吴辛的突然"出走"——我希望只是这样——会不会与感情有关？赤裸一点说，会不会是私奔了？我知道这亵渎了吴辛，甚至还有他们夫妻的感情，就连想一下都已经过分了，可我当时就是压不下这个念头。在这个时候我当然不敢再多嘴，我只是在心里猜度。循着他们的婚姻看过去，连我自己也觉得这个念头非常荒唐。他们的感情是那么好，好到让我这个朋友都经常看得耳热心酣。他们结婚好几年至今还没有要孩子，我原先难以理解，因为我觉得婚姻的主要目的就是为了传宗接代。不过后来我懂了，因为在麦城这样的两口之家现在很少。他们都是感情好得暂时还容不下任何一个"第三者"的幸福夫妻。他们也许在婚姻里发现了很多难以言说的乐趣吧，对于这一点，我是没有发言权的，但我亲眼所见，吴辛和郑桥鸿的家庭是平稳而幸福的。他们怎么活法，不用我说，你大概也可以想见，说到底婚姻的实质内容可能都是相似的吧。我相信，吴辛是不可能做出这样的事情的，或者说他们的婚姻不可能出现这样的问题。要知道，郑桥鸿对吴辛是多么的好啊！生活上，无微不至，他不用坐班，家务基本全包了；工作上，他帮吴辛出主意，经常还帮她改改文章，甚至亲自捉笔代刀。据我所知，吴辛的一篇得了全省"好新闻"一等奖的通讯就是郑桥鸿帮她弄的。如果换了我，我自思做不到这样。总而言之，吴辛没有理由出这类事情，而且事实上，也没有苗头。吴辛是个洁身自好甚至有点孤芳自赏的女人。

我和郑桥鸿坐在一个小会议室里，就我们两个人。两个警察一个正在外面的值班室里写着什么，另一个在看报纸，我隐约看见他看的正是吴辛供职的那一张《麦城晚报》。该了解的他们大概已经问过了，看上去一时也没有什么高招。周围很静，墙上的电子钟发出轻微的声音，细长的指针正有板有眼地兀自向前走着，时间已是两点多，十点半早已过去了，而且永远不再回头。正是从那儿开始，一件我们尚未完全知悉的事情发生了，也许现在仍在进行。不知道在这个世界的一个什么不可知的地方，吴辛正受着怎么样的折磨，她那原本活泼的生命不知是否还存在着！我仿佛看到了一张惨白的、满脸血污的脸，一丝微弱的呻吟正从暗处传出来……我看看郑桥鸿，那是一张色如死灰的、无奈的脸，好像是一只大祸临头的小兽，他正一根接一根地抽着我带去的香烟。整个屋子充满了一种铅灰色的沉重的烟雾，呛得人透不过气来，如果此时房间里充满的不是烟雾而是煤气，我相信任何一丝火星都会引起一场爆炸。我站起身，走到值班室，对警察说：你们，能不能再采取一些其他措施？总不能就这么死等吧？

低头看报的警察说：我们已经通知全城的 110 报警车了，让他们巡视时留意周围的情况。你有什么建议，可以说说。

可不可以出动警力，沿街搜捕？

宁夏路周围我们已经搜过了，那条小巷也看过了，还搜捕谁？他用手指弹着报纸说，案情还不清楚，我们没有权力采取这么大的行动。况且，她是不是真的就是失踪了，现在还很难说。

郑桥鸿一听这话，从里面走出来说：怎么还不是？那你说她到哪儿去了？你说啊！他显得有些冲动。

拿着笔的警察同情地看看他说：我们暂时也不知道。

那个看报的警察也说：所以我们只能再等几个小时，等天亮了就好办了。

我着急地说：也许那时一切都晚了！

那也只能等。他们一摊手说，还有几个小时天就亮了，天亮了我们一定会采取行动。

郑桥鸿还要说什么，我推一推他，回到会议室。那个看报的警察突然又喊住我，指着报上的一篇文章的末尾问：是不是就是这个吴辛？

我回过头，看也没看说：当然是她，晚报没同名的。

他轻轻叹口气。我心里也是一阵心酸。

我和郑桥鸿一人占一只角在会议室的转角沙发上躺下来，一时谁都没有再说话。日光灯惨白地照着，衬得窗外黑沉沉的。这时正是一夜中最黑暗的时候，虽然我一直没有闭过眼睛，但此时已经过了最困的时候，我的脑子越发清晰起来。一只秋天的蚊子在耳边嗡嗡嘤嘤地叫着，绕来绕去，挥之不去，就像一个飘忽的念头。我想起了一件事，一个无关紧要的问题，我知道在这种时候问这样的问题非常不合时宜，自己先在心里琢磨了半天，但我终于还是忍不住。我坐起身：郑桥，吴辛走时不是说好了要三天以后才回来吗？她应该明天才到家呀，你怎么知道她今天晚上要回家的？

郑桥鸿双手掩面，平躺在那儿说：我给会务组打过电话。

我问：是她本人接的吗？

不是。我没找到她，会务组的人告诉我，省里的记者一起提前回去。郑桥鸿不耐烦地说，可她确实是今天晚上回来的，对不对？

是，是。我不再吱声了。我重又躺下来。心里想，如果郑桥鸿是一个不那么会惦念会牵挂的人，或者说他稍微粗心一点，他就不会眼巴巴地等在家里，也就不会在第一时间发现吴辛的失踪了。能够及早发现无论如何要主动一点，在懵懂中一切都已无可挽回那当然更为惨痛。可以这么说，郑桥鸿能够几乎立即就发现了吴辛的失踪，那差不多是一个必然，或者说是一种宿命。但这里有一些因素，一些关于他们婚姻或者其他什么的因素，让我一时难以释怀。要知道，郑桥鸿是一个多么心细的男人啊，他简直算得上是心细如发！我知道郑桥鸿有一个难以改变的积习，他几乎每次下楼离家都要磨上几分钟，他锁上门下了楼梯，总是会折返身，回去把门锁再检查一遍：拉一拉门，掏出钥匙，打开，再重新锁上，然后他才算放心了。

除了大楼底下的自动门他可以不必费事，前面已经说过，他们家另外还有两道门。

我似乎看见了混凝土墙内密密麻麻的钢筋，还有那些铁门，那些窗上的防盗铁条：这真是一个铁笼子啊。一个幸福的铁笼子。所有的婚姻都住在里面。门一关，窗帘一拉，一股使人慵舒的幸福气氛顿时弥漫开来。周末到了，一个人先回家，从菜场带回一大堆菜，荤的素的，红红绿绿。他（或她）系上围裙，到厨房开始做饭，一边等着另外一个人，也许还有个孩子。香喷喷的气味飘起来了……

　　这正是一个周末。郑桥鸿希望吴辛能够回来过，所以他打了电话。他把浴室里的电热水器打开，然后开始做饭。时间还早，他不必着急，可以格外精心地做这顿饭。他当然不会忘记菜的口味，每样里多加了一点盐……菜一盆盆端上了桌，他把围裙解下，坐在桌边，点上一根烟。他在韭菜里配上了红辣椒，炒虾里搭了几根青葱，看上去很悦目。浴室里"吧嗒"一声，他知道那是热水好了。他们吃过饭可以洗个澡，也许看上一会儿电视，也许不看，然后他们上床，可以肯定的是，两天不见了，他们会认真地做一次爱……

　　这是一种我们可以想见的生活，一种正常的生活。郑桥鸿永远也不会过腻，至少他目前还远远没有腻味。

　　躺在沙发上郑桥鸿一动不动，他不断地叹着气，这使我不至于误认为他已经睡着。秋天夜寒，他的鼻子似乎有些塞气，有鼻涕在他鼻孔出入。突然间我觉得他有些令人厌恶，一种在我们的交往中从未有过的厌恶。这似乎没有来由，我说不清这是什么原因。事后回想起来，我还为此感到心有愧疚。

他确实够可怜的了。我无可奈何地确信，一个幸福的家庭就此已被击碎了，我所熟知的那种平和、安详的家庭生活图景从此将不再重现。这时已是深夜三点半，五个小时前，灾难的降临仿佛鹰隼的翅膀，一掠而过，阴森森的旋风之下，玻璃般温润晶莹的家庭生活被扫到地上，碎片四溅……这一切看上去毫无朕兆。我在以前的小说里经常说：这个故事发生前，已经悄悄地发生了很久了——但现在不是这样，至少我没见到任何预警。正因为是突如其来，一旦发生，完全猝不及防。

我翻了一下身，口袋里的电筒滑到沙发上，硌到了我的腰。在来派出所以前我刚刚用过它们。我已经沿着小巷找了一遍。我当然没有找到吴辛。手电筒昏黄弱小的光圈下，似乎一切都是正常的。

不管用的手电筒

电筒一共有三个，我掏出第一个，一推开关就发现它不管用。这是一次性的东西，我并不感到奇怪。我刚要把它扔掉，想想，把它装在另一个口袋里。第二个还算行。一道微弱的光柱从我手里射出去，地上出现了一个黄色的斑点。我从宁夏路口进去，推着车往小巷里走，光斑和我的视线一起在巷子的两侧缓缓移动。

我走得很慢。地下的碎砖烂瓦不时硌一下我的脚，自行车也冷不丁"咣"地响一下，这声音弄得我心惊肉跳，倒好像犯罪的是我。我找了个地方把自行车锁了，只身继续往前。

建筑工地已经完全安静了下来。远处有两盏高瓦数的大灯，成对角线地悬在两根竹竿上，那儿的地面已被开肠破肚，一个巨大的方形地基坑，黑黢黢地依稀显出密密麻麻的钢筋的影子。起重机的巨臂高高地伸向天空，像大地忍痛的手臂。

一丝声音也没有。竹竿上的灯周围有一片黑雾，是一群趋光的虫子正在那儿翩跹起舞，但我听不到嗡嘤声，它们好像是被罩在一个硕大的玻璃罩子里。我继续往前走，灯光更加明亮了，手电显得很暗，仿佛我手里抓着的只是一个会发光的虫子。我知道电池的电不足了。为了省电，我把手电筒关了。

电筒是吴辛给的。大概一个月前，吴辛打电话给我，说她要去采访本年度的"原创歌曲演唱会"，她有几张票，问我去不去。当时我正写一个中篇，写得磕磕巴巴，正想出去散散心，就去了。那天市体育馆人非常多，称得上人山人海，我们好不容易检了票进去，却发现前厅里人更多，一问才知，原来是在领手电筒。无数的手伸过去，发手电筒的完全招架不过来了，他们大叫着：不要挤不要挤！一人一个！人却挤得更厉害，他们索性把装电筒的纸盒一推，自己躲开了。我和郑桥鸿在吴辛的鼓动下也挤进去一人抓了一把。电筒很小，一把就有三四个。看演出时气氛热烈得怕人，一个光头的歌星唱完，两个小女孩抢上台去，一个在他脸上印了一个吻，另一个竟然把自己项上的金项链摘下来，往那个光头的脖子上套。演出中灯熄了好几次，无数手电霎时间亮起来，星星点点，恍若繁星。我虽然很不喜欢那些歌，还有那群歌星的做作，但也被气氛感染，把四个手电分在两手，左挥右晃，闹了好一阵，权当起个哄。散场的时候，吴辛喊住我，把几个手电全塞在我手上，说我一个人住，夜里也许用得着。我就这么两袋鼓鼓地回去了。电筒很不经使，不久就只剩三个还亮。不想今天终于用上了。

我继续往前走，特别注意两边的工棚。工棚里的灯大概都是长明灯，每个棚子里都有昏黄的光线射出来。我竖起耳朵，仔细辨别周围的动静。我听到有磨牙的声音，还有人说梦话。一个壮汉从棚子里出来撒尿，唰唰唰激得地上乱响。他看见我，怔了一下，似乎想问什么。我装作路过的样子走了过去。

第三个工棚前面停了两辆摩托车，灯光也比别处要亮好几倍。里面的人显然还没睡，我听到了大口吐痰的声音，还有人在低声谈笑。我停住了脚步，侧耳细听。天啦！天啦！我听到了什么？——我听到了女人的呻吟声！还有男人粗重的呼吸！

我的后心仿佛被重锤砸了一下，热血奔头。我霎时间就认定，就是这帮家伙，伤天害理狗胆包天的混蛋！——我是立即冲进去，还是去喊人？

我承认我说到底是一个胆小的人，可幸亏了这个胆小，我才没把事情弄得不可收拾。就在我一踌躇间，我突然听到了一个女人的讲话声，略带沙哑，有一股被窝里的气息，是一种酣畅淋漓后的淫荡的声音，而且是一句英语！我脑子一闪，立即就明白了。

他们是在看黄色录像！

这群混蛋！

我发现自己身上已被冷汗浸湿了。我蹑手蹑脚地走开去，到黑暗处擦了一下额上的汗。

这当然是虚惊一场，但我心里并没有因此而轻松，反而更沉重了。这帮精力旺盛性欲压抑的家伙，头脑一发热，什么坏事干不出来呢？

一排工棚已经过去了，没有情况。我掏出手电，一开，光线暗得毫无用处。我取出口袋里坏了的电筒，把电池换过来；后来我把另一个能用的电筒也打开了，一手一个，沿路继续往前走。我特别留意了那些阴暗的拐角。你已经知道了，我当然是什么也没发现。

最后我走到了郑桥鸿家的楼下。抬头望去，整个大楼除了他家的灯还亮着，一片漆黑；灯光透过窗帘射出来，仿佛一只哀伤的独眼。我在楼下站了一会儿，希望有一阵急促的电话铃声传出来，那样我就会立即冲过去，叫门，这时的电话肯定与这件事情有关……可是什么声音也没有。

一条灰黑的影子打着响鼻慢慢地移过来，我看清了，那是一只狗，一只身架不小的狗。我有点紧张，死死地盯住它，一动不动，我怕把这个狗东西激怒。它继续靠近，抬眼看看我，两只狗眼绿莹莹地闪光。我们僵持着，可这总不是个事儿，我把手电筒打开了，一左一右，正好两个，和天下所有动物的眼睛数目一致。电筒虽暗，但总比它那对狗眼要亮一点。狗大概是被我比下去了，或是觉得在我身上没什么想头，悻悻地走了。

我心念一闪，跟在它后头。它东张西望，一路嗅着，不紧不慢，时而快跑几步。这家伙的鼻子灵，对血腥气尤其敏感，现在它是送上门的警犬。它走到一个拐角处，似乎找到了什么，扑上去，欢快地哼了起来。我抢步上前，用电筒一照，原来是个肉骨头。狗怕我来抢，丢下骨头，冲我威胁地拉开了架势。一时间我还真觉得有点饿——要知道离我的晚饭时间已经 7 个钟头了——当然更多的是怕。我吓得连忙跑远了。

回头看去，宁夏路口的路灯隐约可见。因为拆迁，小巷被裁直了，就像一根弓弦。宁夏路口和郑桥鸿的家就是弓弦的两端。除了这条小巷，还有很多的路连接着这两端，它们都是弓。现在我已把弓弦捋了一遍，除了那个黄色录像，没有任何硌手的地方。也许在十点半钟的宁夏路口，有一股不可知的力量把她抛了出去，就像一根切线……今晚的吴辛有没有可能根本就没有走这条路呢？

但我并未就此打消对这条路的怀疑，我总觉得有一股不祥的阴云笼罩在小巷的上空。直到我骑车去派出所的路上，那个工棚里传出的声音依然在我耳边飘动，驱之不去。但我不能把这些对郑桥鸿说，他已是魂飞魄散，此时任何一点额外的压力都会使他立即倒下去。

我和郑桥鸿一支接一支地抽烟。我和他各带了一包烟，很快去了大半。他鼻子不通，还在一个劲地抽。我的舌头也已麻了。我想宽慰他，但找不出话说。完了，完了，郑桥鸿坐立不安，嘴里念叨着在房间里乱走。他告诉我，他是十二点来报的案。他刚把事情一说，接待的民警就说：不好了，又是一个！他心里立即就全慌了神。民警告诉他，就在昨天晚上十一点，也在他们辖区，一个下夜班的姑娘正在开她三楼的家门，突然从四楼冲下一个人来，一把捂住她的嘴，夹了就往楼下拖。姑娘拼命挣扎，大喊"爸爸，救命！"她父亲正好还没睡，立即就来开门。那家伙见势不妙，立即撒手跑了。民警说，这肯定是个串案！这样的判断是很自然的。我指指外间接待室那个看报的民警，问是不是他，郑桥鸿点点头。这会儿，两个警察都坐在沙发上打盹，他们把电话拖到了沙发边他们的手口，不知有没有睡着。

我问郑桥鸿，到目前为止，还有没有其他人知道这事。他说除了我，他还没有告诉任何人。我提醒他不要说。如果我们找到了吴辛，而她已经遭遇了不幸，那传出去相当不好。郑桥鸿说，我已经全乱了，我该怎么办啊！他说，不过我已经告诉晚报的领导了，她出差出了事，我总得告诉他们吧？我说那当然，他们有责任，义不容辞。

时间已近深夜四点。这真是一个难熬的长夜。除了等，我们还能怎么办？

来了很多人

我竟然在沙发上睡着了。我实在太困了，一不留神就睡了过去。我还做了一个梦，梦见我在郑桥鸿和吴辛的家，拿着他们墙上的弓在手上把玩。弓弦是牛筋的，粗粝，而且结实，里面蓄满了力。我用力一拉弓弦，弓发出了欢悦的吱吱嘎嘎的声音。我从箭袋里拔出雁翎箭，搭箭张弓，嗖嗖嗖，连珠箭发，羽箭向黑暗中的远方呼啸而去。我正努力辨听着箭矢的尾音，突然间一支箭在遥远的虚空中拐了个弯，尖啸着向我的方向飞来，刹那间我身边的一个灰黑的影子捂住胸口倒了下去，那似乎是郑桥鸿！我一下子惊醒了……

我不知道这是什么意思，是否与今天出的事有关。醒来时我大汗淋漓，我从沙发上坐起，身体和沙发面分离时像是在撕一片硕大无朋的膏药。郑桥鸿见我醒来，无言地冲我苦笑一下。看看钟，我已经睡了半个钟头了。

突然电话铃响了。我们两个顿时紧张起来，我们快步奔到外间。警察一伸手，把电话抓在手上——喂，这里是平楼门派出所，什么事？我们都竖起耳朵，生怕传来的是最不好的消息。警察听着，不时嗯嗯两声，又冲我们一按手说：不关你们的事，是打架的。我和郑桥鸿对视一眼，他长叹一声，又回到了会议室。

放下电话，接电话的警察对另一个说了句什么，两人都笑起来。另一个警察骂：他妈的，搞不好！我不知道是什么搞不好，也无心去关心。不一会儿，门外有人吵了进来。是一个四十左右的中年女人，她上衣没扣好，掩着怀，手里扯着一个男人，直冲值班室。她嚷道：这个王八蛋打我！警察问：你们怎么回事？那男人光着白眼，不回答警察的问话，顶那女人道：我是王八，你是什么了？自己占了便宜似的嘿嘿笑起来。女人一听这话，扑上去就要撕打。不用问了，这是一对夫妇。

另一个警察一拍桌子道：别闹了！半夜三更的，要闹到马路上闹去！

女人道：他打我。天天赖在外面，成夜地不回家。说是打麻将，谁知道干什么！

男人说：我赢了钱你怎么就不说了？

赢你妈个头啊，这个月工资一晚上就输光了！女人哭起来，这日子没法过了，我要离婚！

男人说：随你便！

两个人又对骂起来。警察喝道：要离明天到街道去，我们不管这事！

另一个警察道：再闹，再闹把你们先关起来！刚才你们邻居已经打电话来报警了，太不像话！

那一男一女突然噤了声，女的道：哪个王八蛋告的状，死不要脸的东西！

男的说：看我不修修他！

警察正色道：我们警告你，可别胡来！

女的说：这没你们的事，我们这就回去！冲他男人道，你还不走？！

男的说：妈拉×！走！

两人一前一后地走了。嘴里还在骂骂咧咧，但已不是对骂，而是骂他们的邻居。警察哭笑不得，骂了句：活宝！重又躺到沙发上。

又过了大约半小时，院外响起了一阵汽车马达声，"嘎——"，停在派出所门外。又有什么人来了。郑桥鸿站起了身。

来了三个人，我一个也不认识。两个警察首先迎上去，王局长，你来啦？跟在王局长后面的一个中年人径直走进值班室，问：小郑呢？一把握住郑桥鸿的手，拍着说：不要急，先不要往最坏处想。郑桥鸿的眼睛立即就红了，说：把你们都惊动了，我实在是没办法了，扭头对我说：这是晚报的李总编，马社长。我迎上去打了招呼。郑桥鸿对那个王局长说，我真是没办法了。

王局长大手一挥说：没什么，我们义不容辞！

几个人都坐了下来。王局长说：情况大致知道了，我们已经在分局碰过头，要不然早就来了。先说说，采取了哪些措施。

警察说：已经通知了全城的 110 巡逻车，让他们注意沿路的情况。

还有呢？

另一个道：宁夏路口到报社宿舍楼的小巷已经仔细搜了一遍，没有发现什么异常情况。

我插言道：我也看了一遍。

郑桥鸿看了我一眼。我冲他点点头。

嗯，措施还算得力。王局长道，你们两位老总再提提，还可以采取什么措施，我们一定全力以赴。

李总编说：这大概是全市第一桩记者失踪案吧？马社长你看看？

马社长说：我们报社还从没出过这样的事。破案我们是外行，王局长你看看，还有什么手段更强有力一些？

王局长略一思忖，手在桌上一按道：通知全城在外值勤的干警，包括交通警，联防队员，注意各道口，检查所有车辆！他眼睛在我们几个身上扫了一扫。

郑桥鸿说：那太麻烦你们了。

马社长叹口气道：现在是凌晨四点二十，希望能出现转机。

王局长骂道：妈的，狗胆包天，抓住了要枪毙！

警察开始给指挥中心打电话，把王局长的指示布置下去。我们都坐到会议室里，郑桥鸿站在外面，看着电话打完才进来。

警察把茶水端了上来，还从自己口袋里摸出了一包烟扔在桌上。一会儿，远处的马路上传来了一阵警车驶过的声音，警笛一路扯着，又一路远去了。看来行动的力度确实加强了。我们稍稍地定了点心。

天色已经开始发灰，外面的街道也渐次传来了早起的人们活动的声音。有人在哗啦啦地拉着卷帘门，想来是卖早点小吃的店铺已经开门了。我突然觉得饿得不行，胃里空空的，四肢也全空了，整个人像个装米的口袋，一粒粮食也没有，软塌塌地立不住。我和他们打了招呼，上街去买点吃的。

我找到一个店铺，门倒是开了，好几个人在里面忙，乒乒乓乓很热闹，但面才开始揉，什么还没有做出来。我声音虚虚地请他们看看能不能找一点东西，哪怕是昨天卖剩的也行。揉面的女人两手白白地指一指案板上说：只有冷馒头，你要不要？我拿一个闻闻，还没馊，把那一堆八个全买了下来。

付钱时那女人问我：你是派出所的吧？我一愣，说不是，这才想起她就是刚才吵上派出所的那个女人。她的男人也在帮忙，正在一个半人高的炉子旁捅火。我捧着馒头走出老远，还听到那女人把个面盆揉得咣咣响，男人狠巴巴地吆喝着小伙计。这是一种油腻味实足的、放在嘴里咀嚼时很有咬头的生活，只让我听得肚子里更饿。我一路走，一路啃着馒头。早起锻炼的人在身边来来往往，我没想到麦城的早晨这么早就开始了。更多的人很快将从一夜甜梦或是噩梦中醒来，开始他们一天的生活。每个人都忙着自己的事，没有人关心，也想不到就在同时也笼罩着他们的黑夜里，竟发生了一桩如此可怕的事情。这件事还不知道最后将如何收场。我想所有的别人都是粗心的，除了作为饭后的谈资，他们很少关心身外的事物，可谁又能说得准，将有什么样的遭遇在新的一天里等待着他们呢？

　　我捧着馒头回到会议室。人人都饿了，大家就着茶水咬馒头。王局长几口就吃下一个馒头，用茶水冲冲嗓子，问郑桥鸿，让他再想一想，是不是还有什么地方，吴辛可能会去的，他还没想到？郑桥鸿神色黯淡地摇摇头。李总编也说，从工作安排的角度讲，近期吴辛没有其他出差任务。不过他又说，说不定吴辛在昭阳的会上得到了什么信息，临时决定到哪儿去一趟，这在报社也是常有的事情。郑桥鸿说，这不大可能——我想他心里肯定倒希望是这样——他说吴辛下车说了要回家的，她不是个心血来潮的人。话虽这么说，他还是皱着眉头使劲地在想。这是他已经无数次想过的问题，脑浆也不知搅了多少遍了。

电话在灯下静静地闪着幽光。没有消息。王局长提议我们到郑桥鸿家里去等。他交代派出所的民警，有情况可以直接打他的手机。他报了手机的号码，让他们记住，我们就走了。总共四个人，正好坐一辆车。

两部电话

帮郑桥鸿守在家里的是他对门的邻居，他们都住在六楼，楼梯口的那个铁门就是两家合装的。所以我们可以认为到目前为止，除了同车的几个人和不得不通知的人之外，吴辛出事的消息暂时还被封闭在这个铁门里。我们进去时邻居已经在沙发上睡着了。他睡眼惺忪地告诉我们，他到现在一个电话也没接到。他担心电话坏了，还让他老婆把电话打过来，自己接了一下。看来他是个细心的人。郑桥鸿告诉他，目前还没有什么消息，请他先回家去休息。邻居临走时说，有什么消息一定立即告诉他，也让他放个心。邻居安慰说，不会有事的，不会的，郑桥鸿道着谢把他送出了门。

郑桥鸿已是心力交瘁，浑身的精气神似乎已全被抽走，他斜坐在沙发上，一言不发。我是熟客，权当主人，我打开冰箱拿出果盆里的葡萄和橘子，招待三位领导；又去找烟，倒茶，把电视机打开。平日我来做客时都是吴辛前前后后的忙，可她现在不在了，我们正等待着她的音信，为她焦心。桌上的饭菜还摊着，是一桌完整的家庭晚餐，看来郑桥鸿一筷子也没动，我把它们收到冰箱里。

该说的都说了，任何事外的话题此时此地都是不合时宜的，我们四人枯坐在沙发上，无话可说。幸亏还有个电视机，播着一个外国的电视剧，淡寡无聊，大概电视台根本就没指望会有任何人来看它，但它的声音把客厅郁闷至极的气氛稍稍冲淡了一点。

　　王局长把他的手机放在桌上。我们不时下意识地看它一下。此时有无数的电波正在空中游荡着，但它们聚不成吴辛的身影，它们与桌上的手机无关。现在这个家里有两部电话，一个是王局长的手机，另一个就是郑桥鸿家的电话。我等着它们的声音，但我是多么害怕那部手机突然响起来呀！按常理推断，事情已经到了现在，任何从公安部门传来的消息都肯定是不祥甚至惨痛的，如果现在吴辛被他们发现了，那可怕的事情肯定已经无可挽回地发生了。

　　我希望郑桥鸿家的电话能够带来好消息。那部电话我是熟悉的，它放在床头柜上，上面盖着一块印有菊花图案的手帕，旁边有一个高高的落地灯，我在自己宿舍给他们打电话时，能清楚地想象出郑桥鸿或是吴辛拿着电话斜躺在床上的情景。可是它现在哑着，无声无息。

　　我有些耐不住，简直也怀疑电话坏了。我轻步走进卧室，拿起话筒，听一听，它当然是好的。那根红色的电话线卷曲着拖到床下，又从窗户那儿伸出去。电线联结着一个巨大的网络，和无数的电话联系在一起，那些形形色色的电话机无限广阔地分布着，我想象着，在一个不可知的地方，吴辛会拿起电话，拨通她家里的号码，把我们悬着的心放下来。

等待是难熬的。时钟的每一个刻度里都布满了我们的焦灼。天色已渐渐亮了。我走过去拉开窗帘，把窗户打开，清冽新鲜的空气涌了进来。抬眼望去，远处的街灯在晨曦中已略显暗淡，纵横的街道也已隐约可辨了。新的一天真正到来了，不知在这无边的天光下，吴辛的事件何时会呈现最后的结局？——多希望是一场误会，或者整个就是一场梦！

几个房间已渐次明亮，灯关了，新鲜的光线照亮了客厅，王局长看见郑桥鸿身后墙上的那张弓，他饶有兴趣地问：你们文人怎么还喜欢这个？是真的吧？——我看看。郑桥鸿站起身把弓摘下，递给他。王局长接在手上，打量着弓背上的花纹。杯弓蛇影，是不是有这么个成语？他问。郑桥鸿点点头。王局长拉拉弓弦，一松手，弹出一丝若有若无的颤音，余音仿佛游丝，久久不散。弓是吴辛买回来的，这我知道。这时间注意到这个，对郑桥鸿无疑是个刺激。他接过弓，往墙上挂时，被脚下的凳子拌了一下，弓在钩子上一拉，突然间弓弦断了，形如满月的弓刹那间弹开来，张成了直线，重重地击在郑桥鸿的手臂上！断弦的弓宛如悬在树上的蛇，闪电般地蹿到了地上，溜出老远。郑桥鸿"哎呀"一声捂着手跌坐在凳子上。大家惊呼一声，我走过去一看，他手上的皮被擦破了，一丝血痕眼见着显了出来。我问：怎么样？没事吧？郑桥鸿抽着凉气道：没事。王局长说：快去用冷水冲一下，冲一下就收住了。郑桥鸿进了厨房。

我疑惑地把弓从地上捡起来，盯着断了的弓弦。弓弦平滑，像松香滴下的长痕，呈琥珀色，略有透明；断茬处明显地细了一点，有被噬啮的痕迹。郑桥鸿甩着水淋淋的手臂凑上来一看，骂道：妈的！是老鼠！我奇怪道：它咬这个干吗？郑桥鸿苦笑道：这不是牛筋的吗，是肉！我把断弦的弓放到冰箱的顶上，一束塑料花的底下。弓中久蓄的力量终于从断口处释放了，它直着身子静静地躺在那儿，就像一个剧烈运动后累极了的人躺在他久违的床上。

郑桥鸿眉头还皱着，但看上去已经不那么疼了。这是一件小事，在我们整夜未眠的长夜，这算不得什么。郑桥鸿蓬着头发深深地勾着头，坐在那儿，良久，他抬起了脸，眼泪终于无声地流出来了。他无助地看着屋内的人，说：已经七点了。

我们都看着王局长，等他拿主意。他长叹一口气，果断地说：我必须向上面汇报了！等到八点，张市长一上班，我立即打电话！

李总编问：是不是管政法的张市长？

王局长道：对，他管我们这条线。

马社长说：也只有这样了。

又过了不知多长时间，突然，卧室的电话铃响了！这是我们盼望已久的声音，它那么响，所有人都被电击了似的震了一下。

我们一齐看着郑桥鸿，但他已似迈不开步子。他求援似的看看我，我站起身，走向卧室。我走得很急，所有的目光都罩在我身上。慌乱中我的脚在沙发前的茶几上绊了一下，差点摔倒。电话这时又是一阵响，我感觉到身后的郑桥鸿身子猛地晃了一下，仿佛是劈空飞来的铃声洞穿了他的胸膛，鲜红的贯穿性伤口已经开始流血。天啦，但愿是个好消息，只有这样的消息才能拯救郑桥鸿。

我刚进卧室，突然身后客厅里，王局长的手机也响了。"嘟嘟嘟……"声音很急促。喂，王局长拿起了手机——我就是，嗯嗯……

卧室的电话又开始响。我的天，两个电话，是凶是吉？！

我的大脑刹那间一片空白。客厅的人全站起来了。我心跳得厉害，"哗啦"，话筒被我碰翻了，从床头柜滚落到床上……喂、喂，是郑桥吗？我听到了一个细微的声音，仿佛从天边传来，是吴辛！

我跌坐在床上，喂，是吴辛吗？你在哪儿？

啊！是你？你怎么会在我家？郑桥呢？

我长叹一口气，大声说：你在哪儿？我们都在等你！

怎么啦？郑桥出事啦？她惊慌起来。

他没有出事，可……我一时不知从何说起。

他怎么啦？你一定要告诉我！吴辛已经慌了神。

不、不，他没事，我说，我们以为你出事了。

吴辛急切地说：你们肯定有事瞒着我，你让郑桥接电话。

就在这当儿，王局长的电话已经接完了，客厅里的人早已拥进了卧室，只有郑桥鸿还端坐在凳子上，一动不动，像个木偶。他的脸上亮晶晶的，是眼泪。我喊他：郑桥，让你来接。

郑桥鸿好像没听到，突然脖子一梗大喊道：我不听！你让她立即回来！

吴辛在那边听到了。她问：怎么回事？

我问：你现在在哪儿？

上海。

我稳稳嗓音道：我们都以为你出事了，已经折腾了一夜了！你怎么回事？

吴辛说：我怎么会出事？她迟疑了一下，我是到上海采访的。我刚下火车不久。

是临时的任务吗？那你也得通知家里一声啊！

是我不好，吴辛乖巧地说，我是准备到了上海再打电话的。你让郑桥接电话，我想跟他讲话。

我看看郑桥鸿，他扭着头，不朝这边看。我说：他还在生气。

吴辛说：看来我闯祸了。还有谁在？

还有你们的总编和社长。我把话筒递给靠近的马社长。

我把电话的情况告诉郑桥鸿，他打断我说：我都听到了！又对我说，让你忙了一夜，真是！我苦笑着说，这没什么。

说话间卧室里的人都出来了。马社长说：现在没事了，我让小吴立即就回来。

王局长说：虚惊一场！要是真出了事，我可是要火烧屁股了，张市长最近已经熊过我们不少了，我都怕见他。

郑桥鸿两眼红红的，但此刻他脸上更红，他神情尴尬，一时不知说什么好。

我好奇地问王局长道：刚才你接的手机，也是有急事吧？

啊呀，我要走了！王局长说，小营那儿又出了件命案，我马上去处理一下。他急匆匆要出门。郑桥鸿握着他的手说：真是对不起，麻烦你了。

马社长说：大恩不言谢。等小吴回来，我们报社请你，好好聚一聚。

王局长说：再说吧。

王局长前脚出门，两个社领导也告辞要走。李总编对郑桥鸿说：小郑啊，记者这个行当就是有点行踪不定，你可要谅解呀。

郑桥鸿脸红到了耳根。他连连点头，迟疑着说：这件事……能不能……

马社长说：我明白。放心，我们保密！

两位领导走了。我喝了几口水，在沙发上歇了一会儿，也回去了。我已经累得睁不开眼了。

你可千万不要告诉郑桥

我原以为我会困得迷迷糊糊。骑车时眼都睁不开，但一出大楼，晨风一吹，脑子反而清醒起来。这也许是长期熬夜练出的本领，今天算是充分发挥了。路上满眼都是上班的人，丁零零的自行车铃声盈满小巷。我走的还是老路，那条走熟了的路，夜里我曾打着手电筒四处搜索的路。建筑工地已经轰隆隆响起来了，小巷沐浴在晨光之下，一切都那么正常、活跃，昨夜的事只像是一场梦，一场荒诞的梦。梦的余味一时还驻在我的脑子里，仿佛我嘴里积了一夜的烟臭。

小巷的尽头有一所小学，现在它开始喧闹起来了。家长们正在送孩子上学，一个个满脸灰色，疲惫不堪的样子。只有孩子们全身心地快活，小脸红扑扑的。他们挥着花瓣一样的手，和父母道着再见，一头扑向他们自己的园地。也许小孩自有小孩的烦苦，但和大人们比起来，这又算得了什么？至少，他们绝不会通夜不眠吧。父母们整天牵挂的是他们的安全，他们的学业、健康，他们最挂念的，大概还是他们自己的玩具。从本质上来说，我很喜欢小孩子，据说孩子是个欢喜团，是快乐的结晶，可大人们把快乐生下来了，自己快乐也就所剩无几了。就像是一盆汤，精华的东西结晶出来了，沉了底，盆里的也就只剩下清汤寡水——婚姻是不是就是这样的呢？——也许结婚后孩子还没生，就已经进入了一种庸常的生活了吧？我还没有经验，但我骑在车上，却满脑子飘着这些泛泛的念头。我拐上了大路，视线越过黑压压的人群：抬眼望去，婚姻离我还很远；回头看看，那个让人牵念惊惧的一夜也已远去了。郑桥鸿家早已看不见了。我现在是在路上，我写作，我平静地生活，我觉得这很好。我喜欢这种在路上的感觉。

回到自己的宿舍，我这才觉得累。疲惫劈头盖脸地席卷过来，浑身似乎除了头发，无处不在酸痛。我强撑着吃下在路上买好的早点，重重地躺到床上。连毯子都没来得及盖，厚重的睡眠就把我严严实实地盖上了……

窗帘还合着，屋内黑沉沉的。我睡着了，好像睡在一个夜里，这个夜和昨天的夜很快就搅在了一起，似两团黑雾，其中的一些细节在黑暗中幽幽地闪着光……

郑桥鸿在打电话，会务组的人告诉了他吴辛的归程，祸根就此种下……宁夏路口吴辛路灯下的身影。一个短暂的犹豫。她朝一箭之遥外她家的方向看了一下，跨上了去火车站的车……沉沉的黑夜里明亮的车窗，吴辛明丽的脸……

一声刺耳恐怖的火车汽笛声把我从梦中惊醒，我猛地坐起身，四处张望。这是昨夜的汽笛，它透过睡梦撞到了现在，我的房间里。汽笛再响时，吴辛该已经回家了吧？

这一觉我睡了七小时，表上的指针已指向下午三点。我坐在床上发愣。

电话突然间响了起来。我吓了一跳。我抓起话筒，是吴辛的声音。

真对不起。她说，我没想到会惹出这么大的乱子。

你已经到家了吗？

是。一到家就想给你打电话，知道你肯定累得不行，想让你多睡一会儿。

我没事。我已经醒了一会儿了。我脑海里出现了那个三道铁门的家，安全的家。吴辛已经回去了。

你今晚来我家吃晚饭吧。吴辛说，我等一两天还得到上海去，那边的事还没结束。

饭我就不去吃了。我加重了语气说，吴辛，你得告诉我，你真的是去上海采访的吗？以我对你的了解，我难以相信。

吴辛在那边怔了一下，迟疑地说，是真的，要不我还要再去干什么？

　　你这是想补救一下，你别骗我了！我长叹一声道，我也算为你吃了一夜苦，你就不能把真相告诉我吗？

　　吴辛犹豫着。

　　实在不好说，那就算了。

　　不，我告诉你。

　　——等等，我说，郑桥在你旁边吗？

　　他还没醒，吴辛说，我全告诉你。我本来是准备回家的，可当时念头一闪，我突然想起了我一个人在上海进修时的生活。周末了，我下了班，一个人背个小包，在路上慢慢地走，什么也不想，什么也不用想。我东游西逛，吃吃小吃，看看时装，看着街上忙碌的行人，我觉得自己很自在。我突然很想再去试一下，品一品那种无所牵挂的感觉……喂，你在听吗？

　　我在听。我说，我明白了。这是一次婚姻生活的放假，对吗？——郑桥现在还不知道这些吧？

　　他当然不知道。吴辛期期艾艾地说，我想求你一件事。

　　你说。

　　请你为我保密，千万不要告诉他。他已经气急败坏了。

　　你放心，我绝不会说。而且我同意你的打算，上海你还得去一趟。

　　是的。

　　我刚要挂电话，吴辛又问：郑桥手臂上有一块地方破了，乌紫乌紫的，是怎么回事，是不是夜里摔的？

郑桥没有告诉你吗？

吴辛说：我现在哪儿还敢问他，他根本不理我。

我说：是你们家墙上的弓打的，弦突然断了。

哦，吴辛显然还不太明白。但她不再问。她说：你们为我所做的一切，我非常感动。

我说：这也没什么。没出事比什么都好。

吴辛说：你还是来吃晚饭吧。

我不去了。我还得写东西。

吴辛柔声说：真对不起，把你的写作给耽误了。

我说：哪来的话，也许我倒可以另外写篇东西哩！

一周以后，我偶然从晚报上看到了吴辛去上海后写的文章。是一篇关于一个活动的侧记。写得不错，挺像那么回事。她毕竟是一个能干的记者，一个经过婚姻锤炼的成熟女人。

药是爱情

　　李漾喜欢子君已经很久了。她在另一家公司工作。他还没有表白，更不知道子君对自己的感觉。有一天，他去超市买东西，结账的时候人很多，要排队，他看见子君隔了好几个人排在自己后面。也许可以招呼她过来，但子君显然没有这个意思。前面有个女的插队，她身后的姑娘出言指责，后来就吵起来了。插队的女人浓香袭人，气势也逼人，她把手里的东西往收银台上一摆，回头骂一句，还抽空接着电话。指责她的姑娘突然不接她的骂了，换个腔调说："509退房！对，就这位小姐和那个先生！"她的声音悦耳而职业，肯定传到了插队女人的手机里。插队的女人乍然变色，拿着手机都不知道说什么才好。李漾听见手机那边有个男的在追问，女的张口结舌，账也顾不上结了，闪到一边语无伦次地解释。收银员抿嘴笑，大家都偷笑。报房号的姑娘得意扬扬地结了账，朝对手挑挑眉，趾高气扬地走了。

李漾心里叹着这姑娘手段厉害，他结了账，站在一边等着子君。他问子君："你说这女的是不是真在宾馆前台工作？"子君说："可能是。她好像很职业。那插队的可怎么回家啊！这女的太过分了。"李漾问："谁过分？"子君说："两个都过分。插队的不对，那女的也太毒辣了点。"李漾说："幸亏你没有到我这里插队。"他偷眼看看子君买的东西，果然有女人的用品。子君的脸微微一红。李漾笑道："这下插队变成插足了，她说不清了。"子君说："其实超市的声音和宾馆不一样的，可是我们刚才都没有出声。"李漾说："你可怜她了。我是光觉着可笑了。"

这就是他们的开始。他们第一次长时间的对话。他们就此开始恋爱了。

我是一个专业作家。所谓"专业"，就是以此为业，并不意味着自诩水平很专业。我的周围有不少朋友，他们常来聊天。作为一个很宅的人，跟他们的交往丰富了我的阅历。李漾是个很出色的小伙子。他来自另一个城市的城郊，人帅气，聪明，一点不土气，口才也不错。他在本市著名的安迪动画公司任主管，算是年轻有为，但他依然保持着一种难得的安静和质朴。我几乎是一认识他就喜欢上了他，所谓"白首如新，倾盖如故"，大概就是这个意思了。只可惜，我们熟识不久他就打算离开安迪公司了。他黯然说："我就要走了。"

对此我觉得诧异。他在工作上起步良好，爱情很甜蜜——

从他此前只言片语的流露中我能感觉到这一点。那他为什么要离开，去另一个很遥远的城市呢？

这是我的疑问。但我从来不逼问。这不但不礼貌，即使逼问出什么，也极有可能与事实大相径庭。我说过，李漾不土气，帅气，这不仅指长相，更是因为他极聪明，他肯定明白来自朋友们的信息是我创作的重要源泉。因此他在我面前挺慷慨，平时就跟我说过不少有趣的事，临别时他显然愿意给我留下一点素材。"我有个大学同学，他的事情满有意思的。"这有点搜索枯肠留一点辞行礼物的意思了。他的语调冷静平和。下面就是他说的故事。

有个女孩，名叫泽天。二十五岁，正是最好的年华。泽天面容姣好，虽算不上闭花羞月，但是很耐看。属于那种聚会散了场你还会想着、念着她的女孩。

泽天虽是"90后"，却没有她这个年龄的女孩常有的那种"公主病"。她柔顺，善解人意，性情温和。她在家里是个乖乖女，和同事朋友交往也落落大方，举止得体。和她待在一起，你会觉得很安心，很舒服。这其实相当难得。现在的女孩千姿百态，各式各样，有的像是白开水，有的像是烈性酒，更有的索性就是一罐火油，或是一碗毒药。泽天像茶，绿茶。她的可爱源自她的天性，没有丝毫的造作。

朋友们聚会的时候，她常常静静地坐在灯光的阴影里，安静地听，小声地说话，不像别人，尖笑喧闹引人耳目。出门打车了，她也不会站在一旁，等着男士们抢先帮她把车门打开……是的，她不计较这些。她就是这样——是的是的，她就是我同学的女朋友。我同学跟我很要好，基本什么都会跟我说。我也见过泽天。我同学说，遇到泽天是他的命。

泽天从小到大学业一直很好。小学，初中，高中，一直都是尖子。她的外语尤其出色。中学毕业后，她如愿地考上了大学，读的是外贸专业。在大学里她没有恋爱，认真地读自己的书。因为成绩优异，大学还没毕业，她就被一家实力雄厚的外贸公司挑中了。就这样，泽天顺顺当当地度过了她的学生时代。

此后的一段时间，她仍然一帆风顺。大家都知道，现下的公司是个竞争激烈的地方，矛盾重重，关系复杂。但泽天几乎没有受到复杂的人事关系的侵害，她聪明，好学，很快地进入了业务角色，但又不张狂，不僭妄，只是本分地做自己该做的事情，对这样一个女孩，再刻薄刁难的人也不好意思去为难她。她在公司的前景不错，难得的是，上上下下都挺喜欢她。

她的家庭。泽天的父亲是一个军人。泽天是独女，但她的几个堂哥堂姐也都在当兵，可以说她出身一个军人之家。她的父亲是一个看上去很严肃的人，不苟言笑，但据说也不乏温柔。和泽天在一起时，他的怜女之情常常在不经意间流露出来。泽天的妈妈是个中学教师。老两口几年前都退休了，在家里颐养天年。泽天是他们的一辈子最成功的作品，他们简直不知道该怎样去疼这个女儿。泽天工作后，他们开始为她的婚事操心。这几乎是他们一生中最后值得操心的事情了。他们的家教很严，家里的主意主要由她父亲拿，出面的常常是母亲。母女俩拉家常时泽天的父亲拿张报纸在一旁看着，似乎漠不关心，其实句句话他都听在耳朵里。

泽天，有朋友了吗？母亲问。

泽天的脸红了。妈，还早呢。

母亲说：说早也不早了，再等就剩下了。

泽天说：我是考虑了呀，你怎么知道我没有考虑呢？她嘻嘻笑着说，不过还没有行动。

母亲被她逗乐了，说：那你什么时候"行动"啊？

泽天说：我刚工作，现在很忙。等一段时间再说吧。

母亲说：还等！我看你张叔叔家的那个老大就挺好，比你大一岁，已经是中尉了。

泽天的父亲这时从报纸上抬起头，插话说：怎么样？

泽天双手连摆：打住、打住！她抓起一本书钻到自己的小房里，关在门里说：你们就再等等吧，别着急！半晌，门又被她拉开了，泽天探头说：门一开，好事自然来嘛！

父母相视一笑，心里有数了。

泽天确实是有男朋友了，是她的大学校友，就是我同学。他们在学校里不同年级，专业也不同，原本并不认识，在公司的一次业务活动中，他们相识了。他们彼此的感觉都非常好。泽天的父母和她谈话时，她和小伙子尚未挑明，那次的谈话就像是一帖催化剂，他们很快就开始了真正的恋爱。他们都很珍视对方，都觉得能和对方相识、相恋是自己的好运气。他们原本还担心泽天的父母对他们的恋爱会有异议，后来证明这其实是过虑了。第一次登门时泽天的父亲和小伙子有过一次长谈，老两口对他都颇有好感，后来，他们不但是接纳了他，而且简直是宠着他了。几乎每个周末，泽天都会带着她的男友回家吃晚饭，如果过了时间还没有到家，她父母就会打电话来催。在饭桌上，泽天的母亲不断地把好菜往小伙子碗里夹，她父亲常常会拿出家里的好酒，和小伙子干上几杯，那气氛就像是一家人——不，简直比一家人还亲，一家人还常有吵架的哩。泽天有时会故意撒娇，把筷子一摆，说：妈，你们是找到儿子，不要女儿啦？我已经半天没夹菜了，你也不管！她脸沉着，其实嘴角笑吟吟的……

一切都非常和美，非常顺利。泽天这样的女孩子，也确实应该有一个完满、幸福的生活。然而苍天无情，天妒红颜，灾难悄悄地降临了！

是肝癌。泽天她得了肝癌！

奇怪的是，泽天自己竟毫无感觉。泽天任职的公司计划给每个员工购买人寿保险，在此之前有一次例行的健康检查，泽天的病就是在这次检查中被发现的。医院立即通知了公司领导，她的父母作为直系亲属当然也得到了消息。为了慎重起见，医院马上又进行了一次更为详尽的检查，结果不容置疑。

我同学不懂医学，我也不是学医的，不知道这是不是一个特殊的病例。除了时不时地感到倦怠，泽天自己确实并无察觉。疲劳是经常性的，但泽天自小就不是一个身体强健的"女汉子"。她五岁时得过一次肝炎，后来有些指标也一直不正常，但肝炎总算是好了。也许是工作的忙碌导致了泽天对自己身体的忽略，至少在她病情恶化前的一段相当长的时间里，她不知道自己已经得了绝症。

医生的结论是：她最多只能再活十个月，除非出现奇迹。

事实上，对绝大多数人而言，所谓奇迹就是不会发生。但在危难面前，几乎所有人都不会放弃最后一线希望。

对一个年轻的生命而言，这是真正的灾难，灭顶之灾！她还那么年轻，一切才刚刚开始，真的就是这样的结局吗？！泽天的家里完全乱了。泽天的母亲哭肿了眼睛，她的父亲常常躺在沙发上，一支接一支地抽烟，长吁短叹。整个家里愁云密布。在复检证明了诊断无误后，泽天的父母强忍悲痛，开始想方设法为女儿治病。他们虽然都已退休，但泽天的父亲还有不少老部下、老同事，他们都颇有地位，泽天的母亲也有不少学生，其中不乏名医。一切可能的关系都被他们在短时间里调动了起来。他们把泽天的病历摆在这些人的面前，小心翼翼地看着他们的表情。开始的时候，他们甚至还希望哪怕有一个医生会对病情提出怀疑，希望谁会提出让病人再检查一次，后来，他们终于绝望了。

和所有面对这种情况的亲人一样，这一切在泽天面前都瞒得严严实实。医生们各自开出了自己的医疗方案，但他们的提醒却千篇一律：必须保持病人心情愉快，一旦泄露病情，往往会导致病人的精神崩溃。泽天的父母因此陷入了一个两难境地：

他们要让泽天配合治疗，却又不能让泽天知道。这是一件相当困难的事情。他们向医生请教，医生委婉地劝告他们，正常的生活和愉快的心情是第一位的，治疗倒还在其次。言下之意就是，你们就让她好好度过生命的最后一段时间吧！

泽天被蒙在鼓里。公司的同事和她父母达成了默契，泽天的病情被严格限制在一个尽可能小的范围之内，周围所有的知情人都正常地对待她。她正常地上班，正常地工作，正常地生活。一切都和以前一样。几个月过后，泽天自己感到了身体的不适，但她并没有太往心里去；父母亲若无其事地告诉她，也许还是小时候落下的病根吧，没什么大不了的。她当然很相信父母的话，她一贯不是一个以自我为中心的人，正是这样的人，常常会忽略自己的身体。她觉得既然是从小就一直有的毛病，连医院都不用再去了。她母亲轻描淡写地说，还是去看一下吧，正好我要去拿点药，我们一起去吧。她们去了医院。检查的结果是当然还是瞒着泽天。医生说，癌细胞已经开始转移了，下面将呈现加速度扩散的态势。

泽天的父母抱头痛哭。可以想象，他们承受着多大的痛苦。他们背着泽天延医问药，寻偏方，配草药，把药熬好，端到泽天面前，只说是给她调理调理。脸上笑着，其实心里在哭。

最终的结局已经不远。到那时，他们肯定再也没办法瞒住女儿了，他们很清楚这一点。但是现在，他们要穷尽所有可能，尽最大可能，让女儿活得好一点。一切的一，一的一切，都是这个目的。泽天的父亲到了老来反倒迷信起来，有一次他到庙里拜佛，把脚扭了，周末时泽天和男朋友回家吃饭，他还一拐一拐的，泽天问他，他解释说是早上跑步不小心崴了脚，幸亏泽天一直住公司租的宿舍，并不知道他父亲早已没有心思跑步了。

泽天就这样生活在欺骗当中。这种欺骗是痛苦的，也是善良的，从某种角度讲甚至还是崇高的。但是不管怎么说，致命的病终究是生在泽天身上。谁都能想见最终的结果，那就是：它终于像黑暗处的利刃，一点一点，试探着戳了出来，最终，用力一捅，把一切都戳破了！

医生的预期被延后了两个月，前后过了一年不到，泽天去世了。泽天去世后，她男朋友忍不住经常拨她的手机。明知是个空号，明知只有机器的应答，他还是忍不住要拨。他还拨泽天家的电话，电话响过六声后，会传来泽天生前录下的自动应答：你所拨打的电话暂时无人接听，有事请留言。其实不是暂时无人接听，是她永远不会再来接听了。他思念她，但他不知道她在哪里；他给她写了信，但没有地址可以邮寄；她的 QQ 一直黑着，仿佛她的遗像；她的电子信箱宛如一个巨大的黑洞，可以容纳他的所有倾诉，但再也不会有回声了。

作为这个故事的讲述者，李漾显得非常平静，一种与他的年龄不太相称的平静，符合他局外人的身份。这是一个通俗的故事，它只适合在那些软性杂志上发表，我原先也确实打算用它来应付一下此类刊物的约稿，但刚写好一个开头，我就放弃了这个念头。或者说，我此刻又产生了另外的想法。我觉得还没有完。

泽天已经去世了，但故事好像还没有完。是的，就是这样。

找到李漾的住处时，他正在收拾行装。那是位于红花地的一间小屋，里面乱糟糟的，大多数东西已经打成了包，李漾正站在凳子上，把墙上挂的一些装饰画和相片取下来。我觉得自己来得不是时候，给朋友添乱了。我问他，要不要我帮忙，李漾说，不用了，我马上就好。我随意打量着墙上的那些画框，目光正好落在他手里的那张照片上。我愣了一下。那是一张少女的照片，遥远地、恬静地笑着。某些让我难以释怀的东西几乎立即就明确起来。

李漾用衣袖擦去玻璃上的灰尘，把它收到了箱子里面。他怔怔地蹲着，似乎是累了，一时站不起来。

没等我想好怎么开口，李漾苦涩地笑了笑：是的，她就是泽天——也就是子君。他轻轻地叹了一口气。我还活着，大家都活得好好的，熙熙攘攘，名来利往，各人忙着自己的事情，可子君她死了。

一时间我没有说话，不知道说什么才好。这里叫红花地，我不知道这间屋子准确的门牌号码，但我从此记住了这个地方。红花地，伤心地，我证实了李漾决意离开这座城市的原因。

李漾环顾着他的小屋，默默地吸着烟。他的头发灰蒙蒙的，有一丝蛛网挂在他的额上，一缕夕阳透过西窗照在上面，微微发亮。桌上放着一副羽毛球拍，两支。李漾拿起一支，在手上轻轻地转着。沉默了片刻，还是我先开口了。

李漾，大概你也产生过这样的疑问。如果不是亲耳听说，我确实很难相信一个肝癌病人会那么长时间一直被蒙在鼓里。泽天她是什么时候才确切地知道自己病情的呢？

大概离她去世还有三个月吧。后面她疼得实在是不行了，别人不说，她也明白了。你要知道，她的父母为了瞒着她，确实是煞费了苦心。

我立即问：那么你呢？你什么时候才知道？

我？李漾苦笑一下，摇了摇头。我看出他不愿正面回答这个问题。他说：我也不是一开始就知道的。

那么她家里人就一直瞒着你？

李漾不说话。

既然问题已经提出，我就得继续下去。我想有些话李漾终究应该说出来，早说出来总要比闷在心里好。而且你要知道，自从上次见面听了他的故事，我已经失眠好几夜。我说，还有个医学上的问题：肝癌传染吗？

这我不知道。李漾抬起了头。他的眼里掠过一丝酸楚。

我又问：但肝炎肯定是会传染的吧？泽天自小就有这个毛病，对不对？

是！是的！李漾站了起来。看来真相有时还是需要步步进逼，他终于开口了。她的父母一直瞒着我。她的那些亲戚，那些同事，他们都比我先知道！他们都没有告诉我！李漾的情绪激动起来，他端起桌上的杯子，一抬手，看到了水面上的落尘，随手把水泼在了地上。我找到开水瓶，里面却已经空了。我抱歉地笑笑。李漾放下杯子，转眼间，他的情绪已经稍稍平静了下来。

也许，他们做得是对的吧。泽天的病情确诊以后，她的父母唯一的希望，就是能让女儿活得好一点。他们肯定是商量过了，我相信主意是她父亲出的，她的母亲最终也同意了，他们打定主意不让我知道。他们生怕我在得知了泽天的病情后会和她分手。现在想来，那段时间他们对我实在是太好了，比泽天生病以前还要好得多，简直比我父母对我还要好。他们不光希望泽天能够平静幸福地度过她生命的最后一段时光，享受生活，享受爱情，甚至还希望女儿能够完满地度过这一生，做一个完整的女人。

完整的女人？这什么意思？我专注地看着李漾，不插话，听他说。李漾轻轻地嘘了一口气。

是这样的。那段时间，她的父母常常关心我们的感情进展，她母亲甚至还时不时地催促我们的婚事。回想起来，她的父母曾多次暗示我们，而且提供机会，让我们能够住在一起。

那你们住在一起了吗？这句话到了嘴边，但我没有出声。我看出他读懂了我眼神，然而他把目光移开了。他托着腮，坐在椅子上，像一只受了伤害的动物。我没有见过泽天的父母，只能从泽天的相貌上想象着他们的面貌，突然间我感到不寒而栗。且不说传染的可能，难道他们就没有想到，假设李漾真的和泽天结了婚，新婚丧妻的痛苦是多么惨烈吗？

说到底，我终究不是他们的儿子嘛。李漾自我解嘲似的笑了笑。前一段时间，我真的很恨他们，非常恨！其实现在想想，换了我，处在他们的境地，说不定也会这么做的。他们已经开始筹备婚礼了，西服和婚纱都订了，我们试过，很合身。如果时间来得及，我已经和子君结婚了。她就是我的妻子。我，爱她。

我问他：那你后来去医院检查过自己的身体吗？

李漾说：检查过。泽天去世前就逼着我去查过了，没有什么问题。她说她最放不下心的人，就是我。说到这里，李漾突然捂住了脸。他剧烈地抽泣起来。

我有些手足无措，不知道该怎么安慰他。李漾喃喃地说着什么，他捂着脸，声音很含混，我听不太清，一时没有反应过来。

我把话题岔开，问他：你哪天走？

就这几天吧。

我来送你。

他说：不用了。单位的同事会来帮我的。他们不知道我和泽天的内情。

我问：你离开这里，泽天的父母亲知道吗？

他们不知道。我还是在泽天的追悼会上见过他们一次，后来就再也没有见过。李漾找出他的一张名片，在背面写上了他的新地址，递给我说：有空我们再联系吧。

我接过名片，上面有他刚写的数字，这是他在另一个城市的新手机号码。我可以随时找到他，但子君的号码他却永远打不通了。我跟他道别，很多话涌到嘴边，但我不知道怎么说才好。李漾送我出门。走到院子的门口，我的耳边又响起了李漾在屋里捂着脸时说的那句话，那句含混的话。我停住了脚。

我握着他的手，迟疑地说：李漾，你真的是一直到最后才知道了泽天的病情吗？是泽天告诉你的吗？

李漾愣了一下，似乎没想到我还会问这个问题。半晌，他缓缓地说：我比子君知道得要早。有一次我到她的公司领福利，别人漏出来了。我没有告诉她。我想了很久，也没有跟她的父母说。那时我已经意识到，她的父母不想让我知道。我的心里重重地震了一下。我想起了李漾说的那句话。我想起来了。他说的是：我尽力了。

是的，他尽力了。我用力握着李漾冰凉的手。

李漾神思恍惚地说：我愿意跟她结婚，只是来不及了。试婚纱时看他父母满面笑容忙得煞有介事的样子，我不忍戳破。其实那时子君肯定已经心知肚明了。

我轻轻地拍着李漾的手。我说：我明白了。你确实尽力了。你不能老是记着这些事，过去的就让它过去吧。你多保重。有空我会去看你的。

李漾把我送到巷口。走出老远，我还能看见他朦胧的背影。这时正是仲春，天气并不冷，但我周身寒彻。我走上大街，依稀看见一个小伙正站在路边，拨打着手机。我走出老远，回首望去，他还在拨号。那个座机保留着子君最后的一点声音。李漾继续这么打下去，子君的父母也许会接的。但我相信，李漾什么也不会说。他会立即挂断。

我停下脚步，小伙的身影已经模糊。傍晚的春风中，我只看见他雀羽般翻动的头发。

类似于自由落体

　　我这年龄自然还谈不上什么回忆录，不过回忆总是难免的。有些事自从发生过，就栽在脑子里，拔都拔不掉，赶都赶不走。

　　那是一个意外，却也是必然。事情很突然，转眼间，刹那间，一切已无可遏止。我算是侥幸生还，但却从此落下了病根，老是梦见自己从高处失足坠落。耳边风响，自由落体，一声惊呼，最后大汗淋漓，躺在床上发现自己并没有死。为此，我多次去看过医生，心脏科。我去心脏科是为了排除。各种检查果然排除了任何器质性问题。医生倒建议我去心理科看看，我嘴上答应，实际上没去。我很清楚病根，还去跟心理医生啰唆个什么？除非他或者她能够跑到我梦里，牵着我的手，在高处扶助我；或者索性不做梦，而要做到这一点，安眠药比心理医生更令人信赖。

二十多年就这么过去了。我自己不说，没人能看出我的心病。身体上的痕迹倒是明摆着的，我的右颊、右肩、右胯和右膝，一路向下，都留有暗红色的疤痕。作为一个男人，躯体上的这些疤痕我毫不在乎，但作为一个人，我不能装作不在乎脸上的那个疤。有几个刊物封面用过我的照片，我的脸总是微侧，就是为了掩饰。好在天长日久，当年的小白脸已逐渐泛黑，就是说岁月平均刷上了涂层，疤痕已基本消于无形了。

当然如果我指给你看，那个疤现今依然可以看出，颜色稍深，皮肤略有不平。如果是夏天，衣着简单，我一撸袖子一挽裤腿，身体右侧的一路瘢痕更可以证明那次事故真实存在，而且确实摔得不轻。不过我现在不会像勇士展示金创那样地去解说了。摔伤未愈的那段日子，我有义务向周遭解释、描画，绘声绘色，兼有自我辩白的意思：我可不是因为鸡鸣狗盗之事致伤。虽然是从墙上摔下来的，但那个墙不是一般的围墙，也不是人家阳台。我这是强调，我既没有窃财，也不是偷了人。客观地说，我是在做一件好事时不慎摔伤。这样的反复解说让我十分厌烦，脸上的痂一掉，走路还有点拐，我也绝口不提了，别人用目光相询，我也视而不见。

此事已过去二十多年，现在提起这个事，不是因为我已着手写回忆录，其根本原因还是因为我离开了当时那个单位，有些感受我可以毫无顾忌地说出来。那是一所大学，我当时留校不久，用现在的话说还是个"菜鸟"，当时叫"新兵"，高教行业的新兵。先做学生辅导员，经历了一些事情后，身心俱疲，觉得并非长久之计，于是请求领导，找人帮忙，调到了出版社。虽说是个工程类专业出版社，但总和文字近些，觉得对自己的文学梦会有好处。就是说，我那时刚到新单位上班，不知深浅，是个需要谨言慎行的时候。我尊敬领导，友善待人，十分在乎大家对我的评价。之所以说这些，是我必须交代我当时的心理基础。总而言之，巴结，很巴结，十分巴结，是我当时发自内心的心态。琐碎事、脏累活我一点不推脱，领导和同事们也看在眼里。

出版社琐碎事多，这可以想见；其实脏累活也不少，譬如发行部卸书。运书的卡车来了，难免人手不够，年轻编辑有时也去搬运。我就常干这样的活，因此和发行部的人混得挺熟。发行部有一辆三轮车，人力的，通常停在发行部门前，有时搬书累了，我就坐在三轮车的鞍子上，和同事说说话。发行部的副部长老陈曾撺掇我试着骑骑三轮车，我藐视地跨上车，蹬几下，开始还好，可拐弯却很别扭。不过稳稳神稍一调整，车子也就基本听了使唤。那时候路上汽车很少，我骑出一段，拧着身子全身用力拐个大弯，又把车子骑了回来。老陈冲我比比大拇指，我这第一次三轮车路考就算过了。

从理论上说，会骑自行车也就会骑三轮车，但骑上去却完全不是一回事，我通过第一次试骑知道了这个道理，但并没有往心里去。前面又说过，因为刚到出版社，比较巴结，对每个同事都很友善，能出手帮助别人都觉得是得到个机会。在这种背景下，出版社从印刷厂弄来一批西瓜发给员工，我积极主动地去帮忙应该不难理解。

分西瓜，简单的一件事，其实也有多个程序：卸瓜、分瓜和送瓜。卸瓜，就是把西瓜从卡车上往下卸，因为卡车白天不让进城，送瓜的车一大早就到了，太阳出来瓜会蔫，所以瓜必须马上卸完。我住得离发行部不远，我自然跑过去帮忙。卸完瓜就分，按人头论个数摆成一堆一堆的，这个事我不插手。送瓜倒不是每家都要送，大部分得到通知的同事都是来自取，只是社领导和几个家里没有劳力的老同志家要送。没有谁指令我，这本也不是我的事，不巧的是，专职踩三轮车的小杨前几天脚崴了，一大堆瓜摊在地上，考验着人的公益心。大热天，这不是个好差事。鬼使神差地，我说了句："我来吧。"老陈立即冲我竖竖大拇指。这是他就我和三轮车的关系第二次伸出大拇指。他不是在指挥我，是鼓励。有时鼓励比指挥更管用，我简直觉得义不容辞了。

此前我做学生辅导员，遇上一场风波，因处置不当受到责难而心灰意冷。到了新单位就是一个新开始，在这种情况下我骑车送瓜，多年后想来，依然可以理解，不想迄今为止我人生最大的劫难已在前方埋伏。当时我心情平静，不觉得是苦役。西瓜有大有小，如果由我当着人家的面搭配大小，就很犯忌，得罪人，因此预先一家家大小搭配好，中间用破纸箱隔开，一趟送两家。虽然几户人家都不太远，我送过两车后还是大汗淋漓了。烈日当头，地面蒸，上面烤，实在有点吃不消。已送过的四家都是社领导，其中两个已经退休。我先送的是两个退休的，因为他们两家彼此相近，楼层也不高，都住二楼。西瓜每家七个，必须两趟才能上楼，一趟三个，一趟四个，搂着上。说到这里我想起了"不三不四"这个词，当时我可没有想到这个，仿佛这瓜本就该我送。考虑到退休领导年纪都大了，我先把瓜搬到楼上，摆在领导家门口再敲门。第一家开门的是个老太，大概是领导夫人。我说我是出版社的小朱，单位分瓜。领导夫人嗯了一声，示意我把瓜搬进去。领导夫人有点架子，看着我搬瓜，还抱怨说发什么瓜，这么多瓜肯定要吃坏。我不接话，赶紧去往第二家。第二家领导要客气得多，老两口一起搬瓜，胖胖的领导还问我是不是新来的。我说是，却也不好申明我是编辑，并不是发行部专踩三轮车的。胖领导连声道着辛苦，他老伴还拧个毛巾过来，给我擦汗。我还回毛巾说还有两家要送，领导已从厨房找了两个大网兜过来，说这样可以拎，效率高。胖领导肯定误认为我是发行部的临时工，却还为我着想，我心里一阵温暖。本来就很热了，这一温暖更是汗出如浆。再去送两个现任领导的瓜时，上衣已全部浸透，腰带那里还火辣辣的。

网兜管大用了。七个瓜，一边三个一边四个，一次就可以提到楼上。两个现任领导一个是总编，一个是社长。总编和社长当然知道我是谁，对我的勤快和主动均大加赞赏。我一个年轻人，要的不就是这个吗？领导表扬，那就没白吃苦。总编切开一只瓜，要我吃，我谢绝了，说楼下的瓜还要送。社长家也开了瓜，要我吃，我说三轮车还在楼下，没锁，怕丢了影响工作。这番表现其实也有代价,天知道我口干舌燥,实在很想吃瓜。不吃瓜就只能到发行部大喝冷开水了。

喝冷开水是我的预想,瓜还是吃了的。我回到发行部时送瓜的卡车已经开走,老陈正和仓库保管员阿兰在吃瓜。他们都是老员工,不知哪里找来的刀,开了个巨大的瓜正吃得不亦乐乎,不时还腾出嘴来抱怨星期天还要来加班,这抱怨也是在给自己私吃公瓜找个理由。见我满头大汗进来,连忙招呼我一起吃。瓜很好吃,不吃白不吃,可吃了还真不是白吃。我吃了两大瓣,肚子里咣里咣当好不活跃。吃瓜吹电扇感觉很好,但我自己和主任家的瓜还没拿走。俗话说不怕官只怕管,我是既怕官更怕管。编辑部主任是我的顶头上司,只送社领导却不送主任的,传出去很不好听。况且老陈告诉我,刚才给李主任打电话,他说了,反正他跟我住前后楼,我拿瓜时给他带过去就行,他可以下楼来拿。他这话有安排工作的意思了,不送是不行的。我用发行部的共用毛巾擦擦手脸,继续上阵了。记得共用毛巾挂在靠墙的脸盆架上,白底子已经成了灰褐色,触鼻一股霉味,我忍不住打了几个喷嚏。

回想起来,此时我也还有另外的选择,就是说,我可以不用三轮车,把西瓜装到网兜里直接挂在自行车上。骑不起来,可以推着走;一趟不行,那就两趟。阿兰的自行车是现成的,我用过再还回来即可,用三轮车不也要还吗?但我当时真没想到这个。一来用三轮车确实方便些,二来前面两趟我骑得蛮好,感觉还挺新鲜。其实这种新鲜感里潜伏着危险,正如婚外情里女方跟你讲她什么都不要一样，时候一到，就露出狰狞了。骑三轮车和自行车，其操控要求完全不同，准确说是完全相反。具体哪里相反，我就不细说了，说也说不清。总之，如果你会骑自行车，你陡然骑上三轮车，会突然觉得自己不会拐弯；如果你不会骑自行车，你倒直接就可以骑上三轮车，操控如意，一点问题没有。要命的是，骑三轮车和骑自行车看起来又是那么像，任谁都会藐视三轮车的。按理说，我不会出问题，在正式骑三轮车送瓜前，我已经试着骑过，解决了那个拐弯的问题。老陈为此还冲我竖过大拇指。我其实不该怪他的大拇指，要怪还该怪我自己过于自信，我过高估计了自己的运动技能。我大学期间，曾是运动场上的高手，标枪拿过全校第一，成绩达到了国家等级运动员标准；如果不是1500米拖后腿，我参加七项全能可以进前三的。再往前看，我小时候就以顽皮闻名乡里，石锁哑铃、上树下河都出类拔萃。"身手矫健"这个词，用在我身上还真不是吹的。1500米不够强，其实就是耐力有欠缺，我送这最后一趟西瓜，还真有点累了。其实所谓有欠缺，只是对运动场上的人而言，比一般人那还是强过不少，我感到累，主要还是天热。九点已过，烈日当空，因为刚出了梅，还特别闷，我是又热又累，心里就想着一趟就解决问题，赶紧去冲个澡。总而言之，我装上自己和主任的两份瓜，一共十四个，骑上三轮车就出发了。

我知道我这腔调很不像回忆录，我写的本来就不是回忆录，可积习之下我很像是在写一个故事。我得说，这不是故事，是事故，是我人生中一次重要的意外。到目前为止，这次事故位于我已过岁月的中点，就是说，那是二十六年前的事。那时我二十七岁，正当健壮之年，少不更事，对这个世界满怀诚恳。不承想，这件意外之事在我的脑子里打下了个楔子，使得我对周遭的人和事都改变了看法，对自己也多了警醒。

　　闲话不赘。我骑上车从学校边门绕进去，进了校园。上一个坡，再下一个坡，然后再上一个长坡。在长坡上我感到了吃力，大腿的肌肉绷得紧紧的，裤子绷得蛮好看。瓜不重，主要还是车子的自重累人。我索性下了车，学着路上看见过的民工的样子，一手扶龙头，一手拽着车身往坡上走。这坡我每日上下班都要走的，骑车，即使是上坡都可以直接骑上去，下坡那直接放马平川，半带着刹车，划个弧线一溜而下，但拖着三轮车到中间就不得不小歇片刻了。坡呈弧形，坡路西边是山体，东边是壁立的悬崖，依次排着教一舍直至教五舍，都是每户成套的教师住房。坡顶是两栋青年教师的筒子楼，住的是未婚和刚结婚的青年教师。两栋楼之间有一片不小的空地，挂着破烂不堪的排球网兼羽毛球网。我气喘吁吁地上了山顶，端的是汗如雨下，腿肚子发软。我把三轮车拖到楼下的阴影里，摇着大草帽心里犯嘀咕。我住这栋楼的二层，李主任住那边楼的六层。我的天，六层！这时候我后悔刚才在发行部时，没有先打个电话请主任下来帮忙。我略一犹豫，决定先把自己的瓜拿回去，然后给李主任打个电话。那时候我还没有手机，只有一种叫BP机的东西，说起来这种玩意儿有点可笑，很恰当地说明了年轻人的状态：你带了 BP 机就随时能被别人找到，这样似乎你就不会错过任何机会，但你要找人，你还必须有电话。好在两栋楼的各个楼层都有电话，实在不行在楼下朝六楼喊两嗓子也能管事，就是有点难看。

我把大草帽扔到车子里，正要拎起一网兜西瓜，楼门里走出个人，他看见了车子和瓜，问道："这瓜怎么卖？"我一愣，没好气地说："不卖！白送！"他看我一眼，哈哈大笑，指着我道："你这鸟样，可不就是个卖瓜的！"我苦笑。小丁是我邻居，社科系的，我笑骂他以貌取人，告诉他是单位分了瓜。他嬉皮笑脸地说："知道了、知道了。两袋，你一袋我一袋。"我叫他滚，要吃瓜就帮我拿上去，可以送他一个。为了表示我确实需要帮助，我手指在脸上一刮，甩出一线汗水。小丁伸出两根手指："两个。"说归说，立即拎起一袋瓜上了楼。我跟上去，抱了两个瓜要给他，他不肯要，但保留随时来吃的权利。

小丁很够朋友。他一眼把我看成个卖瓜的，其实已标明了我当时的疲沓情状。后面还会有人也这么看我，不过我当时未能预知。骑着三轮车，戴个大草帽，车上有瓜就是个卖瓜的，车上没瓜可不就是个民工？不过我当时可没心思去琢磨这个。小丁有事，开了个瓜他只吃了一片就要走，我跟他一起下去。主任的瓜还在车上呢。小丁得知车上的瓜是李主任的，笑道："拍马屁的事还是你自己做效果好。"骑上自行车跑了。他一溜而下，衣角被风掀得像腰间插着两面小旗。

我打起精神，在门卫室给李主任那层楼打了个电话，接电话的却说他不在。我只得扯着嗓子在楼下喊。我喊的是"李某某主任",这样既不会有人错听,又不失礼貌。我当然知道直接送上去更显得礼貌周到,但确实是力所不逮了。我喊了好几声楼上都没有回应,吸一口气正要作最后一喊,六楼,一个阳台里探出个头,叫道:"他不在,走半天啦。"这个头我也认识,是李主任的邻居。他说不在就真的不在了。

我死了心,打叠起精神,把最后一袋瓜拎到了李主任家门口。心里虽有点怨气,但李主任既已布置了送瓜的工作,他又何必再插手?这也是对下属的一种信任嘛。我自己做通了自己的思想工作,下得楼来,朝三轮车走去。最后一件事,是把三轮车还到发行部。

我当时的状态,说强弩之末势不能穿鲁缟,那有点夸张了,但确实比较累,累了就特别想省力。我把三轮车拖到长坡前,朝下面望望,略一迟疑,跨上了车;我踩了几脚,试试刹车,蛮好,管用;再蹬几脚,三轮车下坡了。

在这里有必要将我骑车下坡前的心理解释一下。当时略有迟疑,是因为这条路我骑着自行车天天走,骑三轮车却还是第一遭。可如果不骑,那人和车的关系就特别难弄,是在后面拖着车子慢慢下去呢,还是扶着车龙头顶着车身向下滑行?最后我还是觉得坐在鞍子上更合逻辑。试过刹车我更放心了,手上随时带一带刹车,车身将绝对处于有效控制之下。事后看来,我还是疏忽了,太自信了。年轻嘛,常常犯这个错误,但如若不是当时年轻,我大概也没命了。

坡路是水泥路，很滑溜。我只略蹬了几脚，三轮车就开始自动滑行。我没有感觉到一丝紧张和危险，只觉得惬意。朝路两边看看，右边不远是山，满是爬山虎，是一道绿墙；左边的路面下，五栋教师宿舍的楼顶依次排列，我看见火辣辣的太阳下，楼顶上热浪变幻升腾，像是妖气。我之所以详细描写这条坡道，是因为巨大的危险已在前方埋伏，而我却一无所知。

　　起初的滑行十分舒畅。风携带着速度从我的身体穿行而过，即使是热风也有凉意。三轮车顺坡而下，很快进入了弧线。要拐弯了。我双手扶着龙头，速度越来越快。我下意识地捏一捏手闸，却捏了个空。这时我还没有慌张，我想起三轮车的手刹不在龙头上，而在车架上，裆部前面的位置。我腾出右手，找到手刹使劲拉住，却发现效果有限，车子正难以遏止地加快速度。头上的草帽霍地立起来了，拖在脑后，橡皮绳紧紧地勾在我脖子上，它逃不掉。我并没有忘记拐弯，但一时手忙脚乱。现在方向是关键，只要方向能够把准方向，挨过这个大弯，后面就是直道。我扳龙头，试图把方向扳过来，可一扳方向，巨大的离心力立即显示出它的执拗。我恐慌的视野旦，弧线边缘正在逼近。此刻我又想起刹车，捞了两把才抓住，我尽力平顺地拉，努力给车子一个持久可靠的阻力，可惜为时已晚，车子速度虽有所降低，但悬崖已近在眼前。我清晰地看见了路边的悬崖，悬崖下伸上来的树枝已近在眼前。

　　尽管三轮车的刹车管了点用，但巨大的惯性实在无法抗拒，三轮车蹿出水泥路滑向了路边的杂草丛，这是掉下悬崖的最后屏障。草丛和灌木无疑有效延缓了三轮车的速度。它开始倾斜了，以左边两个车轮着地的姿势又向前蹿了几米，似乎还顿了一下，毕竟要换个姿态，车身侧得更厉害了。

我脑子里迸出的念头是："我要死了！"又或是"我完蛋了！"多年以后回想起来，我难以确定当时头脑里迸出的是哪四个字。这不重要，但总之是哀叹。此后的动作完全出于本能。车身倾斜时我至少有一只脚还蹬在脚踏上，否则我不可能借上力。就在车身逼近悬崖的那一瞬间，我用力一蹬，身体离开了车子。在坠落中，我双手扒住了悬崖的边；稍一滞缓，身体继续下坠；我又抓住了一根树丫，树丫从石缝里长出，有胳臂粗，嘎巴一声断了。我重重地落下，坠下去，摔在地上。

应该说明的是：因为三轮车已沿坡道下滑了一段，我摔下的高度大大降低了。坡顶大概五层楼高，我摔下的地点与三楼阳台齐平，以民用建筑每层三点三米计算，大概六米上下。时隔多日后，我曾去现场看过，确切地说，我真正进入自由落体的起点，应该是那根折断的树杈，约莫离地五米多。事实上，不需要去现场勘验，我也清晰地知道我摔下的地点。因为在我飞身脱离三轮车的那一刹那，我看见了三楼的阳台。我看见了阳台栏杆上晒着的被子以及被子上的花纹，我还看见阳台的纱门里有人影晃动。

这个阳台里的人家是我熟悉的。水工系的孟虎是我熟识的朋友，他一直做辅导员，早我几年毕业，已分到了成套的房子。虽然小，在我的心中，那就是梦想。我和一帮住筒子楼的家伙经常去他家打扑克。他老婆爱莲也是本校教师，漂亮贤淑，我们吆五喝六地玩乐时，她常常抿嘴笑笑，要我们也让她打几把——写到这里我应该插一句——我明确意识到我记录下的是回忆录素材，不是小说。如果是小说，我可以尽情虚构，写到这里大可以添油加醋，说我跟孟虎老婆有暧昧。一个即将坠落的男人看见了自己心仪暗恋的女人，这够有张力的；或者，更厉害的，是我看见了阳台里的房间里，孟虎或者他老婆某一方的奸情，这更劲爆，可惜不是事实。事实是，孟虎老婆爱莲十分漂亮，因为是学外语的，也落落大方；孟虎也一表人才，以"知识分子"自许，挂在嘴边的话是"独立人格"。老实说，孟虎有点夸夸其谈，绣花枕头，本质上配不上爱莲。我当时只是对爱莲略有好感，偶尔也为爱莲抱屈，如此而已。就是说，我只是到孟虎爱莲家玩过，并无特别纠葛。

说到哪里了？哦，树丫断了，我重重地摔在地上。折断的枝丫摔出老远，掉在泥地上青翠欲滴，好像从来就长在那里。三轮车已先于我落下，两轮朝天落在我南边。我自己朝右侧卧在地上，浑身麻、疼。嘴里有血腥气，我吐出一口血沫，舔舔，牙齿似乎倒没掉，没有吐出去。可气的是，经过这个短暂却也惊险的坠落，那草帽竟还挂在我脖子上，只是那细绳被拽得老长。我在湿热的地上躺了很久，知道自己还活着，动动手脚，疼，但也还都在。我想爬起来，可是脸疼得厉害，用手摸摸，血。

一切已经结束了。我没死。除了脸上身上的伤痕，我的心理似乎从此落下了阴影。这阴影很复杂，肇始于坠落，但坠落后的遭遇，似乎才是这阴影最黑的一笔。

　　我翻转身体呈仰卧状躺在地上，正午的阳光直射我的眼睛。我不记得片刻前所看到的阳台，当然更没有去猜想那阳台主人的日常生活。我头脑里空空如也，只知道自己还活着。地上像蒸锅的锅盖，热，热气在蒸腾。知了叫，蜻蜓飞，蚊蝇在我脸前飞舞盘旋，我浑身疼，又加上了痒。右脸颊火辣辣的，眼睛也难以睁开。我知道摔伤后不能乱动，但周围臭烘烘的，不能再躺下去了。我慢慢坐起了身。

　　就在这时，我看见前面不远的楼门里走出了一个人，是个女的。她拿着个芭蕉扇挡着太阳，径直走到一排双杠那里翻被子。我心里一喜，这是我经过生死大劫后看见的第一个人类，但我没有出声。虽然很需要帮助，但我现在这个样子太狼狈了，丢人现眼。我觉得我能行。我继续努力，慢慢站了起来。我认出她了，是爱莲。我站起身，试着动动自己的手脚，都无大碍，四下扫视一下，走向了三轮车。爱莲显然看见我了，她看见一个男人，衣裳破烂，满脸是血，正使劲把底朝天的三轮车翻过来。此地是三轮车不可能到达的地方，除非它从上方的坡道上跌落下来。她呀了一声，怔了一下，看了看上面的坡道，这说明她明白了三轮车的来路，但她也只呀了一声，就继续翻弄她的被子。

　　我背对着她，我相信她没有认出我，事后我也证实了这一点。那时我的伤已痊愈，自己不说没人会看出我出过那次事故。爱莲说："我怎么知道是你啊！肩膀上拖个草帽，在弄三轮车，打死我也想不到是你呀！"是啊，戴草帽蹬三轮车，这是苦力的标配，我一向也这么认为的。爱莲责怪我说："你为什么不喊我？你喊一声我不就知道是你了？"我呵呵一笑，没有回答。我本就不是去责怪她的。我为什么要跟她说这个事，连我自己也不明确。那天她翻完被子又朝我这边看了一眼，然后就婷婷袅袅地走了，回家去了，遮着芭蕉扇（写到这里，我倒想把这篇东西叫"草帽与芭蕉扇"，不过想想，还是算了）。

不知道我怎么还有那么大力气，竟然独自把三轮车翻了过来。三轮车废了，前杠断了，前轮也歪得不成模样。我忍着疼，看着车子发愣，眼睛不由自主地扫扫楼门那里，希望爱莲会把孟虎叫来帮忙。当然没有。楼里安安静静，像是一栋死楼。全死光了。

事后我心里不断在问：民工掉下来就不是事故吗？至少也可以过来问问啊。爱莲已给了我答案：如果知道是我她会出手相助。她怪我没喊她，我倒想问：如果是一个不认识的民工，喊她了，她就会帮助吗？

我没有问。从那以后，我对孟虎两口子生分了。孟虎喊过我去他家玩，我托辞谢绝。他们两口子一年后闹离婚，在离婚前各自都找过我诉苦，兼抨击对方。孟虎还有托我说和的意思，我假装听不懂。这关我什么事呢？我住在筒子楼里但新婚恩爱，他们住着成套的住房却在闹离婚，这说明我们也不是一类人啊。

这是后话。当时我不再指望有谁会来帮我，幸亏三轮车虽已不成样子但还能推着走，只要把前轮拎离地就行。说起来从悬崖摔下倒还抄了近道，我可以直接从家属院的小门到发行部。我使出全身的余力，气喘吁吁地把三轮车拖到了发行部门前。草帽这时管用了，它遮不住我的狼狈，却可以遮住我的脸。我扔下三轮车，双手撑在车身上喘息，扑哧吐出一口血唾沫。老陈看见了，嚷起来。阿兰也跑过来，大惊失色。我朝他们尴尬地摇摇头，告诉他们我从山坡上摔下来了。老陈说："那你还管这车干吗？去医院啊！"他这一说，我也奇怪，是啊，我还管这车干吗？为大家送瓜，出了事故，即使影响了工作又算啥？可我那时就是这么单纯，年轻嘛，更可笑的是，这时我觉得已无大碍，还特别强调：三层楼高，我等于是从三层楼摔下来的。我喜欢充大头，那个时候就已暴露无遗。阿兰说三轮车她会去修，要我赶紧去医院，边说边扯了一大把卷筒纸让我擦；老陈说阿兰的自行车现成，要打车他这就去拦。他也真去拦了，好不容易拦到一辆，可司机看我满脸的血，轰一声跑了。我只能骑车。好在省人民医院距此也就两站地，我可以的。

　　事后我曾猜测，如果打到车，老陈会不会陪我去。事实上他没有陪我去医院，客观上是只有阿兰一辆自行车，但他也可以随后打个车跟过去，我如果跟他换个位置，我就会这样做。但他只是从口袋里掏出五百块钱，就让我自己骑车走了。也难怪，我那时刚进出版社两个月，跟他们并无交情；而且从系分团委书记岗位过来，不，是下来，这就说明不适合当领导。他们对我比较淡漠，确也不无道理。老实说，我对他们的态度开始时很有些愤懑，后来也就释然了。此后领导和同事们的态度也大致类似，我就转而在自己身上找原因，我找的原因如上所述，总之你是一个新人，不像会有大出息。

我骑上自行车。刚骑起来竟还歪歪扭扭有些不适应，不过很短暂。这体现了三轮车与自行车的区别，也说明我脑子没坏，指挥运动的小脑完全没有问题。到了医院，急诊。医生问："你哪里不好？"我说我从山上摔下来了，三层楼高。医生说："谁？你？"他上下看看我，我右侧的脸颊刚才擦干了，大概看不出有多重的伤。他看见我上衣和裤子的两个破洞，我又把十个手指伤了八个的手往他前面一摊，他这才相信摔伤的就是我。我说我浑身疼，牙齿也活动了。医生让我平举双手，蹲下站起，又让我沿着地上的地砖缝走了个直线，问："头疼不？"我说疼。他又问："真的三层楼高？"我说是，三轮车都报废了。医生嘴一咧道："你厉害。"

他写没写病历我已经忘记了，反正后来几次搬家都没有发现那次的病历。处方肯定是开了的，因为我记得我用了药，一些药膏之类。唯有他开的检查单我记得很清楚，上面写的是：脑震荡？脑部 CT。就是说要我去做个 CT。我问他，做过 CT，后面呢？医生说："没事就好。注意观察就可以，有变化要及时来看。"我拿了单子，自己沿着地砖对角线直直地走到交费处，迟疑一下，只交了药费，决定 CT 不做了。我一个转身，走向急诊处大门，还是走直线，一点也不歪。倒是直线上挡着我路的人，看我宁可停脚也要闪避一下，奇怪地看看我。他们没准认为我是个斗殴负伤的泼皮。

最后的结果是：因为我最合理的落地姿势，右侧的脸、肩、胯部和右腿关节平均受伤，主要是擦伤和淤青；好几个牙齿松动，不知是震的还是磕的；衣服上有洞，只能扔。扔也不是回了筒子楼就扔的，要等到我几天的自我观察期过后，我能够自如活动了，我才拿去扔掉。我原也想留着，给回娘家度假的老婆看看，这可是绘声绘色的好本钱，可惜那几件衣服因为血迹和汗渍，丢在地上都有些发臭了，我又不愿意为了吹牛去洗干净，这就扔掉了。当时自己潜意识大概也厌恶这几件衣服，觉得晦气，干脆一扔了之。其实扔掉不久我就后悔了。那天，大概已是摔下后一周，我从坡道下山，走过摔落地点，我鼓起勇气慢慢朝悬崖走过去，探头望去，我看见下面的杂草丛中，有一片枯黄的倒伏，还有一根树枝，已经完全焦黄；稍远处，是三轮车的坠落点，我在那地方又把车子翻过来，所以倒伏的面积更大。坡道上的摔落处与下面的落地点，可以连出坡道的切线。倒霉！突然我看见了下面有一根低矮的水泥柱，离我的坠落点不超过一米！如果我稍微偏一点，摔在柱子上，不死也必定半身不遂！我倒抽一口凉气，觉得自己其实运气很好，如果不是我及时反应，在最后一刹那跳离三轮车，又在挡土墙上抓一下，然后又薅住一根树丫，我极有可能呈抛物线飞出，落在柱子上；即使不那么巧，三轮车和我一起落下，我被砸死的可能性也极大。侥幸，侥幸至极！我有点后悔扔掉衣服了，至少可以留一条内裤，以资纪念。

我从医院回家后，自己躺在地板上，像一只受了伤的狗，自我疗伤。社长来过一趟，看见我的样子，吃了一惊，说没有想到摔这么重，都没带点慰问品。不过他宽慰我，三轮车坏了不用担心，社里会处理。他果然颇有社长的样子，虽然此后没再来看我，但编辑部李主任来看我时就带了水果之类，说是社里的慰问品。当时一句话到了嘴边：那你的慰问品呢？我可是为你送瓜的！当然我没有说，人家没准看破了实质：你是自己拿瓜，顺带一下而已。于是我说，这些水果其实我不需要，我有瓜。我倒是要几卷挂面，其他东西我没胃口。可怜我哪里是没胃口，我是不方便去教工食堂吃，也不愿意出门买菜做，我必须把跟人解释的可能降到最低。

　　以后几天，我就吃面。晚上会去校外马路边的小饭店吃上一顿。发行部的老陈和阿兰来看过，老陈对我竖起大拇指，说我牛，这身体素质！他当过兵，据说还是特种兵，因此他的夸奖具有某种权威认证的意思。阿兰说我不但身体素质好，人也好。她的意思是我送瓜了，助人为乐了。这是唯一表扬我送瓜行为的同事，要不是她的表扬我更觉得自己是个傻瓜了。老陈大拇指又一竖："人好！"他喜欢竖大拇指，再后来见得多了，话说到某个点，他不竖大拇指我都觉得落了空，不舒服。可我刚试着骑三轮车时，他要是不竖大拇指，我说不定就此不骑了，也没后来这一摔。说来说去，我还是怪别人。我自己劝自己，朋友们来看我的不多，那是因为正在假期里，大家并不正常上班，人家不知道。即使知道，原来的系，你已经调走了，出版社，你是才来不久的新兵，别太把自己当根葱了。不过说实话，我对摔下后的景况很长时间都难以释怀。我曾设想，如果摔下来的是社长，那会怎么样？很显然，校领导会去看望，同僚和下属肯定要去慰问，年轻人说不定会轮值服务，里面一定有我。当然这样的设想根本就不可能实现，社长不可能给别人送瓜，他万一如我这般摔下，肯定直接歇菜了。

那是最难过的一周。最初的麻木和迟钝过去，各种疼痛从暗处钻了出来。幸亏骨头没事，脑子更没事。学校的假期正好可供我躲避养伤。但恐高的问题慢慢显现了，有段时间还似乎呈严重趋势。摔下后刚能不瘸不拐地行走，我还能去坡道边凭吊失事现场，还为没有落在柱子上庆幸，当时也只是有点头晕。后来我可以正常入眠了，却经常会做坠落的梦，吓醒。很久以后，这样的梦才慢慢少了些。我尽力避开可能会引起恐惧的高处，从来不乘透明电梯，那透明的地板肯定能把我吓尿。时隔多年，有一次集体到天堂寨旅游，风景秀丽，心情轻松。我们爬山，因为山体巨大，并不陡峭，我虽逐渐有些紧张，但并未失态；待上得山顶，远眺对面山峰，我浑身就开始出虚汗。到对面的山峰有缆车可乘，十多分钟即到，我是领队，当时已开始带领大家排队，但我看着挂在半空、悠悠前移的透明缆车，后脊凉飕飕的，尾椎那里直往上蹿凉气。我打定了主意，脱出队伍，叫大家往前排。那缆车已安全运行多年，绝对不会趁我在上面时掉下来，这概率太小，绝对小于我走山道崴脚的可能，简直近乎零，这道理我懂，但我还是说："我喜欢走山路，这风景空气多好啊！"大家都笑，笑话我胆小怕死。我有点尴尬，但态度坚定。只有阿兰没有嘲笑我，她看我一眼说："朱社长喜欢走山路，我也想走呢，就是也有点想乘缆车。"我说："你们乘吧。"阿兰说："那我们到了就等你们。"有心脏病和高血压的老陈也不乘缆车，他笑道："说不定我们走得快，还要等你们哩。"大家哄笑，说等着瞧。

这一走就是一个半小时。但我还是蛮感谢阿兰，毕竟她看出了我的心病。这二十几年物是人非，出版社搬过三次家，当年的两个社领导都已退休，一个已去世，我成了副社长。职位虽不高，但一路走来，也好不辛苦，自也少不了紧张心惊的关节。幸亏我早早明白了高处不胜寒，任何自大和疏忽都可能导致严重后果，也知道了在大学里并不全是温情知理的彬彬君子，别人并不会理所应当地对你友善。这二十多年我可以说一直处于间歇性的坠落当中，梦里的坠落已逐渐让我习惯，或许还有阴阳调剂之效哩。

我不以梦里坠落为苦了。在梦里跌下来，我睁眼看看，可以继续睡。那次坠落成了我生命中的转折点，也成了我在家人面前炫耀自夸的资本。可惜当年短视，把可供证明的破衣服扔了，说起来缺少了确凿的证据。儿子小时候深信不疑，觉得他老爸厉害，也十分相信他爸爸的这句话：如果那次摔死了，也就没有你了！到他十岁时，他开始提出各种疑问，他妈妈在旁为我做证他也还是将信将疑。有一次他放学回家，告诉我他到那个地方勘察过了，人根本不可能掉下来。我只得向他解释，那栏杆是后来装上去的。但他接着说，什么"摔死了就没你了"，这是骗人的，因为老师告诉他人是十月怀胎，他说："你摔下来是夏天暑假，可我是第二年一月生的，怎么也没有十个月！"我问："这怎么啦？"他说："这说明你摔下来时，我已在妈妈肚子里了！"我语塞。为什么非要说得那么明确呢？不说哪一年摔下的不行吗？不说是暑假不行吗？于是我认识到，即使是写回忆录，也不能时间地点人物全真，否则会有麻烦。因此这篇文字，里面的人名基本都是虚拟的。就是说，那个未向我伸出援手的爱莲和她丈夫孟虎，实有其人，但名字也是假的。

疤痕在黑暗中闪亮

最终的结局我早已知道。终有一天，我将带着身上的伤痕离开人世。我知道了，我永远无法抹去这些疤痕，就像只要我继续活着，就会有更多的疤痕在身上出现一样。它们就是我的一生，我的历史。

已经是晚上八点多，天已完全黑了。我站在窗户前，远处是城市边缘稀疏零落的灯火。身后的房间黑沉沉的，一盏灯都没有开。七点左右，我按自己的生活习惯把电脑打开，可我一个字也写不出。我的手下意识地在键盘上敲击着，敲下了一长串古里古怪的符号，仿佛电脑病毒掠过的痕迹。现在电脑被我关掉，残留的荧光呈长方形，孤零零地悬在墙角的黑暗里，像一只失神的独眼。我一个字也写不出了，至少是今天晚上，我写不出什么像样的东西。那封意外的来信反复地念叨说：我觉得你可以写写我，你真的应该写写我，还说，你可以把我作为素材。可正是这封信，让我什么也写不出了。信的末尾留下了她的电话号码，因为用力过猛，纸被划破了，她又重新写了一遍，好像是一种强调。那封信散落在我凌乱的被子上，轮廓模糊。它似乎在提醒我，我应该打开灯，看清这个号码，因为除了给这个号码打去一个电话，我今天事实上做不成任何其他的事情。

大约半小时后，我离开住所去看康宁。我听到了她的声音，像她信封上的字迹一样清秀。我感受到她的声音和她的字迹，这使我迫切地希望见到它们的主人。黑暗太遥远了，电话费也实在太昂贵。拿着电话我突然提出我想去看她。她迟疑了一下——大概看了一下表——然后她说：你来吧，我在小区的大门口接你。你会认出我的。我问清了详细的乘车路线，然后我就出了门，踏上了城郊伤痕累累的马路。

已经九点了。离柏油马路上的公交车站还有一段不短的距离。我在坑坑洼洼的路上走着。远处有一些低矮的黑影，那是郊区菜农的房屋。我这是去访问一个素未谋面的独身女人。她只是给我写了一封信。我说不清我为什么要去认识她，而且如此迫切。读者的来信我收到过不少，但我不认识他们中间的任何一个人。今夜的造访就像周围的景物一样暧昧。我知道，和女人的结识方式不拘一格，就像疤痕的来历一样丰富多彩；我还知道，和女人的交往有时会以一块伤疤作为结束，但这样的经验并没有湮灭我心中那一点微暗的火，它就像前方那盏孤零零的路灯，在夜空中明灭闪烁。

昏黄的路灯只能让我勉强辨识脚下的路。有一些岔道在我面前白惨惨地展开，我朝最亮的路灯走过去。一只狗远远地开始叫起来。它愤怒地喘息着，伴随着铁链被挣得叮叮当当的声音。他咬不着我，也没有吓着我。它远远地就开始叫了，不是那种突然蹿到裤脚的狂吠。十五岁时，我唇上的茸毛正慢慢成长，不成气候，可是突然之间，我的小腿就落下了一个伤疤，我的第一个真正的疤痕。那是狗咬的。从出生到十五岁，我的身上出现过不少细碎的伤口，但我后来就不再觉着它们了，有的连找都找不到。因为它们并没有留下长久的疼痛，就像我们的肚脐，它明明是一个疤痕，但我们不会想到它。十五岁的伤痕是黑夜中留下的，每逢阴雨天气，它都会犬牙交错般地发痒。那时我的嘴上刚长出一点茸毛，我注意到了我的前座那条婀娜美丽的长辫子。它摇着晃着，在腰肢上摆动，经常还挂在我的桌面上。它拂来拂去，使我看不成书，只能又想又怕地盯着它黑鳗似的身体。我痴痴地注视着长辫子，但长辫子从来不多看我一眼。终于有一天，我得到了一个机会，长辫子嚷着要去邻村的打谷场看电影，我也跟着去了。但是她不理我，自始至终没有和我说一句话，只和两个男生一左一右地谈笑。他们都很神气地长出了小胡子。回村的路上我孤零零地跟在后面，就像一只野狗。他们谈论着剧情，争相夸耀着自己一眼就看出了谁是女特务。其实争个屁呢，谁最漂亮谁就是女特务，一开头我就知道。可他们假装听不见我的话，我连狗都不如，因为真有一只狗跟在后面他们就不得不重视了。到了一个地方，他们不敢吭声了，谁都知道附近有一条恶狗。他们蹑手蹑脚地走着，勇士般夹拥着长辫子。其实他们心里很害怕。突然我心念一闪，悄悄地追上去，我猛地蹲下身，伸出右手，狠狠地捏住长辫子的小腿用力一拧，"汪汪汪"一声嘶叫……

倒下来的是三个人。长辫子一屁股蹲在地上号啕大哭。那两个也倒在地上。然后我也倒了下来。真正的狗不知从何处扑了出来，它甚至连叫都没叫一声就咬住了我的小腿。等我站起来摸着一块砖头，那狗早已遁入黑夜，不知去向了。我好不容易才向他们证明是真的有狗，直到我亮出腿上血淋淋的伤口他们才没有揍我。但从此我成了他们嘲笑的对象。

第二个伤口又紧接着不期而至了。伤痕很小，但是很深。那是一个尖锐的伤口。我的小腿包着一圈纱布，他们的挖苦和嘲弄就像一只手，狠狠地勒着我的伤口。"哎，讲个故事给你们听，好不好？"然后他们就开始添油加醋。一群同学把他们围在当中，我深深地低着头坐在圈子的外面。"你们猜，那只狗是谁？是谁？"那臭小子扬扬得意地瞟着我，冲大家使着眼色。我的头嗡的一声，血往上涌。我抓起桌上的铅笔对准他的屁股戳了过去……他根本来不及躲闪，其实也不需要躲闪。愤怒中铅笔被我拿倒了，尖锐的笔尖戳破了掌心，我的右手立即被鲜血染红了。

晦暗中，我的疤痕辐射着无形的闪光。从我惯常的写作姿势中翻过手掌，在键盘的衬映下，我的掌心有一个小小的黑点，那是铅笔尖残留在肌肉里的痕迹。它是如此的深刻，以至我梯田般规则的掌纹被洪水冲决似的改变了走向，而且永远残留在那里。多年后的现在，我常常记起我身上的疤痕，不仅在它们阴天发痒的时候。我注视着我的双手，它们在台灯的光线下静止在键盘上，呈现出一种欲语还休的姿态。我研究我自己，思索这些疤痕来历和可能的意味。有一天我突然发现，这个铅笔的印记多像是那排犬牙的延续或注解啊。也许所有前后相承的疤痕都是这样的吧。

狗咬的疤痕将会永远留在我的身上，但黑暗中的狗吠已经离我很远了。那只夜色中的狗还在有一声没一声地叫着，仿佛黑夜中湿重的拍门声。九路车的站台上空无一人，只有我独自等待着末班车的来临。我站在一棵大树下，车来的时候司机几乎没有发现我。直到我扬起手臂，汽车才戛然而止。

康宁居住的小区位于城市的另一侧。这辆汽车将带着我进入市区。汽车正驶向都市，驶向霓虹灿烂的城市，但它依然只是一辆郊区的汽车，就像进城的乡下人。它的简陋和寒酸使得它也许只在夜里才能开得如此坦荡和放肆。除了我和司机，车上只有一位姑娘，她坐在另一侧的车窗前。车开得很野，简直像要散架，我和姑娘就像是骑在并辔而行的两匹马上，此起彼落。她的轮廓很好，这是在郊区的路途中她提供给我的唯一印象。车入市区，车外明灭的灯火投射在她的脸上，她的眼睛炯炯发亮。对她的打量连我自己都觉得有些唐突了，她一直没有注意我，也许是不屑搭理。我移开视线，但我依然能看到她的眼睛。那是一对有别于双眼皮的丹凤眼，一种稀有品种。我曾经拥有过一双这样的眼睛，差不多有两年。我喜欢这样的眼睛，没有边饰的眼睛也许不擅传情，但是更为清澈。有一天她神秘地对我说：下一周我们不要见面，我要去做一件事情。说话时她调皮地眨着她那令人留恋的丹凤眼。我没有去找她，直到一周后一个戴着墨镜的姑娘到我郊区的小屋来找我。她戴着墨镜还是我的丹凤眼，可是摘下墨镜我却几乎不敢相认了。我愣在那里，愣在她尚未消肿的双眼皮前面。也许此前彼此的陌生感早已时隐时现地出现了，只是由于我的过于自信而疏忽。终于到了这一天，她成了一个更为通俗的双眼皮，这时我才察觉彼此业已形成的距离。那两道丹凤眼上的美丽疤痕使她的目光变得复杂和飘忽，常常游离在我们的约会之外。我努力过，但是一切都和以前不一样了，所有的努力常常产生相反的效果。我们渐行渐远，她的身影终于消失在城市边缘的那一边，金碧辉煌的水西门商城里。"我变了。"说话时她哭了，哭得很安静，仿佛被扰乱的轻轻水纹，然后渐渐地，她神色冷峻起来，复杂的双眼宛若刚刚断流的水帘洞。她说她变了，"我不能再和你在一起。我要过得好一点。我还会再变的可是你不会变。你离开我吧。"我站在那里，站在白天和黑夜的交界线上，没有离开。我们的周围是黄昏。黄昏的图景经常出现，就是现在这辆一路颠簸的汽车将要停靠的终点站。然后她就越过马路，走进了商城，再没有回头。我木然地徘徊在巨大的橱窗下，透过姿态做作的塑料模特儿，看到了那个挽着她手的男人。直觉告诉我，这就是那个收获双眼皮的人，甚至他就是设计者。他们站在豪华的灯光下，好像看见了我，那个男人和她说着什么。但是我只能走开。

汽车停下时刹车很急，简直像是撞在墙上。车门开了，司机迫不及待地下了车。等我想起车窗边丹凤眼的姑娘时，她早已不见了。水西门商场的外面有无数的女孩在往返，我一个也不认识。我们遇上过太多的人，绝大多数也就像这样匆匆而过了。我的心早已没有感觉，即使在那个黄昏之后的黑夜，以及此后无数个黑夜里。直到有一天我的左腕在灯光下冒出吱吱作响的黑烟，真正的疼痛才奔袭而来，我的泪水夺眶而出。

下车后我没有在水西门商场周围停留。刚在马路上站下，一辆出租车停在了我面前。我迟疑一下，还是拉开了车门。我只知道康宁所在小区的大概方位，即使按她在电话中的提示找到下一路车站，下车后能否顺利地找到小区的大门也还是个问题。

已经是晚上九点多了。大街上还有数不清的人在活动。一辆洒水车刚刚经过，水落下了，音乐还浮在路面上尚未消散。洒过水的路面像是由无数的镜子拼接而成，映照着无数的车影和人影。人影模糊，车影飞掠而过，那是影子的舞蹈，是欲望驱动下的影子。出租车穿越着巨大的舞台向郊区疾驰，马路两旁的灯火逐渐稀疏，车速也慢了下来。我们拐上了小路。郊区的路况明显地变差，汽车颠簸得好像在恶作剧。司机骂了一句粗话，打开了前灯。车灯下的道路坎坷起伏，无疑是一项市政工程草草收尾的结果，潦草得就像是康宁那封信最后的字迹。四张信纸的最后一张我已经很难辨认，就像此刻的司机在坑洼中艰难地择路而行。这是类似的过程。难怪古人把阅读和行路相提并论。读信的时候我的目光好不容易才推进到最后的地址上，头脑里一片恍惚。汽车此刻颠簸得像一只小船。到了，到了，就快到了。司机像是告诉我，也像是安慰他自己。话音刚落，汽车咯噔了一下，熄了火。

司机不肯再开了。他说小区就在前面已经不远，我可以自己走过去。我付钱下了车，这才发现自己是站在一片泥泞之中。回头看看出租车，司机已经开始飞快地倒车，仿佛再往前就有一个可怕的深渊。其实深渊是没有的，只是泥泞之中有一个深深的陷落。一不小心就会掉到城市的伤口里。我心里微微地有些后悔，后悔自己如此急切地赶到那封信上的地址里。我小心翼翼地在泥泞中移动，避免鞋子被弄得一塌糊涂。回想起刚才出租车由平坦的大道驶入坑洼小路的过程，回想起康宁的那封信，那封信的字迹也许正预示了我现在茫然四顾的结果。信是上午收到的。和大多数的读者来信差不多，信的开头称我为"作家先生"，还对自己的贸然打搅表示了歉意。但这封信同时又是不同寻常的，整整四页纸，除了在开头提到了我的一篇爱情小说，还不时地念叨一下让我写写她的故事，整封来信其实与小说无关。康宁的字可以说很漂亮，体现着某种应有的矜持，但一说到自己年已三十六，她明显地陷入焦灼和痛苦。此后康宁的叙述包括字迹都开始失去了节制。她坠入了一种迷乱的记忆里。她记述了和他（一个比她小五岁的男人）的初识、同居以及最后分手的过程。整整四年的时间变为文字落在纸上，一片烟云，没有一处分段。原本娟秀的字体也逐渐散乱了，从开始的楷书变为草书，最后成为狂草，那些尖锐枝蔓的笔画仿佛女人说话时凌乱的头发和激动的手势。"我在守护爱情多年之后，为什么还会失去爱情？这难道就是我命中注定的结果吗？"康宁在最后说："你是研究人的人，我时刻期待着你的回音。"有几处地方纸被划破了，洇出墨水，令人想起某种蓝色血液的动物的伤口。我现在正是站在创口上，站在城市尚未痊愈的创口上，不管我怎样小心，城市的渗出液还是浸透了我的鞋子。连袜子也被弄湿了。大约在去年，那个人工眼皮的姑娘曾经对我说：下雨天应该挑好皮鞋穿。当时我觉得她矫情，简直不可理喻。她向我解释了她的理由，我还是觉得她太娇气。现在我终于尝到了破皮鞋的滋味，可即使出门前我想起了她的话又有什么用？我大概找不出一双能防水的皮鞋了，就像我捉襟见肘的生活一样，这一只勉强能对付，另一只却又要穿帮——况且，我又怎能想到我将会在晴朗的夜空之下奔向一片泥泞呢？

　　我索性不再顾及鞋子了，只管不跌倒就行。小区的前面有一对摆馄饨摊的老夫妇，他们远远地望着我，这使我不愿显得过于狼狈。泥泞的边缘和小区相接。我跺跺脚，四下张望，我没有看见其他的人，没有看见康宁。这是一个非常简陋的小区，我相信它原本只是一个地处郊区的住宅群，而且年久失修，它被称为小区只是这个城市流行起"小区"这个名词的结果。大门倒是有一个，虽说没有看门人，但大门上的字迹能证明我没有找错地方。我在小区前的空地上来回踱步，看看自己的手表。卖馄饨的老夫妇已经不再看我。他们是老生意人。说不定这地方还没有叫小区之前他们的摊子就已经摆在这里了。他们对我没有兴趣，因为他们知道谁也不会坐着出租车来这里吃馄饨的。

记得先于康宁出现的是她的影子。我抽着烟，大门上唯一的电灯把一条长长的影子投射在我的脚下。影子慢慢地移动过来。我转过身，一个一袭黑衣女人站在我的面前。"我没有认错人吧……"她迟疑地说。"你没有认错，"我说，"你好，康宁。"

我们没有握手。我的手含混地伸了一下，因为没有得到回应就很自然地放下了。"我们走吧。"她轻声地说一句，走在我的前面。我们不约而同地看一眼那个馄饨摊。不知什么时候一辆出租车停在那里，老夫妇正忙着给司机下馄饨，不再注意我们。他们是我们的局外人，只有我们自己是自己的主角。我不能预料今夜将会发生什么，就像我没料到今天上午我会收到这个叫康宁的女人的来信。我的心里奇怪地平静，跟在康宁的后面慢慢向那个现实中的地址靠近。小区很安静，路两边数不清的楼房上有一些窗户还射出朦胧的灯光，电视节目的声音和不知从哪里传出的鸽子咕咕的叫声仿佛黑夜的梦呓。我悄悄地紧走几步，打量着康宁模糊的侧影。她的轮廓很柔和，和她的黑裙一样，几乎消融在浓重的夜色里。康宁的声音有些沙哑，后来我才知道，这是她最近开始抽烟的结果。她向我道歉，她说她第一次下来时看到了那片泥泞，她以为我会让司机把车子直接开到小区里面。她没等到我，就先回去了一下，再下来后就一直等在大门后面。我笑笑，跺跺脚算是回答。鞋子发出了奇怪的噗噗声。她朝我鞋子的方向看看，扑哧笑了出来，加快了脚步。

我们一直走到小区的最深处。这里的视野陡然开阔。那栋楼房的南面大概是一条灌溉渠，微微发亮的水面上飘来些许田野的气息。走进楼门时康宁抢前几步打开了楼道里的路灯。她沿途一层层地把灯打开，直到七楼。这是我在夜晚所走过的最高的楼道，这个时候我还不知道，在这个夜晚我还将狼狈地走下来。康宁走在我的上方，不时回头看看我，黑裙上是一张苍白的笑脸，像是一个梦。她显然爬惯了七楼，脚步轻盈，我拖沓的脚步声回响在楼道里，仿佛撞在梦的四壁。她的黑裙在我的前方晃动，我可以清楚地看见她的腰肢和圆润白皙的小腿。突然间我感到一丝慌乱。她的肉体上射出的银狐似的白光好像突然揭发了我，但同时又歪曲了我。这白光和夜晚十点的黑暗混杂在一起，令我感到无从置辩的羞愧。等待她开门的时候我有些发愣。她叮叮当当地开着门，无意中我看见斑驳陈旧的墙上有一个黑色的脚印。它离地有一人高，真是个奇怪的脚印。

"请吧。"康宁推开了门。她注意到我的目光，苦笑了一下。这是一个两居室的房子。厅很小，只能算是一个过道。但比我那间从农民手里租来的平房强多了，除了电脑电话和一张床，我别无长物。这是郊区和小区的区别。康宁让我到客厅里坐着，自己转身进了厨房。茶几上摆着香烟和一个洗得干干净净的烟灰缸，康宁从厨房探出头来让我自便。我点着一支烟，随意打量着四周。靠墙的桌上收拾得很清爽，摆着砚台和镇纸，这让我感到奇怪。我已经多年看不到这样的东西了。紧接着我看到了墙上的一幅字，那是康宁的墨迹："惊霜寒雀，抱树无温；吊月秋虫，偎栏自热。知我者，其在青林黑塞间乎？"我感到似曾相识，不仅仅是因为字迹，我想起来了，这是蒲松龄《聊斋》自序的最后几句。大学一年级我初次读到它时就被其中的孤愤所洞穿，迄今为止，它仍然是唯一一令我折服的序言。没想到今天会见到它，而且是在一个独身女人的房间里。我的视线下意识地掠过书桌边的书架，书架在暗处，玻璃的微弱反光使我完全看不清里面的东西，但我相信里面一定有一本《聊斋志异》。

康宁从厨房出来时端着一盆热水。她让我洗洗脚。然后她点着一支烟，坐在我的对面。第一口烟就让她剧烈地咳嗽起来。这是一张曾经盛开却已开始凋零的面容。她画了妆，但这掩盖不了她脸上的憔悴。她没有我想象的那么漂亮，也没有我想象的那么平庸，她的长相位于我想象的中间。在这安静的夜晚，令我怦然心动的是她饱含沧桑的表情。那封信被我留在我城西的房间里，现在她因为咳嗽而扭曲的面容又让我想起了她狂草般的字迹。

洗脚水被我抢着去倒掉了。穿着一双尺码很大的男式拖鞋使我感到很不自在。几乎是刚踩进拖鞋的一瞬间我就想起了门外墙上的那个奇怪的脚印——后来康宁告诉我了，那是她的"前男友"有一天突发兴致时一脚踹上的痕迹，他会武术——回来时我看到走道的饭桌上摆着两碗馄饨，冒着热气。康宁跟过来告诉我，这是她第一次下去等我时带上来的。我确实感到有点饿了，就没有再客气。康宁陪着我吃。吃完了馄饨我们重又回到客厅的茶几前。客厅里只开着一盏台灯，康宁告诉我日光灯坏了，她没有办法修。也许是为了弥补光线的不足，台灯里装的是一个很亮的灯泡。它远远地从书桌上照过来，把我们罩在光圈的里面，就像是一盏追光灯，就像是一只洞察一切的独眼，使我感到很不自然。这个时候我们很需要一个话题，我想起了《聊斋》，但是我没有开口。在这样的夜晚和灯光下，正如少不读《水浒》老不看《三国》，我不愿提《聊斋》。

接下来是长久的沉默，夹杂着康宁被烟呛着的咳嗽。我朝她做了个手势，她把烟掐灭了，顺手把烟缸朝我面前推了推。我弹烟灰时她注意到我的手腕。她的目光跟随着我的手腕一起移动。我习惯于把烟夹在左手，灯光下，左腕上的疤痕在熠熠闪亮。

话题正是从这块圆形的疤痕开始的。我平静地向她说起了我和那个原本是丹凤眼的姑娘的感情经历。"你看，它像个句号，"我苦笑着说，"一切都已经结束了。我已经快忘了。"语气倒好像在劝慰她。康宁怔怔地看着我，看着我的疤痕，然后抱紧双臂靠在椅背上，她的脸淹没在光圈以外的黑暗里。"你们就没有再联系过吗？"我说联系过的，她给我打过一个电话，我立即就听出了她的声音。可是她只说了声喂，你好，就让我猜，她说你猜猜我是谁。我立即忍住了心里无数的话，我咬着嘴唇说我听不出来，我没有猜电话的习惯。她愣了一下，说了声再见，就把电话挂了。我拿着嘟嘟作响的电话呆在那里很久很久。我告诉康宁，真正的疼痛就是那个夜晚出现的。烟盒里最后一根香烟的烟头狠狠地按在我的左腕上，淡青色的烟雾立即就熄灭了，皮肤上发出吱吱的爆裂声。"说起来很可笑啊，"我摸着疤痕故作轻松地说，"我们两个一人留下一个纪念，她在自己眼睛上，我的在手上。"

这时我听到了康宁轻轻的啜泣声。她慌张地看了我一眼，又拿起了桌上的烟盒。她抽出一根烟，我手里的打火机凑了过去。房间里的气氛太沉重了。写信的是她，可是在我们相见时首先说起的倒是我自己。这一点我始料未及。此后还是我继续说。我说疤痕和疤痕是不一样的，她的疤痕是对美丽的增益，我的是丑陋的。可是我和她的疤痕又有一个共同点，因为我们的伤疤都是自己主动制造的，和那些切菜跌跤留下的疤痕完全不同。我还说关于疤痕的分类我是有研究的，所有的疤痕还可以根据位置分成两类，一类在显眼处，另一类长在隐秘的地方，平常是看不见的。不过这也是相对而言的啊，我说也许一切都是相对而言的，生死是相对的，爱情是相对的，疤痕也是相对的。长在大腿根部的疤痕是隐秘的，但是游泳裤就遮不住……

说着这里，我轻轻地笑起来。我们像是老朋友在谈话，至少我把康宁当成了一个旧友。康宁这时插话了。她不反对我的说法，但是她说不，不仅仅是这样的，她说长在显眼处的疤痕也可能是隐秘的，主人不愿说出它的故事，而隐秘处的疤痕也许倒光明正大，譬如见义勇为的勇士小肚子上的伤疤，他们甚至会在摄像机前面展示它。我点着头，鼓励她说下去。康宁的两颊有些发红，她还要再说什么，这时电话响了。突如其来的铃声仿佛打在墙上的冲击电钻，让我吃了一惊。康宁看看我，好像问我要不要去接。她说声对不起，站起身，走向隔壁的卧室。电话铃继续响着，康宁临出门时回头对我说："其实最隐秘的疤痕是看不见的，它不长在身上，可能是留在心里。"

电话摆在卧室里。仿佛在这个深夜的电话以后，我才意识到卧室的存在，这使我心底的某种东西聚气成形了。我看见了欲望的影子。我坐在沙发上有些走神，心不在焉。我不断地在想，我怎么会坐在这个地方，我怎么会成为现在的自己？从十五岁时在家乡的土路上留下第一个伤疤开始，我穿越了多少个黑夜呢。康宁的电话接得很短。我几乎完整地听到了他们的对话。康宁说喂，你好。对方说你好，你听得出我是谁吧？康宁沉默了一下，说我还有个朋友在这儿，我没有时间跟你猜谜。对方问他是谁？康宁说，我连你是谁都不知道，这与你又有什么关系？对方也许还说了句什么，也许立即就挂了电话，康宁满脸酡红地走回了客厅。

经过冰箱那儿康宁带来了两听可乐。她自己大口地喝着。我回想着他们的对话，感到奇怪，甚至有点可笑。为什么有人在自己过得很好时都要让人猜一猜他们的身份？是衣锦回乡吗？这是不是很快活？我问康宁，你们现在是不是还经常联系？康宁说不。她说他已经有一阵子没来了。她说他只有在想到我的时候才来，他需要我了他才要求过来。我的心里咯噔了

一下，我尖锐地问："什么叫他需要你？他过来干什么？"康宁
怔怔地看着我，突然捂住脸哭了起来。"他和现在的女朋友闹了
别扭就再来找你，是不是？"康宁呜呜地说他没有固定的女朋
友。他在外面瞎混。"他来了你们还做爱，对不对？"康宁突然
大声说："你不要问了，你不要问了好不好？！"她的泪水突出
指缝流了下来。

我很想过去安抚她，但是我没有这么做。我的头脑里一片
恍惚。我站起身开始在房子里来回走动。我看到了卧室里的床，
看到了床头的电话。它们沉在淡淡的阴影里。来到这里以前，
康宁就是在这里和我通过电话。我觉得那部电话似乎随时都会
再响起来。甚至，卧室里还会走出一个人，阴鸷地看着我，他
的嘴角挂着一丝讥讽。

接下来的经历在我的记忆里呈现出一片混乱。我时常会摸
着下巴回想起那一夜经历的后半部分，但除了我下巴上的疤痕
触手可辨之外，剩下的只是个模糊的脉络。康宁似乎是跟到卧
室里来了。她泼墨狂草似的说起了她大学中文系的同学，她的
第一次婚姻。也说起了那个电话里的男人，她说他很强壮，从
小习武，她说他们同居了四年，曾经很幸福。她说她其实很爱
他，可他从生活里逃脱了，他的心再也不回来了。她现在还在
爱他，可是更恨他。她还说她想彻底离开他，可是他连东西都
不彻底拿走。他每次都说要来拿东西，但每次从床上一下来他
就轻松地离开了……她絮絮叨叨地说着，我的头脑有点发木。
这个时候我看到了那堆东西。一堆杂乱的衣物，一把吉他，一

根特大号的臂力器。

　　真的是乱了。也许我还能理清事情的顺序，但我理不清我当时的思维。说不清我为什么会拿起那根臂力器。说不清我为什么要走过去。我并不是一个特别强壮的人。少年时因为羞辱而曾经练出的肌肉早已被我的电脑吸干了。反正我抓起了它。这似乎证明了绝大多数的疤痕都是突如其来的。康宁似乎问过我行不行，我没有回答她。我抓起了我力所不逮的臂力器。我开始用力，两个把手之间的粗壮的弹簧吱吱作响，我好像抓着谁的两只手，和黑暗中的某种力量在角力……

　　袭击是瞬间发生的。闪电般的力量划破黑夜。紧接着划破黑夜的是康宁的尖叫。臂力器从我手上弹出，蛇一般蹿入床底。我猛地捂住下巴。鲜血立即挤出指缝洒在地上，黑黑的像是墨迹。

　　彻底的混乱开始了。康宁手忙脚乱，倒是我显得出奇的冷静。记得出门时她几乎忘了关上防盗门，还是我提醒了她。她关门时我轻轻地松了一口气，好像心里某个地方一直绷着，现在终于释然了。不知过了多长时间，我坐到了医生的面前。她见怪不怪地注视着我，没有多问我一句话。尖锐的缝合针在我的皮肉里出没。下巴好像变长变大了，大得脸上只剩下一个下巴。大脑似乎已经消失，整个人成了木头，医生就是那个修理着节疤的根雕师。

　　康宁要送我回去。我谢绝了。我只告诉了她我的电话号码。我独自坐车沿着一条新的路线回到我的住处。康宁电话打来时我已经打开电脑，但是我告诉她我已经睡了。我什么也没有写出来，我只是想写点什么。第二天康宁又来过一个电话。拿起电话我就听到了一阵啜泣声。我沉默了一下说这与你没关系，这不能怪你。她不哭了，但是什么也没有说。然后我就把电话挂了。从此以后我们再也没有联系过。我常常摸着我的下巴，摸着上面的疤痕，试图把这段经历写出来。我写了很久，断断续续，今天我终于写完了。我知道这道疤痕将和我其他的疤痕一起永远陪伴着我，直到我离开尘世；我也知道今后我还将落下新的伤痕，除非我现在就死掉，不再活着。但我还是要把我的故事写出来，写给那些陌生的朋友。我不会指着下巴对什么人讲述我自己，因此，我身边的朋友们永远也不会知道这道疤痕的来历。

红花地

　　这一夜李钦睡得很香甜。他已经久违了这样的睡眠。清晨，远远近近的公鸡报晓声轻轻啄破了他的梦。他睁开眼睛，首先看到的是南面窗户上淡淡的晨光。

　　身边的被窝空着，尚有余温。妻子已经起床了。李钦听到了小院里母亲和妻子轻轻的说话声。他在床上躺了一会儿，打量着这个他既熟悉而又有些陌生的家。房间里陈设很简单，南窗下摆着书桌，上面放着他和妻子的结婚照；宁波床紧靠北墙，床上挂着雪白的帐子，仿佛是一间小屋。他躺在床上，躺在他和妻子几年以前的婚床上。透过帐子看出去，墙壁已经开始剥落，宛若一些莫名的国家和漂泊的岛屿，陈旧、暗淡，却又令他感到安心。李钦穿好衣服，穿过堂屋，走进了小院。

这里是红花地，他的老家。他生在这里，长在这里。他从这里考上大学去了省城，几年之后，又从省城带回了他的一个大学女同学，父母都非常喜欢，后来，他们就结婚了……迄今为止，他人生的几乎每个重要环节都和老家有关，这里也是他的梦时常落脚的地方，可他一直都没弄懂，这个地方为什么叫红花地，直到两年以前。那是父亲去世，他乘着机帆船去给父亲送行，他透过泪眼看到了两岸的田野里无边无际的红花草，突然就明白了故乡名字的由来。有些事情少年时你一直熟视无睹，也不会去想它，只有等长大了你才会明白。

　　院子里很安静。清晨的太阳悄悄地驱散着晨雾。妻子正在院子里刷牙。洁白的泡沫落在地上，很像是春天的花朵。她身后的厨房里传出"咕嘟嘟"的声音，想来是在炖着什么东西。李钦问："妈妈呢？"妻子含混地告诉他，妈妈上街买菜去了。

　　李钦蹲在院墙下的水沟边刷牙，妻子在厨房里忙碌着。她挺着肚子，身子很笨重。妻子怀孕以后，他们商量过很多次，最终决定还是到老家来生孩子。李钦的身体很不好，他总是感到很疲乏。妻子怀孕后期，经常要到医院去做一些例行检查，可李钦去医院的次数比妻子还要多。查来查去，没查出什么大病，可他就是觉得累。他没有办法独自照顾妻子，离预产期还有半个月，他们回到了老家。

　　院门一响，母亲回来了。她提着沉甸甸的篮子，李钦连忙迎上去接过来。篮子里突然伸出一个鸡头，"嘎"地大叫一声，像喊一声"报到"，吓了他一跳。母亲把买来的蔬菜拿到地上，那只大公鸡拴着两只脚，在篮子里乱蹬。篮子被蹬翻了，正好罩在它身上，它倒反而老实了。"你们两个都得好好补补，"吃早饭的时候母亲说，"你不是说腿脚发软吗？以后你每天早上都要喝一碗猪脚汤。能喝两碗更好。"

李钦皱着眉头。他实在是没有什么胃口。

母亲说："吃吧，当药也要吃。中医上说吃什么补什么。你快趁热喝。"

妻子也说："妈说得对。中医讲究这个。我听说肺虚的人可以吃猪肺汤，心慌的吃几个猪心可能就好了。"她怀孕后食欲一直很好，好得出奇。在省城的时候他们的饮食简直成了大问题。李钦看着她油亮亮的嘴，突然觉得一阵心烦。他把碗一推道："我吃不下，我只想喝点稀饭！"他离开饭桌，躺到靠墙的躺椅上说，"妈，你不用管我，我就是有点累，说不定过段时间就好了。"

母亲和妻子都愣在那儿。母亲叹了口气。李钦觉得自己的情绪实在很不好，把家里人的情绪弄坏更不好。他和缓了口气说："要说吃什么补什么，我到处都要补，除了这儿，"他揉揉自己的头发说，"妈，你总不能弄个整人来给我吃吧？"

母亲尴尬地笑了一下，说："那我去给你盛粥吧。"

家乡的空气清冽而微带香甜，非常清新。院子的西头有一畦油菜，星星点点地开着黄花。中饭过后，李钦在院子里站了一会儿。他看见墙角有一排菊花，隔年的老枝上又抽出了新叶。那是父亲留下的。父亲在世时每年秋天都能收获很多菊花，晒干以后泡茶喝。父亲去世后再没有人侍弄它们。没有及时换盆的菊花想来秋天是不会再开花了。李钦结婚后母亲常常委婉和他们谈起，谁家的媳妇前不久生了，做婆婆的高兴得摔了一跤；谁家的老二比李钦还要小一岁，小孩都会打酱油了。父亲虽然在旁边做着自己的事情，并不插话，但李钦明白父母亲都很希望他们早点生个孩子，最好还是一个男孩。他很难忘记父亲和别人家的小毛孩打钱堆、斗玻璃球，玩得兴致勃勃的样子。可是他们当时还不能要孩子。不是不想，而是没有条件。结婚后的这几年，他们过得并不顺利。省城拥挤的生存空间，复杂的人际关系，委实令他们无暇他顾。几年来的竞争和杀伐，弄得他心力交瘁。几乎是在心灰意冷中，他们怀上了这个孩子。在父母亲的力劝下，他们同意留下这个不速之客。六个月的时候，妻子悄悄找人去做了个 B 超，她垂头丧气地告诉李钦，是个女孩。李钦铁青着脸责怪她不应该去做这个检查。这几年的不顺遂已经太多，又何必提前知道这样的结果呢？

母亲坐在太阳底下给未出世的孩子做着小衣服。妻子要帮忙，动不了几针就把手扎出了血。母亲手忙脚乱地去给她找创可贴。李钦插不上手，他从菜地里挖了一堆土，蹲在院子里给那些菊花换盆。那些旧土是父亲留下的，被太阳晒热了，仿佛是人的体温。他轻轻地把它们撒在菜地里。他想起了父亲，想起了那个未来的孩子，他想不出她是什么样子。她是双眼皮吗？会不会有六个指头？他忍不住把自己的担心说了出来。母亲笑话他乱想，还说他这些年身体不好肯定就是脑筋动多了。他们谈起生孩子的具体细节。妻子突然问："妈，我们那儿生孩子的胞衣都是要埋掉的，李钦的胞衣在哪儿？"母亲停下手里活计说："是埋掉了。他爸爸把它装在一个罐子里埋的，就埋在老屋的床底下。"李钦说："可是老屋已经拆掉了。"母亲说："房子拆了，但地方是不会错的。"

傍晚时李钦和妻子散步时经过了老屋。它早已被夷为平地，现在矗立在那儿的是四层楼的保险公司。那时太阳已经偏西，保险公司的人正在关门，巨大的卷帘门发出哗啦啦的巨响被拉了下来，隔断了李钦的视线。在李钦的想象里，他的胞衣是一件由血肉织成的小衣，那里面曾经流淌着他的血。它被叠成一团，静静地躺在地下的罐子里。虽然他现在已经不知道它具体的方位，但他知道它埋在这块地方，这块地方叫红花地。妻子询问地看着他说："他们关门了。"李钦说："天都黑了，妈妈要等我们的，我们回去吧。"

故乡从来不关门，游子随时可以回家。自从到了省城以后，李钦每年至少要回来一趟，开始是独自一人，后来带着妻子。红花地给他以安宁。父亲去世以后，他们也曾把母亲接到省城住过一段时间，但母亲住不惯，她说还是等我老得不能动了再和你们一起住吧。她说她住在楼房里觉得接不到地气。李钦和母亲一直用家乡的方言说话，连妻子后来也能够参加交谈了。在家乡话里没有奖金职称职位之类的词汇，即使说出这些词，味道也是不一样的。在家乡话里李钦觉得城市的杀伐离他非常遥远，仿佛是一团隔岸的火。红花地是他偷得浮生半日闲的地方。在妻子等待生产的那十几天里，母亲最操心的就是李钦的身体。她变着法子给儿子做饭，眼巴巴地看着他吃下去。李钦虽然还是觉得累，但心情平和了一些，那种没有来由的无名火少了。母亲悄悄地去请教过镇上的老中医，让李钦去搭搭脉，他不肯去。孩子尚未出世，家里已经够忙的了，况且，他不相信，有谁能治好一个落魄者的心病。

母亲做好了孩子所有的衣服。春夏秋冬，应有尽有。那小得可笑的小红褂子，几寸长的软底鞋，那些尺寸渐大的各式衣服，让年轻的小夫妻看到了孩子从一个小小的肉团到蹒跚学步的全过程。母亲和医院很熟，她经常腾出时间到医院去，和产房的那些医生聊天。她不断带来医院的消息，今天又生了几个，几男几女，还有一个小个子女人生了个儿子，有九斤重。好像她的媳妇已经在产房门口排着队，等待分娩。

妻子的身子越来越不方便，她的肚子常常会隆起高高的一团。李钦的手抚在上面，他不知道那是孩子的手还是脚在动。这轻轻蠕动的小家伙终有一天会叫他爸爸，李钦觉得一丝惶恐。他模模糊糊地记得自己小时候像个小尾巴跟在父亲后面的情景。他走路的姿势酷似父亲，父子俩走在街上，常常会有一个拿他们开心的熟人跟在他们后面，学着他们走路的样子，引来众人的笑声。李钦的家族数代单传，可他将要生一个女儿。随着妻子预产期的临近，李钦心里已经接受了孩子的性别。也许还是生个女儿的好啊，做个男人实在是太累了。在分娩以前的那段日子，他们谁都没有提起过父亲。父亲留在母亲卧室的镜框里。有一天李钦夜里做了一个梦，他梦见墙角的那排菊花盛开了，一只黑色的蝴蝶在花间翩跹穿行，缥缈无息。

仲春季节，家乡的田野上唯一绚烂的是油菜花，它们是大地此时的主角，红花草还在悄悄地积蓄着力量。李钦每天陪妻子散步，有一天他们走出了小镇。他看到在镇西头大堤的下面，有一排白色的房子，上面写着两个黑色的大字：炕坊。妻子不知道那是什么意思。李钦告诉她，炕坊就是鸡和鸭的产房，是孵小鸡小鸭的地方。妻子顿时来了兴趣，催着李钦过去看看。他们走下大堤，沿着田埂，走到了白房子的前面。那两个字很大，每一个字都有半人高。字是描过的，层层叠叠，黑色的笔画里隐约可见去年，也许是前年的笔迹。李钦在门口喊了一声："有人吗？"没有人答他的话，他掀开了厚厚的门帘。

他们好像是一头撞进了盛夏。炕坊里很热，但是看不见火。他们不知道如此雄浑的热力从何而来。炕坊显得很高，似乎比他们在门外时要高得多。一层层砖砌的格子一直垒到屋顶。李钦知道，那里面一定是等待出壳的蛋，不知道什么时候小鸡就会啄破蛋壳钻出来。他们屏住呼吸，侧耳细听，突然妻子高兴得叫了起来："出壳了！有小鸡出壳了！我听到了小鸡在叫！"他们身后有个声音突然说："不是。那是外面的麻雀。"这时他们才看到了炕坊的工人。这是个二十出头的小伙子，墙角处的地上有一床被子，显然他刚才一直在睡觉。妻子显得很不好意思。她问："我们今天能看到小鸡出壳吗？"

"早呢，"小伙子说："现在才是'头照蛋'，还要等十五天，小鸡才会啄壳。"

"还要等那么多天啊。"妻子显得有些失望。

小伙子显然注意到她笨重的身子，他开玩笑地说："十几天还长啊？人不是要十个月吗？"

妻子的脸腾地红了，她转过身去，面向窗外。窗户清澈明亮，两只喜鹊在河岸边的槐树上翻飞嬉闹。李钦很喜欢这个小伙子。他想起外面的墙上那笔画重叠的大字，无端地觉得那是小伙子的手笔，而且他相信小伙子已经在这儿干了许多年了。对面的墙上有两行毛笔写的字：有烟者先发，无烟者请等。字写得很好，间架匀称。李钦问："这是什么意思？"

小伙子理直气壮地说："我跟他们要烟啊。谁给我敬烟，我就先给谁发货。"说到这里他的脸红了，"我是跟他们闹着玩的。我不会抽烟。"

妻子哧哧地笑起来。她指着一层层的格子说："这就是'灶'吗？'头灶'是什么意思？"

小伙子愣了一下，突然他哈哈大笑起来："什么呀，不是那个灶，是这样——照，"他伸手到格子里拿出一个蛋，对着窗户眯上了眼睛，"五天的时候我们照一下，那是头照，过八天我们再照一下，那是二照，我们要看里面的小鸡长得怎么样了。"

李钦和妻子凑过去，他们果然看到了鸡蛋里有一个朦胧的黑影。那是小鸡，它现在还没有动静。这一层层的格子仿佛是床，上面躺了多少鸡蛋，谁能数得清呢？有一天早上（李钦相信那必定是在早上），白房子中会有谁无声地发一声喊，伴随着无数的破碎声，小鸡们就会一齐抖擞着钻出蛋壳——它们会寻找各自的母亲吗？还有，那些母鸡们会牵挂着她们的小鸡是什么性别吗？……

天渐渐黑了，南面所有的窗户上都镀上了夕阳。李钦和妻子要走，小伙子说："你们穿得太多了，你们看我，只穿一件衬衫。进了我们炕坊，先要脱点衣服。"他看看李钦的妻子，"要不她出去会受凉的。"

"下次我们就知道了，"李钦说，"等十五天我们再来看你的小鸡吧。"

他们沿着原路回家。太阳软软地落向地平线，黄昏开始往地面上沉积。走上高高的大堤，李钦回头望去，白房、田野、纵横的河流上隐约的船帆，一切都沐在春风里，仿佛是绿野仙踪。眼见着，天就黑了。那天以后，他再没有见过炕坊里的这个小伙子，但他有时还会想起他。他的达观，他顽皮的笑容，以及那炕坊里萌动生命的夏日般的温度，一直留在他的记忆里。李钦牵着妻子的手，不时看看她隆起的肚子，提醒她注意路上的坑洼。刚才在炕坊的经历，可以算是哺乳动物对卵生动物的一次拜访。想到这里，他的脸上浮出了笑容。

妻子是第三天凌晨"觉"了的。这几乎超出了预产期一周。夜里，妻子突然把李钦推醒，说："快，我见红了！"李钦手足无措，他冲东房喊："妈妈！妈妈！"

几乎是同时，母亲就敲响了他们的房门。已经有好多天，她都没有解衣服睡觉。她时刻都在准备着。医院离他们家不远，十几分钟后，李钦就用自行车把妻子推到了医院。她真沉啊！

瘦弱的李钦简直扶不住车子。

产房里很安静，也很温暖。走廊里生着炉子。李钦坐在走廊里的长椅上，身边摆着母亲随身带来的一个大包，里面是孩子的小衣服和尿布，还有一些巧克力，那是给产妇长力气用的；另外有些圆的，把包撑得鼓鼓的，不知是什么东西。李钦把包打开，几个苹果滚了出来。它们蹦跳着滚出老远，散落在灯光的阴影里。李钦手里抓着苹果，心里觉得了一丝安定。走廊里没有其他人，很安静。很多窗户反射着电灯光，像是关切的眼睛。

母亲前前后后地忙碌着。走过李钦的身边，她摸摸儿子的头发，让他不要慌，女人都有这一关。李钦应着，仍然紧张得不行。母亲看上去很沉着，她不时走到产房门口，侧耳细听里面的动静。那是一个凝固的背影，李钦看到了母亲慌乱的头发。头发是灰色的，那是黑色掺杂了白色的灰色。这是李钦第一次觉得，母亲已经老了。

妻子的羊水破了，母亲从门缝里接过了濡湿的毛线裤。李钦的心脏开始狂跳，他让母亲坐下来，但母亲坐不了一会儿就要再去看看。过了一小时，也许是更长的时间，期待已久的啼哭声"哇"地传了出来。李钦和母亲一起拥到了门口。

门开了。医生走了出来。李钦看到她身后，妻子躺在手术台上。他看到了妻子疲倦的眼睛。

医生说："生了。大人小孩都好。"

母亲张着嘴说不出话。医生笑眯眯地看着她。她是母亲的老朋友。李钦知道，她故意卖着关子。

"小孩很胖，现在还没称，肯定不止八斤。"

母亲说："好、好，平安就好。"

医生"扑哧"笑了出来："告诉你们吧，是个男孩！快回去染红蛋吧！"

母亲震了一下，看了看李钦。她回过神来大声说："现成的！现成的！"

李钦不敢相信医生的话。他探头朝里面张望。医生说："你等着，我抱出来给你看看。"

孩子抱出来了。他软软的，像个小肉团。李钦接过来，不知道怎么抱才好。孩子包在白布里，李钦看到了那个红红的"小茨菇"。他突然想起了家里墙角的那一排菊花，他轻轻地喊了一声：

"爸爸！"

他的眼泪流下来。他下意识地瞥瞥窗户，那边，天已经亮了。

好多年之后，妻子对李钦说：我一辈子都会感谢你妈妈的。她第一句没有问生男生女，她说平安就好。这句话我永远忘不掉。

接下来的两天家里很乱。如果没有母亲，他们简直不知道该怎样喂养孩子。儿子第一次叼住妻子的乳头，她吓得直哭。外人只听到这一家增加了小孩子的哭声，可是如果没有养育经验，你怎么也想象不出这哭声增添了多少的忙乱。哭声是孩子表达感觉和需要的唯一方式，小两口暂时还听不懂这种语言，只有母亲明白。小孩子刚开始还不怎么会喝奶，他吮不住他妈妈的乳头。母亲蹲在旁边，她的嘴张得大大的，翕动着，替孙子使劲。她先是担心孙子不会吃，后来又担心儿媳的奶不够。妻子很能吃，食量大得怕人，家里的厨房里几乎总是温着蹄膀汤、鲫鱼汤之类的东西。

李钦累极了。母亲安排他染红蛋。出于某种直觉或者是希望，母亲早已把鸡蛋准备好，连染料都是现成的。有十几个鸡蛋一煮就破了，里面露出了黄色的绒毛。李钦吃了一惊，大呼小叫。母亲连忙跑出来，她拍着自己的脑袋说，这是"旺鸡蛋"，是她听说李钦两口子去过炕坊后才想起来去买的，想给李钦补补，一忙就忘掉了，混在了一起。李钦把它们拣到一旁，终于他还是没敢吃，都被妻子吃掉了。他挨家挨户把红蛋给亲友们送去，那几天，他的脸上和手上都挂着生儿子的标记。

孩子夜里闹得厉害，往往是刚换过尿布，不一会儿又要吃奶。李钦只陪妻子和儿子睡了一夜，早上起来就有些站不稳，这是城市生活的碾压留下的印记。母亲和妻子担忧地看着他，他自己觉得非常的内疚。这不是一个丈夫和父亲应该的架势。母亲不由分说，把李钦赶到自己睡的东房，让他先去睡一觉。从那以后，李钦整个月子里就一直单独睡在母亲的床上。

李钦睡了一觉，觉得好了一些。他起来的时候天已经快黑了，他隔着玻璃，看见了母亲在厨房里晃动的影子。厨房里有一股尿臊味，那是煤炉上烘着的尿布发出的味道。母亲正蹲着，在一个盆子里收拾着什么。李钦正要过去帮忙，母亲回脸看见他，急忙说："我这儿不用你弄，你去做你的事。"她把儿子往外推，看上去有一丝慌乱，好像是做着什么秘密的事情。这时候儿子哭起来，母亲说："他尿了！"

果然是尿了。妻子正在手脚忙乱地给儿子换尿布。儿子的屁股红红的，像只小瓜，上面长着一个小小的"茨菇"。李钦把湿尿布放在盆里，先用清水搓一遍。泼水的时候他迟疑了一下，把水轻轻地浇到那一排菊花上了。他想起了遥远的省城，想起了做过B超后妻子告诉他结果的情景。现在回想起来，那像是一个梦。

第二天，母亲早早地就起来了。李钦起床的时候，母亲已经把早饭准备好。她从厨房里端出一碗汤，催着李钦趁热吃。李钦吃了一口，觉得很香，却又有点特别。"这是什么？"母亲微笑着说："是我做的。你要补一补。我不能跟着你们一辈子，你要把身子补好。"李钦心里有点难受。他一声不吭，把一碗汤全喝完了。

在红花地的那段日子，妻子坐月子，李钦也像是在坐月子。母亲总能从厨房里端出好吃的浓汤来。妻子的汤催奶，李钦的汤是补身子的，母亲从来不弄错。几年之后的某一天，李钦一家正在看电视，看到一个胎盘素广告，那时候妻子才告诉他，母亲那年给他做的就是胎盘汤。怕李钦不肯吃，所以没有告诉他。事实上，李钦如今的身体确实是好多了。

母亲的汤很管用，妻子奶水丰沛。儿子每天都在长，脸渐渐大了，眼睛里也出现了最初的眼神。每一次给他洗澡，都能发现他又长大了不少。天气很好的中午，李钦就把他抱到外面去晒太阳。屋后是一条小河，李钦抱着儿子站在河边，看船来船往，看绿色的河水。一条木船吱呀呀吱呀呀摇过来了，摇橹的汉子光着头，摇橹的姿势像在跳舞。船上摆着很多竹匾，里面挤满了密密麻麻的小鸡。那汉子叼着根香烟，李钦想，他给炕坊的小伙子敬烟了吗？

是的，是的，这一定是从那个白房子炕坊摇过来的船。满船的小鸡稚嫩地叫着，你啄我一下，我推你一把，仿佛是载着一船吵闹的油菜花。

河对岸的红花草开花了。油菜花已经开始零落，现在已是红花草的季节。不久，它们就要被雪亮的铧犁翻到土下，作为肥料。可是现在，它们灿烂地开放着，故乡成了真正的红花地。红花草开在大地上，开在李钦的瞳仁里。到了省城的李钦闭上眼睛，满眼还是无边的红花草。还有母亲。

驴皮记

　　天是从东到西慢慢黑下来的，路灯一下子就亮成了几道线。从傍晚开始，翔子就在大街上闲逛。他已经在这个城市生活了一年，可对这个城市，他依然只有一个懵懂的印象。区别是明显的，城里人多，道路宽，房子高，可这些与他都没什么关系：人多他不认识，路宽他也只踩两个脚印，房子高呢，就更与他无关了，他在建筑工地上干活，房子造好了，门也就被锁起来了。天将黑的时候，翔子眼看着路灯唰地全亮了，他顿时有了一个感想，可以回去讲给乡亲们听，而且不丢面子。他要告诉他们，乡下的天黑了就不再亮了，可城里的天黑着黑着会突然全亮起来，一直亮到早晨太阳出来接班。城里是没有黑夜的。城市的天空阴天也会黑，但是夜不黑。

翔子的脸庞是黑的，头发蓬乱，走在街上，一看就是一个乡下人。他穿着一件皮夹克，算是比较值钱的衣服，可你还是能看出他是一个乡下人，城里人把他们一概都叫作农民工。他逛的这条街叫湖南路，是这个城市著名的商业一条街，两边摆满了各式各样的小摊子，一眼看不到头。湖南路的东面是玄武湖。你看不见湖面，可你能真切地感觉到从那里吹过来的寒风。一件皮夹克，如果里面没有羊毛衫之类的东西，实在也管不了什么大用。街上人很挤，穿皮衣的人也很多，他们都穿得很有派头。翔子把领子立起来，这样他就不至于要缩着脖子。他知道，那个样子实在是太难看了。

　　街两边的树上挂了很多灯泡，灯光下摆着无数的小玩意儿，书，激光唱片，鞋子，手套，胸罩，一家连着一家，乱七八糟，眉毛胡子一把抓。翔子很佩服那些卖东西的，他们嘴里吆喝着，互相开着粗俗的玩笑，但就是不会把各自的东西弄混，这也是一桩本事。翔子这边挤挤，那边看看，仿佛水流里的一条黑鱼。身上的皮夹克到底是皮的，很光滑，在人缝里挤起来很省力。有个女人撞了他一下，翔子吓了一跳，连声道歉。女人不屑地骂了一句什么，朝地上吐了一口吐沫。翔子看到那口吐沫弯弯地飞翔着落到了一个迈着方步的胖男人的脚上，他吓得张大了嘴，以为事情要闹大了，自己也脱不了干系。不想那个男人并没有发现，鞋子上托着吐沫继续四平八稳地走路。女人倒不慌，冲翔子伸了伸妖里妖气的舌头，不慌不忙地走了。翔子这时看出那个女人其实年纪很小，别看她脸上狠狠地画着，顶多还不过二十岁。十几岁的女人就画脸，整天像是在唱戏，这就是城里的女人。她撞在自己身上的那一下，香香的，软软的，总之没有她的目光那么硬。翔子的身上有了点感觉，这种感觉把他的心搞得有点乱了。

翔子的皮夹克值两百块钱。开价五百，他只花了两百块。他们三个月开一回工资，他差不多全寄回家去了。现在他的全部家当几乎全在他身上，就是这件皮夹克。买了皮夹克他很新鲜，每天收了工他都把皮夹克穿起来，站在马路边的工棚前看西洋景。他不是不爱惜衣服，他是觉得在城里应该穿得好一些，即使皮衣穿得旧一点了，回家过年仍然还是很风光的。在那个小村，除了牛马猪羊，还有狗，没有谁能穿皮衣服。可是没想到，这件皮夹克没让他在工友中神气多久，大概穿过十几天吧，皮夹克就出了问题了。工友们开始笑话他。有人编出了一段顺口溜：

翔子，翔子，

是个驴子，

穿一身阿胶，

满街跑！

他们都嘲笑他上当了。可是，翔子想，它总是皮做的呀，一件普通的衣服还要几十块呢！它至少比布的耐穿吧。

湖南路离翔子干活的地方不算远，但他以前从来没有好好逛过。那天工地上的料接不上，老板急得跳脚，只好把大家给放了。平时大家总是嚷嚷着要放假，真的放了却也玩不出什么新花样。他们在工棚里扎堆儿打扑克赌钱，翔子玩了一会儿就被小音喊了出去。小音在工地上煮饭，同时还照看着老板五岁的女儿。她问翔子，想不想上街逛逛。翔子红着脸，看得小音脸也红了。太阳很好，小音的手上牵着五岁的小凤。小凤急着想上街，直把小音往路上拽。翔子说，好吧，去就去。他口袋里现在有点钱，赌钱却总是输，还不如到街上花上几块。他们三个是走路去的。小凤一会儿就不肯走了，翔子只好把她背在后面。小凤在他背上很舒服，乐得直唱歌。翔子得意地说，他这是背水泥背出来的功夫，小凤比水泥袋轻多了。这话被一个老头听见了，呵呵直朝他们笑。翔子和小音都脸红。翔子想，他们这样太像是一家人了。可是他们不是。工地上早有传言，说小音偷偷做着老板的"小"，翔子半信半疑。他很想问问小音，老板有没有跟她一起逛过街，但话到了嘴边还是忍了下去。不管怎么说小音对自己很好，每次给他打饭都装得多多的。还有看他时的那种眼神，连工友们都看出来了。他们老是要拿他开玩笑，但翔子不敢往深处想。他不敢喜欢小音，只敢在心里偷偷地讨厌老板。

他们在湖南路的西头买了两串糖葫芦——对，就是前面那个地方。小音和小凤津津有味地吃着。翔子尝了一个，酸得他牙疼。现在那个卖糖葫芦的老头还在，可他显然认不出翔子了。老头的身后就是那家卖皮夹克的小店铺，现在有两个大喇叭摆在门口轰隆隆地吵着，里面卖的是音像制品。那天是小音要进去的。她身上穿着一件棕色的皮夹克。翔子本不想进去，小音说想她看看自己身上的这件皮衣到底值多少钱。翔子心里一咯噔：皮夹克真不是她自己买的吗？脱口问道：你怎么会不知道多少钱？小音连忙说，不是，不是，她是想看看它现在还值多少，是不是降价了。

翔子从此绝口不再提她那件衣服。小音自己在那儿看女式皮衣，后来看上了一件男式的黑夹克，让翔子试试。皮夹克标价五百块。翔子穿上，在镜子前照照，觉得很神气。卖衣服的女老板冷漠地看着他们，并不热情。不知怎么的，翔子突然就决定把它买下来。他想了想，一口就还了个价，"两百块！"女老板愣了愣，马上就答应了。也许她压根儿就不相信翔子会真买。小音也不相信，直到翔子掏出钱来她还张大着嘴。

翔子索性穿着皮夹克上了街。他跟女老板要了个袋子，把旧衣服装在里面提在手上。翔子和小音都穿着皮衣服，小凤怪怪地看着他们说：你们真好看。翔子问：有你爸爸好看吗？小凤歪头想了想说：我爸爸的衣服有毛领子。

翔子今天没有到那家店里去。去了也白去。前不久他就来找过，那个女老板早就走人了。皮夹克他穿了十几天就开始掉色。晚上脱下来，衬衣领子的外面比里面还要黑。有一天淋了一点小雨，雨水流到裤子上，把裤子都染黑了，像是小时候上学不小心撒上了墨水。翔子慌了。工友们也围过来，有人把鼻子凑上去一闻说，一股死人臭！他们嚷起来：这哪儿是羊皮夹克啊？这是马皮！又有人说：什么马皮呀，还马×哩，八成是驴皮！驴子的皮！你上当了！翔子被他们嚷得头发晕，他恶狠狠地骂道：操你妈的！这关你什么事？他一把把皮夹克夺过来说：我上什么当？我说过它是羊皮夹克吗？我说过吗？你管它什么皮，反正它是皮夹克！不是你妈的皮！他凶巴巴的像要吃人，没有人敢来惹他了。

翔子装出满不在乎的样子，其实他肉疼得一夜没睡好。两百块钱，差不多是他半个月的工钱。他要扛多少水泥包，要抬多少砖头呢，这其实是算不清的。反正他每天都耗完了力气才挨到收工，这件皮夹克实际上就是他十几天的力气。他想那个女老板也许专等着他这类人上钩，他一走女老板的嘴巴都笑歪了。他决定第二天就去找她算账，而且瞒着小音去。他准备先求女老板把钱退给他，扣点折旧费也行，如果说不通，那就打上一架；好男不跟女斗，他当然不能跟女人动手，最好女老板的丈夫正好也在那儿，可以揍揍。可是，他没想到，他到了那家商店，女老板已经不在了，店里卖的也不再是皮衣。他耐着性子跟卖音像制品的小老板套了好一阵子话，想证明这个小老板就是那个女老板的丈夫，然后好揪着他不放。他绕了半天，最后只好明讲，他是买了假货，上当了。小老板一听，忍不住哈哈大笑道：嘿，你怎么不早几天来？她早退租走了。实话告诉你，你这是第五个了！

这会儿翔子在音像店门口迟疑了一下，没有进去。只有得手的骗子才有资格向人吹嘘他的手段，上了当的人倒常常像做了亏心事。翔子不想被那个小老板认出来。他继续沿着湖南路往前走。离玄武湖越近，寒风越猛。翔子倒走得有点发热。身上的衣服毕竟是皮的。羊呀马呀驴子呀冬天不就仗着一层皮吗？羊身上还要长上长长的毛，驴子身上却是光秃秃的，这说明驴皮的保暖性能比羊皮还要强。再说，驴皮能滋阴补血，是一味名贵中药，穿在身上说不定还能长精神哩。这样讲起来驴皮夹克没准比羊皮的还要好。话虽这么说，花两百块钱买了身驴皮穿在身上，翔子还是觉得女老板可恨。他突然想起那段嬉皮笑脸的顺口溜，走着走着，自己在嘴里念叨起来。

左右看看，没有人注意到他。他又轻声念了一遍：翔子，翔子，是个驴子，穿一身阿胶，满街跑！满街跑！他拖腔拖调，长长短短。自己品品，觉得还是没人家说得有味。这些狗日的，不用再打工，可以去唱戏了！

你这是第五个了。翔子想起了那个小老板的话。他不知道那四个上了当的人现在在哪儿，是不是也在这条街上。翔子好像看见了一小队人穿着整齐的驴皮夹克，迈着正步走了过来。好多人站在两边看。翔子也挤在围观的人群里。有人拍着手念起了顺口溜……

翔子扑哧笑了出来。

笑着笑着翔子的脸凝固了。因为他在那一小队人中看见了他自己。

街上的人是真多，把老家村子里所有的人全都喊来，怕是也站不满这条路上的一家商场。满街的人，穿着各式各样的衣服，只有翔子在注意别人，没有人朝穿着驴皮夹克的翔子多看一眼。城里的人都忙着呢，没有谁会留意某个人穿的究竟是羊皮还是驴皮，大冷天的，只要你不光着身子露出一身人皮，就没有谁会去注意你。这很好，至少在现在，翔子不希望别人来关心他的衣服。

湖南路约莫有三里路长。翔子走到图书发行大厦那儿，拐上了肚带营。这是一条小街，翔子一直弄不懂它为什么要叫这个怪名字。这儿以前是做肚带的吗？可肚带又是什么东西？看上去大概是女人用的什么玩意儿，可是翔子只知道有胸罩，不知道有肚带。城里的地名就是这么怪。就像图书发行大厦对面的一家商店，叫什么"古今胸罩公司"，翔子也不知道这是什么含义——哦，你戴了一个胸罩，一个奶子是古代的，另一个奶子是现代的？——这不成了妖怪了吗？翔子想着，咻咻笑了起来。他的身上有点发热。胸罩公司门前站着很多裸体模特儿，是木头的。（翔子认识这个"裸"字，他上过初中，会查字典；他还学过"黔之驴"，"黔"字不要查字典。也许就是因为这篇文章，翔子承认自己的皮夹克是驴皮的）那些模特儿穿着古今胸罩，还有一条几平方寸的三角裤。翔子看了几眼，发现别人都不看，自己也不敢再看，装着若无其事地走了过去。

小街两旁有不少洗头房。每家门口那种一圈圈转着的东西弄得人眼发花。翔子听工友们鬼祟祟地说过，那里面有名堂。他知道什么是名堂。工棚里有两个家伙去洗过几次头，回来后满面放光，引得别人直向他们打听。他们什么也不肯讲，只说自己光洗大头不洗小头，听得翔子满脸通红。现在他的脸又红了。走过一家洗头房，他朝里面望了一眼，他看见两个小姐正躺在沙发上打盹，大腿白生生的。其中一个看见有人，马上站起来，拉开了门。

"洗头还是敲背？"她满脸是笑。

"我不洗头。"翔子心里发慌，就像是做了贼。

"那你敲背？"

"我也不敲背。"

"那你进来嘛，进来再说，你想干什么？"小姐伸手把翔子往里面拉。

翔子的工友曾理直气壮地在工棚里嚷：你们笑什么？洗头又不犯法！翔子当然知道洗头不犯法，他本来还真打算进去的。马上就要回家过年了，让小姐洗个头也不枉来城里一趟。可是，他怔怔地看了看拉他的小姐，甩开膀子坚决地走开了，急匆匆的样子像是在逃跑。他知道自己头上不干净，满是水泥灰。他的工友去洗头以前都要在工棚前打上几盆清水把头先洗上一洗，再到洗头房去。翔子今天没有先洗头。他不想被人取笑。而且——翔子呆呆地站在路边——他觉得那个拉他的小姐和小音长得很像。如果不是知道小音没有姊妹，他真要以为那是她的妹妹了。

翔子知道小音不会在这种地方。她就要到更南的南方去了。老板说他在那边又接到了一个工程，他要到那边去过年。小音也要跟着去。

小音后来还是知道了翔子买的是一件假羊皮夹克。她找到翔子，要和他一起去退货。翔子告诉她，自己已经去过，那个店已经不在了。小音过意不去，不知道说什么才好。翔子故作轻松地说，他回忆了一下，衣服的标签上写的就是"皮夹克"，人家并没有说一定是羊皮的。突然，他想起了工地上的那些传闻，心中一痛，他盯着小音问："你身上的皮夹克多少钱？你说说，两百块钱能买到羊皮夹克吗？"

小音的脸红得像要渗血。翔子也觉得自己有些过分。自己是小音的什么人，又怎么能管到小音是老板的什么人？这不是管到外国去了吗？一时间两人都不再说话。半晌，小音从皮衣服的口袋里摸出了两百块钱，递给翔子，说："是我让你买这件衣服的，钱应该我出。"

翔子两手插在口袋里，不去接钱："衣服穿在我身上，怎么能要你付钱？"

"就算我送你的，不行吗？"

翔子说："不行。你又不是老板，怎么能送衣服给别人？"说到这里，他的脸先红了，"我嘴笨，小音，你别生气。"

小音突然哭起来，狠狠地扯着身上的皮衣说："你损吧！你骂吧！我马上就要走了，今天就让你骂个够！"她一下子扑到翔子怀里。

翔子也想哭，但是他忍住了。这是在食堂后面，天很黑，翔子担心被别人听见。他当然不能要小音的钱，小音把钱递给他时他就想好了，如果拿了小音的钱，上当的就成了小音，自己就成了骗子的中介。他不能那么做。心里是这么想的，可是话一出嘴却长了刺，把小音惹哭了。翔子拍着小音的背说："我嘴笨，不会说话，你别怪我。我是翔子，不是骗子。你还是让我做我的翔子吧。"

小音哭得更厉害了。

不知不觉翔子就走到了玄武湖。高大巍峨的玄武门伫立在湖南路的尽头，红红绿绿的电灯把它巨大的轮廓勾勒在天幕上。翔子在路边找张长椅，坐了下来。那天晚上，翔子和小音走到这儿。他们没有进公园，在长椅上坐了很久。

小音已经不哭了。泪水被寒风吹干了，绷在脸上有点发紧。翔子的心能触摸到这种感觉，但是他没有再碰小音一下。他们就一直这么坐着。

小音就要到南边去了。那个地方很远，很暖和。也许她今后的某一天还会再来到玄武门前面，还会坐到这张长椅上，但是翔子一定不会再同时坐在她身边了。翔子心里很痛。小音坐得很近，而且越靠越近，灯光下远远看过去，他们是一对穿着皮衣的情人，但其实不是这么回事。一件是羊皮夹克，另一件却是驴皮的。如同有一层坚固的牛皮隔在他们中间，翔子戳不破。

小音后来告诉翔子，老板这么急匆匆地要走，不光是因为那边的工程。工程没有这么急。他是因为他女儿。他不喜欢这个地方。小凤出的事对他打击太大了。说到这里，小音又轻声哭了起来。

翔子知道那件事。有一天小音做好工地上的晚饭，发现小凤不见了。工地上找了个遍也没有看见孩子。老板急了，抓着大哥大四处打电话托人出去找。他直着嗓子对工友们喊：你们都帮我出去找，找到了有奖！我奖两千块！工友们三五成群地上了街。小音披散着头发吓得蹲在地上直哭。翔子想去安慰她，看到老板气急败坏的样子又没有敢，也到街上去了。

七八天以后小凤找到了。派出所打电话让老板去领人。小凤呆呆地躺在派出所的长椅上，身上盖了一件军大衣。看到小音和爸爸她不说话，像是个傻子。小音哭着把小凤抱回了工地。孩子身上臭烘烘的，脏得吓人。问她这几天去哪儿了，她什么也说不清。小音给她洗澡的时候才发现，孩子的腰上有一道伤口，红红地缝着，很瘆人。小音急忙问小凤，这是怎么了。小凤只知道哭。小音把老板找来，老板一看也慌了，急忙把孩子送到医院。一检查才发现，小凤的一个肾没有了。

提到这件事小音就要哭。她抽泣着对翔子说："我对不起老板。孩子是我看的。我真愿意从我身上割一个肾下来还给小凤，可是她爹不让。"小音说，"我没办法，他要我跟他走，我只好去。走到哪里我都跟着他。"

翔子有点想哭。寒冷的夜风钻进他的空壳皮衣里，他觉得很冷。前天傍晚，老板喝醉了酒在工地上红着眼睛跳脚大骂。翔子正蹲在地上吃晚饭，看到老板过来了他连忙站起身来。老板一把揪住他的衣领，发疯似的喊道："他们把我女儿的肾偷走了，这些王八蛋，你说他们坏不坏？"

翔子说："坏。他们不是人。"

老板说："城里人偷了我女儿的肾，你说他们该不该杀？"

翔子说："该杀！"他的驴皮夹克领子被老板揪着，有点透不过气，"可是他们不是偷，是骗。"翔子的语调很平静。

"放屁！"老板瞪着牛眼骂道，"怎么是骗？只有我骗他们，他们能骗得了我？笑话！"

"他们不是骗你，"翔子说，"他们是骗了小凤。"

老板像被打了一棍。他看着周围吓得不敢吱声的工友，松开了翔子的衣领，"报应啊！"他蹲在地上号啕大哭。翔子整整自己的领子，端起地上的碗，钻进了工棚。他立即把衣服脱下来检查，还好，衣服没有被扯坏。

翔子现在独自坐在冰冷的长椅上。身边没有小音，周围也没有别人。远处的湖南路已是灯火阑珊，小贩们已经收拾摊子准备回家。这些人吆喝忙碌了一晚上，他们有没有赚到钱，翔子并不去关心；他们是城里人，总归比他有钱些。翔子明天就要回家过年了，他本来是打算买点东西回家的，现在他什么也没有买；城里人会用驴皮骗人，也会用其他小玩意儿骗人的。洗头房他也没有进去，他把钱省下了。他相信他的爹娘更愿意儿子把钱省下来带回去。他们是老实巴交的乡下人，那些花花绿绿的东西，他那从土里刨食的爹娘用不上，也舍不得用。

翔子从长椅上站起来。他摸了摸他屁股坐过的地方，温温的，那是一个看不见的温暖痕迹，很快就会冷。他想他以后再也不会到这个地方来了。他跺了跺发麻的双脚，沿着原路走了。

在这个城市的最后一夜，翔子半夜醒来突然想起了小音。他忘了给她买一件礼物。他不知道第二天再见到她时说什么才好。翔子打定主意，天不亮就走。草场门车站有民工专车，随时可以上车。

天刚蒙蒙亮，翔子就挤上了车。车上人很多，翔子一个也不认识，但是他觉得他们很熟悉。满车都是黑红的脸，乱蓬蓬的头发。令翔子暗自得意的是，他只看到了一个穿皮夹克的人，而且翔子一眼就看出，那人穿的只不过是一件仿皮的货色。

路是越开越窄，越来越颠。天擦黑的时候，汽车到了县城。翔子背着行李又走了二十里路，到家时已是伸手不见五指。翔子以为家里人肯定已经睡了。

院子里挂着一盏电灯，明晃晃的。翔子感到有点奇怪。电灯照耀下的家跟以前似乎不一样了。他刚一喊门爹就来开了门。爹把他身上的行李接下来，亮着嗓子把翔子的娘喊了出来。

娘刚才显然正在屋里忙着什么，她在围裙上擦擦手，拉着翔子的手打量着儿子。儿子似乎壮实了一些，身上还穿着皮衣服。翔子看见，爹老了，娘也老了。

院子里有一种臭烘烘的味道。翔子奇怪地吸着鼻子。他看见院子靠墙的地方支着一口大锅，火苗明晃晃地舔着锅底。

"那是干什么？"

"那里面是猪皮。"娘看到火要熄了，忙不迭跑过去添柴火。有一根树枝太长，娘拗不断，翔子跑过去帮忙。爹一把拉开他说："你不要弄，别把衣服戳坏了。我来吧。"

爹还有把子力气，树枝一下就折断了。炉膛里的火照得他的脸红堂堂的。翔子凑上去看了看锅里，嘟噜噜冒着臭气。爹神秘地说："这是猪皮，我们煮煮当阿胶卖，卖给城里人。现在咱们村里人全在干这个。"

翔子奇怪地看着爹娘。火光把他们的影子映在房子上，晃来晃去。翔子看着墙，好像是看着电影银幕。

"城里要是钱不好挣明年就不要去了，"娘说，"我去给你做吃的。今天你早点睡觉，养养精神，明天帮你爹去收猪皮。这几天杀猪的人家多。"

苏辰梦见了什么

　　苏辰是一个四岁的小男孩。他们家住在一楼；一套两居室，再加一个小院子。苏辰的爸爸妈妈带着苏辰，苏辰养了一只小兔子。

　　苏辰的兔子是只小白兔，红红的眼睛，雪白的身子，就像一个小雪球。兔子刚买回家时，苏辰问他妈妈，小兔子的毛为什么是白色的。妈妈告诉他，这是一只小白兔，它天生就是白色的。妈妈说，还有种兔子叫小灰兔，它天生就是灰色的，长到多大也不会变白。苏辰点点头，他懂了。他明白了"天生"是什么意思。而且他猜想，小白兔的爸爸妈妈肯定是大白兔，小灰兔的爸爸妈妈肯定也是灰兔，这就像他的爸爸妈妈天生就是爸爸妈妈一样。"天生"就是一生下来就是那样的。

苏辰很喜欢他的小白兔，他喜欢逗它玩。苏辰从幼儿园回来，妈妈的第一件事情就是给他洗手；洗完手，他一转身就跑到院子里，立即就把手搞脏了。他和兔子玩。他把兔子笼打开，说：小白，小白，你出来！兔子有时愿意出来，有时待在笼子角，不肯动窝。苏辰说：我放学了，你现在开始上学，上游戏课，你出来吧。兔子待在那儿还是不肯动，苏辰就把手伸到笼子里去赶。他的手一伸进去，小白兔就跑出来了。它耳朵支棱着，一蹦一跳的，看上去就是一只兔子。这是苏辰最开心的时候。兔子围着苏辰转，苏辰围着兔子转。往这边转一下，再往那边转一下，天就这样慢慢地黑了。这时候兔子就会像人那样站起来，追着苏辰直蹦。苏辰知道，它是要吃菜了。苏辰隔着门朝正在厨房里忙着的妈妈喊一声：妈妈！妈妈就会端着一簸箕菜皮送过来。

　　苏辰喂着小白兔，对妈妈说：妈妈，明年我们家院子里的草不要拔，好不好？

　　妈妈说：为什么？

　　苏辰说：留给兔子吃啊。兔子有草吃，我就可以帮你择菜了。

　　妈妈说：怎么，帮妈妈做事还要讲条件啊？这不好。

　　苏辰说：妈妈，我不是讲条件。要是兔子有草吃了，我择菜就不会把绿叶也择掉了。你不是老是批评我，不让我择菜吗？

　　妈妈说：好，好。那到了明年我们不拔吧。

　　他们说话的时候兔子"哗吱哗吱"吃着菜叶。它既挑食又偏食，专挑绿叶子吃，把菜叶泼了一地。妈妈拿来扫帚把地上的菜叶扫进簸箕，倒到兔子笼里。小兔子用前爪擦了擦嘴，三蹦两蹦进了窝。

爸爸在屋里把饭菜端上了桌。他不满地把桌椅推得咣咣响。你们还有完没完？他朝院子里喊了一声，自己先坐到桌前吃了起来。爸爸最近脾气不大好，不光苏辰怕他，好像连妈妈也让着他。常常是爸爸眼睛一瞪，妈妈就不说话了。苏辰和妈妈进了屋，苏辰自己乖乖地去厨房洗手。他觉得爸爸的那张脸就像是一块铁，眼光撞上去就要疼。

爸爸以前不是这样。苏辰记得他那时候说话慢悠悠的，很少发脾气，就连苏辰把碗打破了他也不发火。爸爸的脾气为什么会变成现在这样呢？苏辰不明白。他悄悄地吃着饭，偷眼看着爸爸妈妈。妈妈一会儿就往爸爸碗里夹一块菜，可爸爸连理也不理。他把妈妈夹的菜剩在碗里，碗一推自己看电视去了。苏辰想：大人的脾气天生是会变的吗？爸爸的脾气变了，妈妈的脾气也变了。一个变坏，一个却变好了。他真不明白这是为什么。

吃完饭，妈妈去收碗。苏辰悄悄地跑到院子里再去看看他的兔子，再等一会儿妈妈就会叫他上床睡觉了。小兔子蹲在笼子里，笼子放在月光里，院子里亮晃晃的。苏辰觉得月光下的兔子似乎变大了许多。它还在吃，真是个贪吃的家伙。苏辰想把手伸进去摸一摸它，一回头，却看见爸爸正站在卧室里透过窗户看着他。玻璃窗闪着冷光，好像爸爸戴着一副巨大的眼镜。苏辰一吓，手立即就缩回去了。

苏辰很喜欢他们家的小院子。房子是人住的，院子是小白兔住的。没有小院子，爸爸妈妈就不会让苏辰养兔子。小白兔是在菜场买的。以前苏辰他们家还住三楼的时候，苏辰每次看到小白兔都不愿意挪脚。他实在是太喜欢那几只小白兔了。妈妈拽着他说：走吧，我们去买螃蟹。

苏辰说：不要。

妈妈说：买牛肉。

苏辰摇头：也不要。

妈妈说：那好，我给你去买个会变形的"奥特曼"。

那好吧，苏辰迟疑了一下说，可我还是要买小白兔。

妈妈生气了。她不理苏辰，自己往前走。苏辰只得跟在后面。妈妈，我们商量商量不行吗？他的话把路两边卖菜的人全逗笑了。妈妈回头说：不行。

妈妈不让养兔子是嫌它脏。妈妈说过，只有有院子的人家才能养兔子。去年苏辰家有机会换房子，爸爸妈妈去新房看了几次都定不下来搬还是不搬。爸爸说，新房子号码不好，搬了会不吉利。那天苏辰幼儿园放学后爸爸妈妈又去看房子，苏辰也跟在后面。苏辰问：什么叫不吉利？妈妈指着门上的门牌号说：你看，114。你爸爸就是说这个。爸爸说：要是114倒好了，是"要要死"——呸！妈妈说：你怎么这么迷信。这房子比以前大了多少啊，还有个小院子。爸爸说：什么迷信不迷信，反正我就是不想搬。这时候苏辰指着门上的号码说：哆——哆——发！爸爸，妈妈，这是哆——哆——发！苏辰的爸爸妈妈都瞪大了眼睛，奇怪地看着苏辰。然后他们都笑起来。后来，他们就搬到了现在的家。

苏辰那时并没有想到养兔子的事，也许他只是不愿意爸爸妈妈争吵，而且那天下午在幼儿园他确实上了一节唱歌课，刚学了哆来咪发。不管怎么说，新家确实是好。房子大，漂亮，而且有个小院子。搬到新家后不久，妈妈就花五块钱买回了一只小白兔。那时候爸爸脾气还很好。他不光用装修新房剩的废木料给小白兔做了个笼子，就连小白兔的名字"小白"也是他取的。他常常和苏辰一起逗兔子，高兴起来还把兔子放出院子让它到外面吃草。爸爸不在身边苏辰可不敢这样，他怕小白钻到树丛里他一个人找不到。现在爸爸连院子里也很少去了。他常常一个人躺在床上抽烟，还经常关着门和妈妈吵架。他们吵些什么，苏辰听不清。就是听清了他也听不懂。

那时候不是这样的。那时候爸爸妈妈不吵架。爸爸和妈妈都不太愿意送苏辰上幼儿园，因为他有时会赖学，说再见的时候还会哭，他们都舍不得；但爸爸和妈妈都抢着去幼儿园接苏辰，因为他一见到爸爸妈妈就会扑上来，搂住他们的脖子。后来爸爸妈妈讲好了，接送都由爸爸负责。爸爸那时候多疼苏辰啊。有一次苏辰在幼儿园把棉裤尿湿了，苏辰自己不敢说，快睡觉的时候爸爸才发现。爸爸一面责怪着幼儿园的老师不负责任，一面和妈妈手忙脚乱地一起给他洗屁股、烫棉裤。棉裤上尿臊味儿很重，苏辰自己都觉得冲鼻子，可爸一点儿也不嫌。妈妈说：你爸爸就喜欢闻你的尿臊味儿，你过周岁的时候还在他脖子上撒过尿呢。爸爸说：小孩的尿不脏，他拍拍苏辰的光屁股说，就像是啤酒味儿。爸爸那时候不喝酒，喝一点啤酒脸就会通红，手背上还会起疙瘩。现在他常常一个人在家里喝酒，眼睛喝得像兔子眼。看苏辰的目光也跟以前不一样了。

小白长得很快，才几个月小白兔就成了大白兔，可苏辰还是个小孩子。

小白吃得越来越多，菜皮已经不够它吃，妈妈有时会多买些菜回来，留着给苏辰喂兔子。可是妈妈心情不好，常常会忘了这件事，苏辰只好自己到院子外面的树底下拔草。有一天，苏辰发现小白很奇怪。它不吃草，也不吃菜，给它水也不喝。它发了疯似的在笼子里乱转，还发出"吱吱"的叫声。苏辰还从来没听它叫过呢。他有点害怕，想问妈妈，可妈妈买菜去了。他看见爸爸正站在门口抽烟，就问他兔子怎么了。爸爸厌恶地皱着眉头，没头没脑地说：它讨厌！这是只雌兔子。苏辰不敢再问，但他不明白为什么雌兔子就讨厌。等妈妈回来了他悄悄地跟到厨房去问妈妈，还问妈妈，为什么爸爸说雌兔子就讨厌。妈妈的脸顿时变得铁青。她恨恨地盯着爸爸的方向，想说什么却又忍住了。她告诉苏辰，小白兔这是寂寞了，它肯定是想出去做客了。

苏辰理解地点点头。他问：那我们把小白带到谁家去做客呢？

妈妈说：我还没想好。到时候再说吧。妈妈显然心不在焉。

苏辰说：我们到那个阿姨家行不行，就是我们上次去过的那个阿姨家？

妈妈问：哪个阿姨？

苏辰一时想不起那个阿姨的名字，他抓着头说，就是那个她家门上的狮子会说话的阿姨家。

妈妈愣住了。她一点儿也听不懂儿子的话。

苏辰比画着说：她家楼梯口有个大铁门，铁门上有个狮子，你一按，那个狮子就说"哪一个"，你说是我。然后门就开了。

哦——妈妈恍然大悟，她"扑哧"笑起来：傻儿子，什么狮子会说话！那叫电子防盗门，我以为你说的动物园呢！她觉得儿子实在是好玩，忍不住抱住他亲了一口。但是她说：不行。我们不去她家。

苏辰问：为什么？

妈妈说：她家又没有兔子。

苏辰说：可她家有好多其他小动物呀，一个小狗，两个荷兰鼠，还有几只小鸟呢。小白兔不是可以跟它们玩吗？

不，小白兔只愿意跟小白兔玩。妈妈的脸色有些阴沉。她说，我们不到那个阿姨家。

妈妈的态度很坚决，她的话听起来也很有道理。她转身去了厨房。苏辰呆呆地看着妈妈的背影，他看出来了，不是小白兔不愿意去跟别的小动物玩，而是妈妈自己不愿意去。而且，苏辰自己也不喜欢那个阿姨。他隐约知道妈妈为什么不愿意到那个阿姨家去。

苏辰总共就到那个阿姨家去过一次，是和爸爸妈妈一起去的。那个阿姨和妈妈差不多大，她家没有叔叔。妈妈后来告诉苏辰，阿姨是离婚了。离婚了就是叔叔和阿姨不在一起过了。那一次在阿姨家，开始时玩得挺好。阿姨给他糖吃，还跟他一起去逗她家的那些小动物。荷兰鼠胖胖的，像个小猪，很臭。它一直在吃，吃个不停，好像它从生下来就一直在吃东西，真不知道它除了会吃还会干什么。苏辰不喜欢它。他和阿姨到阳台上去逗小鸟。阿姨告诉他，它们叫虎皮鹦鹉，但是它们不会学说话。苏辰逗它们，他说：你们好！小鸟叫：喔！他又说：再见！小鸟还是说：喔喔！它们真的不会说话，可是叫得很好听，比树上的麻雀叫得好听多了。那只小狗也很可爱。它一直围着苏辰直往他身上扑。苏辰知道它不是想咬人，它是高兴。那时候天还有点冷，苏辰把手伸到小狗的毛里。小狗身上很暖和，比小白兔身上还暖和。

阿姨搂着苏辰，她的身上有一种味道，好像是箱子底下的衣服的味道，和妈妈身上的味道不一样，苏辰很不习惯。阿姨和爸爸妈妈的话很少，她几乎只和苏辰讲话。后来她开始夸苏辰长得漂亮。这儿子给你生着了，她对妈妈说，大眼睛，高鼻梁，白皮肤，你真是好运气。爸爸妈妈听了都很开心。阿姨问苏辰：你说你长得像谁？苏辰说：我又像爸爸又像妈妈。

不管谁问他，苏辰都是这么回答。可是阿姨说：不，你像你妈妈。她说：你说你哪里像爸爸？

苏辰说：我的眼睛像爸爸。

阿姨说：不像。你爸爸是单眼皮，你是双眼皮。

苏辰说：可我妈妈说我生下来的时候也是单眼皮，像爸爸，以后才变双的。

妈妈插话说：这孩子眼神特别像他爸爸。

苏辰不太懂眼神是什么意思，他说：我的牙也像我爸爸。他龇着牙说，你看，我的牙多齐。他跑到爸爸身边说：爸爸，你把嘴张开。爸爸没理他。

阿姨说：现在还不算，你的牙还没有换呢。

噢，你知道我们苏辰的牙以后就一定不齐呀？妈妈搂着苏辰说，你又不是巫婆。

阿姨听了这话好像不太高兴。这时候那只小狗又不知道从哪儿钻了出来。它不缠别人，就缠着苏辰。苏辰蹲下身子，摸着它的脑袋。他奇怪地发现小狗竟然也是双眼皮。他问：阿姨，小狗像它的爸爸妈妈吗？

阿姨说：应该像。可是——她哈哈笑起来说，我是从夫子庙买的，我也不知道它爸爸妈妈长什么样。

苏辰说：我知道了，它不是纯种狗对不对？

苏辰的爸爸突然骂苏辰：小孩子话怎么这么多！天不早了，明天还要上幼儿园，我们走吧。

妈妈也站起了身。苏辰有点舍不得小狗。爸爸一把把他拖起来，说：走吧。阿姨把他们送出门，让苏辰以后再来玩。爸爸在下楼梯时狠狠地说：她变态！妈妈说：我看她有点疯疯癫癫的。苏辰问：什么叫变态？妈妈说：变态就是发疯。苏辰问：她是疯子吗？爸爸说：差不多。

苏辰也不喜欢那个阿姨了。他嘴里还含着她给的一块糖，他悄悄地把它吐掉了。他提出要到那个阿姨家，只不过是因为她家里有许多小动物。现在他想，这有什么稀奇，动物园里动物还要多呢。星期天我们可以把小白带到动物园去，只要不放到狮子老虎和狼的笼子里就没事。

爸爸看苏辰的眼光确实是变了。他常常仔细地端详苏辰，眼神怪怪的。看着看着他的脸就会突然阴沉下来，板着脸钻到书房里去抽烟。妈妈有事去找他，一推门，房间里总是先是冒出一股青烟。苏辰有事一般不敢去找爸爸。他怕挨骂。那天从幼儿园回来，他发现院子里的兔子笼里空着。苏辰着急地问妈妈，小兔子哪去了。妈妈告诉他，小白被她送到一个朋友家了，让它去做做客。妈妈保证，等两天就把它抱回来。苏辰这才放了心。小兔子不在家，苏辰不知道玩什么。他找来一张纸，用铅笔在上面乱写。21+11=33，12+5=17……苏辰已经可以算40以内的加法了，可他字写得还不熟。"1"是好写的，"2"字也不难，"3"就要复杂一点了。老师说，"1"字是一竖，"2"字像鸭子，"3"是一个小耳朵。苏辰写好了几个题目，想给妈妈看，可妈妈正在厕所里。这时爸爸正好叼了根烟从房间里出来。他皱着眉头在找东西，好像看不见苏辰这个人。苏辰想爸爸看到自己在写字肯定会高兴的。爸爸，你看我算得对吗？他把手里的纸递给爸爸。爸爸接过去扫了一眼，突然就吼起来：你看你写的这是什么？！

苏辰吓了一跳，眼睛立即就含了泪珠。他不知道爸爸究竟怎么了。

爸爸指着纸说：你看你写的这是什么？"3"字是这样写的吗？

他很凶，就像要吃人。苏辰哇地哭起来。妈妈从厕所里冲了出来：怎么啦？怎么啦？刚才不还好好的吗？

怎么啦？你看看你儿子写的字。

妈妈一看，乐了：儿子，"3"字怎么这么写呢？爸爸说得对，你是写错了。

苏辰把"3"写成了"ε"。妈妈说："3"字应该是右边的耳朵，你写成左边的了。以后写"3"字的时候你先摸一摸自己的耳朵，这样就不会写错了。

苏辰含着眼泪点点头。可是爸爸对妈妈说：我真是想不通，你说，这小孩怎么这么笨？

妈妈说：你不要当着孩子的面说这样的话。他才学，在他看来，这样写也不是不可以。他才写了几次啊？

哦，我明白了，你儿子比阿拉伯人还聪明。爸爸讥讽地说，我今天算是明白了。

妈妈涨红了脸，想说什么又忍住了。她把苏辰领到小房间里，打开电视，让他看"大风车"，自己又走了出去。苏辰忍住哭，把电视的声音开得小小的，竖着耳朵听他们讲话。

妈妈说：你不要怪他。你不是说你小时候阿拉伯数字也写不好吗？这孩子这一点就像你。

爸爸说：你可别这么说。我不敢当。

妈妈说：你不是说你刚学写字的时候也把"7"字反过来写吗？

爸爸气冲冲地说："7"是"7"，"3"是"3"。我看你是连数都不识了。

他们把声音压得很低，肯定是怕别人听见。小房间的门开了一道缝，苏辰还是能听见他们的争吵。

妈妈突然喊起来：这日子我过够了！你到底想的什么，希望你说说清楚。你把你的想法说出来。

我不用说，你明白。

妈妈说：可是我要你说出来。

爸爸说：我会说的。可现在还不到时候。

那好，我等着你。妈妈说，我提醒你一句：你想好了再做，不要弄得满城风雨。我只有这个要求。

爸爸没有再说话。苏辰吓得在房间里直发抖。他听不懂爸爸妈妈讲的是什么。他只知道今天的事全由自己引起。他想出去跟爸爸说，爸爸，爸爸，你别生气，以后我一定注意，写"3"字的时候一定先摸摸右耳朵，我不会再写错了。可他怕爸爸还是不肯原谅他，直到妈妈走进房间，他也没敢自己开门出去。

爸爸妈妈这次吵架以后话更少了。苏辰也很少说话。他不知道别人家里爸爸妈妈和儿子待在一起是什么样，但是他知道他自己家跟以前是不一样了。幸亏小白兔真的两天后就回家了。它安静多了，整天蹲在笼子里吃。它吃菜叶，吃青草，吃树叶，只要是青的它就吃。吃着吃着，它就长快了，长大了，肚子长得鼓鼓的。妈妈告诉苏辰，小白它这是怀小兔子了。

大了肚子的小白不好看，就像怀了宝宝的阿姨一样。可是苏辰更喜欢它，因为他就要多几只小白兔了。有一天他从幼儿园回来，发现小白正在笼子里啃木头，一根木栏杆就要被它啃断了。苏辰担心它趁自己不在时跑出来，把手伸进去吓唬它。小白身子往后缩了一下，扑上来就要咬他。苏辰吓哭了。他找到妈妈问：你不是说吃素的动物不咬人吗，兔子吃素，为什么想咬我？妈妈说：它这几天就要生了，脾气不好。你不要惹它。苏辰突然说：那爸爸是男人，又不会生小孩，他为什么也脾气不好？妈妈愣住了。她把话题岔开去说：你不能盯着小白兔看，你看得它不好意思，它肚子里的小兔就要被憋死了。

苏辰实在是想看看小白是怎么生小兔的。他躲在院子里的一个纸箱后面，张大眼睛注视着小白。小白已经不咬木头了。它用两只前爪拼命把身上的毛往下拔。不一会儿就拔了一堆。它这是嫌热吗？可是苏辰并不感到热啊。不过苏辰这一次没有去问妈妈。他已经习惯了发脾气的小白。事实上不久苏辰就知道了小白为什么要拔自己的毛。小白并不是乱拔毛，它拔了一会儿就不拔了。它跳到面前的那一堆毛上，在上面拱来拱去，不一会儿就做成了一个鸟窝的样子。苏辰知道，小兔子一定就要生在那里面。

这天下午三点多钟，还没有到幼儿园放学时间，苏辰正在自己班上和小朋友们玩一种叫"鼻子眼睛嘴"的游戏，老师突然喊：苏辰，你爸爸接你来了！苏辰往外一看，果然是爸爸，他正站在窗户那儿朝自己招手。苏辰从小朋友中间走出来，慢腾腾地朝门口走。他有点奇怪，因为爸爸已经很长时间不来幼儿园接他了。爸爸挽上苏辰的手，说：跟老师说再见。苏辰说：老师再见。老师说：苏辰爸爸，苏辰最近午睡时常常哭，他在家里是不是也这样？爸爸说：没有啊。他挺正常的。老师说：你们家长注意一下，看看是什么原因，老是这样对孩子不好。好，好。爸爸连声答应着，带苏辰走出了幼儿园。

幼儿园外面的马路上没有树，太阳还很晃眼睛。苏辰一眼就看见了爸爸的自行车。他跑到车子旁边自己往上爬。自行车晃了一下，苏辰差点跌倒。爸爸走过来把他抱了上去。苏辰喜欢坐爸爸的车，他坐在前面的小椅子里，可以倚在爸爸的膀子上。妈妈就不行了，她一见人多就要下车，一小段路要骑上很长时间。爸爸来接他，他真是很高兴。前面到了岔路口，那里有一家小超市。苏辰对爸爸说：爸爸，我要吃东西。

爸爸把车子慢下来，问：你要吃什么？

苏辰说：我要吃狗屁。

爸爸笑笑，让苏辰下来等着，自己跑过去，给苏辰买了一个冷狗。苏辰一直把冷狗叫作狗屁。他吃着冷狗，爸爸继续骑车。骑着骑着，苏辰突然说：爸爸，你走错啦！

爸爸说：不错。我们先上医院。

不，我不去。我不要打针！

爸爸边骑边说道：不打针。老师不是说你做梦会哭吗，我带你去看看。

苏辰说：我没有哭。我不去医院。他的身体在车上扭起来。车子猛地晃了一下。

爸爸按稳龙头，并没有减慢速度。我告诉你一件事，你一听就知道要上医院了，爸爸说。

那我也不去！你坏，我不要你接我！

爸爸继续说：我告诉你，小白兔今天生了。生了四只小兔子。

苏辰说：你骗我。

爸爸说：爸爸没骗你。你回家就能看到了。

真的？那我们现在就回去。

爸爸说：不行。才生下来的小兔子最怕家里人把细菌带回去。所以我要把你带到医院去消消毒。

苏辰问：那妈妈消过毒吗？

爸爸说：妈妈当然是消过毒才回家的。

苏辰不吱声，点点头。他恨不得变成小鸟飞回去，看看小兔子长得什么样。他飞回家，落在兔笼子上，对一群小兔子说：哈，我是谁？我是苏辰啊！摇头一变，变成了苏辰。

医院不一会儿就到了。走进医院大门，他们又走了长长的一段路。爸爸嫌苏辰走得慢，索性抱着他走。

他们上了一栋大楼。走廊口的门上有几个字，苏辰一个也不认识。爸爸带着苏辰走进了一个房间。

房间里很亮，到处都是白的。除了一个老医生，房间里再没有别的人。苏辰害怕穿白大褂的人，他轻轻挣开爸爸的手，站在门口不肯进去。爸爸让他不要跑远，就在走廊里玩，自己坐到了老医生面前。

走廊两边有好多房间。有些房间的门开着，还有些房间的门关得严严的。透过一扇开着的门，苏辰看到了很多玻璃瓶子，还有一台机器，上面有一些红红绿绿的灯在闪烁，他不知道它们有什么用。他嗅到了一股刺鼻的气味，阴阴的，好像是从哪一个门缝中挤出来的。前方的墙上有一盏红灯，它把走廊照暗了。苏辰突然觉着了一种很严重的东西，他不知道它来自何方，只是觉得很害怕。走廊里这时一个人也没有，苏辰突然喊了一声：

爸爸！

他飞快地往走廊口跑去。他被什么绊了一下，差点摔倒，他踉跄了几步，这才站稳了。他差一点就要哭了。

这时左边的一扇门打开了。一个阿姨走了出来。她的右手拎着一个白色的东西。她摸摸苏辰的脸问：小朋友，你怎么啦？

苏辰没有答话。她的手上戴着手套，苏辰感到她摸过的地方很不舒服。他惊恐地看着她右手上拎着的那团东西。他先看到了两只长耳朵，一团白毛，然后是，一只兔子。

小朋友，你的爸爸妈妈呢？

苏辰晃一晃脑袋，让开了她那只再次伸过来的手。他闻到了一股血腥味。他呆呆地盯着她手里的兔子。它一动不动，白毛上有血。它已经被杀死了。

小朋友，谁带你来的？

苏辰突然说：不要你管！他一扭身，跑开了。

爸爸听到说话声，从房间里探出了头。苏辰跑了过去。那个老医生正站在房间当中和爸爸说话。看到苏辰进来，他对爸爸说：看看，多好的一个孩子。我对你很难理解。

爸爸说：请你让我假设一下，如果您产生了这种怀疑，您会怎么办？

老医生沉下了脸：请不要做这样的假设。

爸爸说：那就不能再商量商量吗？

不能。老医生说：我已经说过了，没有法院的许可，没有你妻子的同意，我们不做这样的鉴定。

爸爸低着头慢慢地走出了门。苏辰跟在他后面。爸爸，这个医生不让我们消毒吗？

什么？爸爸愣了一下，想起了自己说过的话。不是，不是，他说他不管消毒。

我知道，这地方专门管杀兔子。苏辰说：我看到他们杀了一只兔子。

爸爸想着自己的事，没有理他。苏辰说：那没有消毒我们还能回家看小兔子吗？

爸爸说：我们自己消毒。他走进一个房间，跟一个打针的阿姨要了几个药棉给苏辰，让他自己擦擦手。

苏辰惦着家里的小兔子。它们长什么样子呢？他仔细地擦完手，催爸爸快点回家。他真恨不得飞回家去。

到家的时候天还没有全黑。妈妈老远就迎出了院子。苏辰，爸爸去接你啦？我去幼儿园，老师说你早被爸爸接走了。苏辰说：妈妈，我要看小兔子。

好，好，一会儿就给你看。妈妈说，你们去哪儿啦？

苏辰看看身后的爸爸，没有说话。在路上爸爸就叮嘱过他，不许把去医院的事告诉妈妈。苏辰愿意跟爸爸有一个共同的小秘密。已经很久没有这样了。

妈妈狐疑地看看爸爸，对苏辰说：走，我先去给你洗手。

妈妈牵着苏辰走到卫生间。她刚一抓苏辰的手就奇怪地说：咦，你手上怎么有酒精味？

苏辰说：妈妈你快点好不好，我要去看兔子。

妈妈说：你不告诉我，就不让你去看小兔子！

苏辰急得不行。他着急地说：你不是也去消毒了吗？爸爸带我去消毒了。

什么？！

爸爸说不消毒就不能去看小兔子。

我明白了。妈妈轻轻地说了一句，然后继续给苏辰洗手。洗好手，妈妈说：你自己去看小兔子，但是你不能去摸它们。

为什么？

你一碰小兔子，它们的妈妈就会在它们身上闻到别人的味道，它就会以为它们不是自己生的。它就会不要小兔子了。

苏辰点点头。他蹑手蹑脚地走到院子里，贴着墙根走过去。他趴在地上往兔子笼那儿张望。他看到了小白，它正蹲在毛茸茸的窝里面忙活着什么。它的肚子那儿有一堆粉红色的东西，苏辰看不真切。他隔着家门冲妈妈喊：妈妈，我看不清楚！

妈妈拿着苏辰平时玩的望远镜走了出来。苏辰高兴得一把抢了过去。

妈妈和爸爸在家里说话。苏辰举着望远镜瞄着笼子看。他看见了，看见了！真的是四个。小白真是厉害，它生了两对双胞胎。

四只小兔子红红的，肉粉粉的，浑身没有一点毛。它们闭着眼睛，就像四只小老鼠，只是耳朵大一点。它们肯定还不会睁眼睛，所以喝不到奶，小白也正着急地把自己的身子往小兔子们面前靠。苏辰透过望远镜看到这一幕，心里很着急。兔子笼近在眼前，好像手一伸就能摸着，可是其实还有很远。苏辰把望远镜放在地上，轻轻走了过去。

小白小白，我是来帮你的，你不要咬我。

苏辰拉开笼子门，小心翼翼地把手伸进去。小白也许是太累了，它只是警惕地盯着苏辰的手，身体没有动弹。苏辰把小兔子一个一个地挪到了小白的肚子那儿。有一只小兔子一口叼住了奶头。

苏辰不敢再动它们。他的手上还留着小兔子身体那肉乎乎的感觉。他就这样蹲在笼子前，一直蹲到天黑，什么也看不见。

这一天晚上，爸爸和妈妈一直都没有说话。睡觉前妈妈问苏辰，他愿意跟爸爸睡，还是跟妈妈睡。苏辰说：我跟你们两个睡。妈妈说，不，你只能选一个。苏辰想了想说，那我今天跟你睡，明天跟爸爸睡。妈妈答应了。

夜里，他做了一个噩梦。他哭醒了。妈妈问他梦见了什么，苏辰一点也想不起来。第二天早上，他起来的第一件事就是跑到院子里去看他的小兔子。然而立即，他就哭着跑了回来。

妈妈，爸爸！小兔子不见了！

妈妈走了出来。她看到了窝里的白毛上染着鲜红的血，就像它眼睛的颜色。小白舔着它的三瓣嘴，那上面好像涂了口红。

妈妈颤抖着说：小兔子被小白吃掉了。

青花大瓶和我的手

　　李崎山发了一笔大财。他早就开始做古董和字画生意，钱当然没少赚，但也算不上怎么发达。可他最近交了好运，只那么一把就发起来了。据刘律师告诉我，李崎山在三牌楼小区租了一栋七层楼房，五十年期限，租金三百万，把他的全部家底都顶上去，还借了不少债。手续办好不久，运气就找上门来了：工商银行要开一个城北办事处，看上了他一楼的房子。两下一谈，银行开出了一千万的价码。两家还在洽谈阶段，剩下的二到七层也陆续租出了，算起来租金总共也有四百万出头，足足把他整栋楼的租金都付掉。这样一来，李崎山一下子就净赚了一千多万。这可不是一笔小钱啊。

　　李崎山发财并不令人感到意外。早在十几年前，大学生们还在死读书读死书的时候，他就琢磨着怎样做生意。说起来他也走过一段弯路。他先是在校园里摆个小摊子，印一些信纸信封卖给学生，小有进项，每学期的一头一尾生意还很红火，不想学校突然改了校名，一下子从"学院"升格成了"大学"，中央最高领导还给学校题了校名。这下他的信纸信封一个也卖不出去了，只好全当废纸卖掉。他垂头丧气了好一阵，到底还是不服气，按新的格式又印了一批，再拿出去卖。不料想这一次寿命更短，十天不到，邮电部发布通知，从某年某月开始，邮政部门一律只收寄"符合规定"的信封。李崎山的生意一下子又全砸了。这一下他彻底破产，最后他连骑三轮车到废品收购站的劲头都没有了。

一般人遭此挫折很可能早就金盆洗手了，但李崎山就是李崎山，他没有息手。他闷在宿舍里思谋了两天，终于从信纸信封的事情中悟出了做生意的关窍。用他的话来说，那就是：信息和政策是生意的生命。信息是根绳子，拽准了你才可能不落空；政策是根擀面杖，要你圆你就圆，要你方你就得方！这话说白了一钱不值，生意人谁不知道？但是，又有谁能说他比李崎山的体会更深刻呢？

但理论到实践还有一段距离。李崎山并没有立即就兴旺发达。他三年级时又在外面弄了个咖啡馆，可好景不长就被几个好像是从香港录像里走出的汉子打得一塌糊涂。有一段时间，他突然从学校失踪了。我们几个好不着急。刘律师更是急得火烧火燎，他借了不少钱给李崎山当本钱，现在人没了，他几乎连饭都吃不上了。有天晚上他来找我，一是借点饭菜票，二来叫我帮他参详参详，李崎山到底哪儿去了。我推测了我所知道的他可能去的所有地方，都被刘律师一一否定了。这些地方他全去找过了。最后我说："难不成他会跑到哪个原始森林里去？西双版纳，要么大兴安岭？"

"有可能。"刘律师苦着脸点头说，"他说不定一时想不开，就此了断残生了。"

一句话说得我心中恻然。突然他又一拍大腿说："不可能！如果他真的到了森林里，一看见到处都是可以变钱的木材，他肯定立即就会想起做木材生意的！你信不信？他很快就会回来！"

我信。我当然信。事实证明我们猜得大致不差。李崎山虽没有到森林去，但他确实很快就回来了。他是到郑州去了。那个地方当时正流行着一句话，"要致富，挖古墓"。李崎山从此就开始做古董和字画生意。而且他一回来就把刘律师等人的钱全还清了。

我们那时还没料到李崎山会发财，发大财，只是觉得这家伙特别具备商业头脑；而且我们断定，他的大学是念不完了，他已经没时间，也没心思看书了。

李崎山发财后买了两套房子。一二楼各一大套，上下打通，做了个豪华气派的楼梯。楼下的院子不算大，但足可停得了一辆小汽车。光从这一点看，李崎山就比一般的生意人要聪明得多：他只花了七十万，稍加改造，就得到了一套别墅。地段那么好，和城外的那些什么"城"什么"苑"自是不可同日而语。

整栋住宅有八九个房间，在我这种住单间房子的人眼里简直阔绰得可以开旅馆。他家里人不多，连他只有三个。他经常把我们喊过去，让我们欣赏他刚刚弄到手的"好东西"。他拉开这间房门，取一件什么玉佩来，又拉开那间房间，拿出一件某某大师的字或者是画。我看过去，他好像是拉着中药房里摆药的抽屉。他有一次神秘兮兮地拿出样东西来，我一看，原来是一个小册页，画的全是男男女女在干那件事儿；画是工笔，那话儿画得纤毫毕现。我看得心跳耳热，装作见多识广地说："这就是人家说的春宫画儿吧？"李崎山说："一点也不错！你看看这是什么年代的？""是唐朝的吧？"我很没把握地说，"要么是明朝的？明朝人喜欢玩这个。"李崎山说："错了！是民国的。你看这头发，不是小分头吗？"我一看果不其然。但这些家伙一丝不挂，我哪儿还注意到他们的头呀！我说："民国的东西，值不了几个钱吧？"李崎山说："我哪会去卖，我是把玩把玩。"我嘿嘿地笑起来。

你可不要误会，李崎山此人绝不好色。他和他妻子是总角之交，青梅竹马，至今恩爱如初，在这方面他无懈可击。他对朋友也很不错，差不多能算得上仗义疏财。我和刘律师都是他的同学，他经常让我们帮点忙，从来也没亏待过我们。说起来我们有时心里也颇为不平。我是历史学博士，刘律师好歹也是个硕士，还有块律师的招牌，而李崎山才大学三年肄业，可我们都只能给他打打工。他当年和我同班，可如今——你说说这事儿！我们只能说是李崎山的学问不多不少，正好够用。我算是被学问给害苦了。李崎山发财发得有理，不服气不行。你想想，就算是一注大财从天上落下来，正好落到他租的那栋房子上，可他怎么就未卜先知地挑了那栋房子呢？要知道，那儿的开发商因为房子推不出去早已急得双唇起泡了。

好了，再说这些我就有些饶舌了。下面的故事才是正题。说起来它真是一件有意思的事情。

噢，对了，还得说一句，李崎山之所以经常叫我去帮忙，不是因为别的，只是因为我有一项手艺。具体地说，是因为我会配制一种胶水。那是祖传秘方。

还有，我的手也特别灵巧。我一直认为我的父母给我最好的遗传就是一个还不算笨的脑袋，还有就是一双特别灵活精巧的手。我认为我的手比大脑还管事。儿子出世以后，我给他的最实惠的玩具就是我的手。我经常在手背上画上一个鬼脸，或者在大拇指上画上一个小狗头，然后慢慢从指缝里戳出来，逗得他咯咯直笑。我觉得我的聪明大多数都集中到我的手上了。我的手比我的脸更具有表现力，也更管用。我给李崎山打工，靠的就是我的手，还有那个祖传秘方。

现在言归正传。

那天李崎山打电话给我，让我尽快到他家去一趟。十万火急！我知道，生意又上门了。一般来说，他如果是让我去开眼界长见识，只会说，你来吧，没空就算了。"十万火急！"——只有要我帮忙了，他才会如此措辞。我带上我的祖传秘方的胶水，骑上车，直奔他家。那是个雪后的阴天，寒风刺骨，我的手戴着手套还是冻得生疼。

我一进门，就看见他家客厅的升降灯正低低地压在桌子上方。明亮的光线下，一大堆破瓷片摊在桌子上。瓷片约莫有十几块，在明亮的灯光下发着釉光。几个脑袋正围成一圈，盯着它们发愣。

一共是三个人：李崎山，刘律师，还有老庄。老庄是个台湾人，男性，五十岁左右的年纪；留了一条马尾巴，看上去很像个艺术家，但他自称胸无点墨。我原本不信，初次见面时还试探了一下，结果发现他连老聃加庄周合称老庄都一无所知，可见他确实并非自谦。他没文化，但他会倒腾文化，还因此发了大财。据说他有一次把一匹三彩马弄到台湾，一下子就赚了一千万台币。三个人都是熟人，不必客套，我开门见山，问道："弄了堆碎东西，要我把它粘起来是不是？"

老庄说："哪儿是什么碎东西，老李兴奋过度，把它搞碎了。"语气里颇有抱怨。

李崎山说："你别急呀，我这不是把高手请来了吗。这是麦城第一修复大师，半个小时后保你回复原样。"

刘律师插言道："这话不该你来说。朱辉说了才管用，对不对？"

我说："我得先看看东西。还有——"钱的事已到了嘴边，但我没好意思说出口，"我得估一下要花多大工夫。"

老庄说："你先看看能不能弄起来再说别的。"

我拿起一片碎瓷端详着。李崎山见我有些不快，连忙说：

"一千块，怎么样？"

这个价码已经大大高出了我的估计。我第一个反应就是，他妈的，这堆破东西到底能值多少？但我没有问，这是我们的行规。我不想多费口舌，默认了这个价钱。我开始干活。

我挑了最大的一块瓷片，拿起桌上的放大镜，仔细观察断口的纹理。断口很干净，没有旧泥，而且一尘不染，显然是新口，这就不需要我再清洗了。这原先是一个完整的青花大瓶，胎体厚重，十分致密。看上去灯光下的碎瓷釉质细腻，温润如玉。我拿的这一片上有一些石榴和佛手的青花弦纹，只从这一片我就可以断定，这是明代江西的东西，说不定还是"官窑"制品。至于它原来是干什么的，我一时还拿不准。我问李崎山道："这是个什么东西，你们弄明白没有？"

老庄说："你管那干吗，你粘起来就是。"

我说："那可不一样。如果是个唾盂什么的，我立即就去洗手。我嫌脏！"

李崎山急了，他着急地说："你看你，又不是不懂行！天下哪有这么大的唾盂？"

我说："那是什么？"

李崎山说："实话告诉你，这是明朝浙江超尘禅师的骨殖瓶，我们弄到手时骨殖早就被洗掉了。这是装舍利子的东西，大吉大利，发大财！"

我说："骨殖瓶又算是什么好东西了？况且发大财的是你们。"

老庄说："得，再加两百怎么样？"

我说："那就随你们了。"

我正式开始干活。我从包里把在家配好的胶水拿出来，双手随意拨弄着桌上的碎瓷。碎瓷上有一些破碎的铭文，记述的大概是禅师的行实，有"宣佛法，活人命"等字样。我闭上眼睛，一言不发，想象着清花大瓶未破时的模样。这是一种仪式，我从不马虎。我看见在明亮的灯光下，清花大瓶白瓷润泽，清花明快，亭亭玉立。整个瓶体呈口小体大状，估计瓶口大概有手腕粗细，我正好可以从这儿下手。我两手搓搓，往空调口靠靠，烘了一会儿，手发热发红了。

好了，可以开始了。

气氛立时轻松下来。他们三个开始聊天。老庄说："你有把握吗？可别手一碰又塌下来。"

刘律师道："他又不是第一次干这个。到时候肯定摔都摔不破。"

这时我已在左手腕上把瓶口粘成个小圈，手在里面托着，一片片往上粘。我忙里偷闲对刘律师道："你可别给我瞎吹，摔是摔得破的，只是有一条，要是再破了，肯定不是我粘的这些缝。"

李崎山说："那当然，你这是祖传秘方嘛！"他笑着问，"能不能把秘方透露透露？价钱好商量。"

我说："你想得美！秘方一告诉你，你立即过桥抽板，那我可不就完啦？"

李崎山说："哪能呢！你这双手还不是长在你胳膊上？"他

得意地看一眼刘律师，"我用的就是律师的嘴巴和你的手！"

这话多少让我有些不快。但我一干上活就沉醉其中，一时无暇计较。我有条不紊地忙着，上胶，贴片。说话间我手里已经嵌上了最后一片碎瓷，一时间瓶子完整如初。我的手疲惫不堪，酸痛得不行。我舒了舒瓶里的左手，攥成个拳头，顶着瓶子道："怎么样，完好如初！"他们三个的眼睛全亮了。

李崎山说："要不要再等它干干？"

"完全不必要。"我说，"它现在差不多已经达到最大强度了。"我用右手指在瓶子上一敲，瓶声清亮，宛如钟磬。

"别、别。你快把它放下来吧。"老庄说。

"好了，一手交钱一手交货。"李崎山从口袋里往外掏钱。我用右手扶着清花大瓶，左手往外一拔，糟了，手太大了，瓶口太小，出不来！

"怎么啦？"

"有点不对，我的手出不来了！"

他们三人霎时间变了脸色。李崎山说："你可别吓我们！"

我苦着脸说："我吓你们干吗？我真弄不出来了。"我使劲地拽着，脸都涨红了。他们三个一齐围上来，看见我的手腕处已经开始出血。老庄说："你可别玩什么玄的！要钱我再加。"

"钱，你就是钱！你把我的手弄出来。"

李崎山说："朱辉，这就是你的不对了。你倒反过来怪我们？"

"不怪你们怪谁？"我左手平举，仿佛戴着一个硕大的拳击手套，"这鸟东西就是晦气！"

刘律师说："好了，还是想个办法吧。"

四个人一起坐在沙发上，你看我我看你，苦思良策。最后还是我先站起来，说："用肥皂！"

他们三个立即忙起来，一会儿一盆稠稠的肥皂水就泡好了。我把肥皂水从手腕处倒到瓶子里，晃晃，把手弄滑，然后往外拽手。手被拽得生疼，还是拽不出来。我垂头丧气地一屁股又坐到沙发上。

后来他们又提出弄香油来试一下，结果还是不行。四个人坐在沙发上，无计可施。我的手在这些滑腻腻的东西里泡得时间长了，很不好受。我说过的，我的聪明可能是大部分都集中到我的手上了，也就是说，手就是我，我就是手。手在里面憋着，我头发昏，手闷气，我的胸口也开始发闷。

老庄开始发毛，他说："你看着办吧，反正你把瓶子还给我就行！"

我也火了。我顶道："反正我的瓶子也粘好了，你给钱吧！"

"你放屁！你把手拔出来呀！你手拿出来我要赖你一分钱我就是王八蛋！"

我说："你把钱给我，我用右手拿。"

老庄斗鸡似的一蹦老高："你他妈的还我瓶子！"

我回敬："不是你的鸟瓶子我的手也没事，你还我的手！"我扬起瓶子，作势要砸他。刘律师伸手打圆场说："你可别砸，这可是文化！"这事跟他并无干系，所以他还有心思说俏皮话。

一时间我觉得特别没意思。只在嘴里嘟哝道："反正我的活干完了，随你们吧。"

李崎山说："看来我们只有请律师来解决了。老刘你看看，这事怎么了结？"

刘律师挠头道："这事很尴尬，很难说。进不得，退不得；不砸不行，砸了也不行……"

李崎山说："你就别绕了，你说怎么办吧。"

"怎么办？"刘律师说，"要说吧，朱辉确实把瓶子粘好了，按约定，他该拿钱。"

我说："就是。"

"可是呢，按我们约定俗成的理解，你干活全过程的最后一个动作应该是把瓶子交给雇主，这个动作完成了你才能拿到佣金。可手一拿出来瓶子又要碎，你约定的工作又没有完成，你怎么把手拔出来呢？"

李崎山和老庄一齐道："就是嘛！"

我脑袋一闪，把右手一伸说："那好办。我把瓶子给你们，你们把手还给我。"

李庄二人大惊失色，一齐道："这倒成了我们的事儿啦？！"

三个人吵成了一锅粥。

……

好了，我的故事讲完了。你肯定关心最后的结果。好，我不再卖关子，告诉你。最后清花大瓶当然是重新打破了，我的手由此解放；钱他们当然是一分未付，我知道也要不到。我还要帮他们把瓶子再粘好。但因为增加了无数的新裂痕，据说那个清花大瓶很可能就此身价大减，李庄二人哭丧着脸说，十有八九连本钱都收不回了。我反正是管不了那么多了。我已经够倒霉的了。

还有，我那个祖传秘方说白了一钱不值，但我目前还不想说。现在可以先行透露的是，其中相当于"药引子"的东西，其实就是一撮纸灰。父亲传我的时候叮嘱再三，一定要用古旧书籍的纸灰，年代越久越好。可这成本太高。那么现在的纸张能不能用呢？我总想试一下，但还一直没敢。

老 汤

　　徐扬庄十家就有九家是土墼房，友根家也是。别人家的房子都是土灰色的，只有友根家的南墙是黑红色；人家的土墼墙上也长草，但谁家的草也没有友根家墙上的草那么发旺，因为他家的墙土营养特别好。他是个杀羊的，墙上到处都是羊血，那是上好的草肥。

　　墙上也不是到处都长草，有那么一块地方，大概一个方桌那么大，寸草不生，油光锃亮，那是羊子的身体蹭的。屋檐下有两个钩子，友根每天早晨把要杀的羊从圈里赶出来，瞅准了，一脚踢翻，踩住，手起刀落。羊杀好了，往钩子上一挂，剥皮，开膛破肚。那块不长草的地方好像上了上好的荦荠漆，太阳光从某个角度射在上面，竟有些晃眼。学校的小学生见了，觉得这很像学校的操场，四周长草，中间却是光的；或者竟有些像教语文的那个张老师的头，他年纪轻轻就谢了顶。

友根大概有四十多岁，或者已经有五十了，总之是个老光棍。他似乎从来就没有父母，也似乎一直就是那么老。据说他的羊肉手艺是祖传的，但没人提他的父母，他自己也不提。他的羊肉香辣鲜美，确实非常好吃。从徐扬庄出去的人到了外地，提起那个地方，首先想起的往往就是友根的羊肉。友根的羊肉之所以好吃，秘密大概就在他的那口大锅里。锅非常大，大得小孩可以在里面洗澡，里面的汤据说几个月都不会见底，是真正的老汤。老汤养肉，有人说随便什么肉放在里面都会煮成好肉，甚至连臭肉都行。不过谁也没去试过，因为友根轻易不给别人见他的锅。友根把羊杀好了，洗一洗，整个扔在锅里炖，炖上几个钟头，到了下午，香味飘出来了，羊烂了，铁钩子一甩，把羊拖出来，撕开来卖。他每天杀两只羊，到了天黑基本卖完；还有点杂碎，留着自己下酒。每天杀两只，想想，友根一辈子杀了多少羊呢？——这真是个可观的数字。

徐扬庄本地不产羊，哪家偶尔喂一只，那是留着自己家吃的。友根杀羊，要到"海里"去买。"海里"就是靠近黄海边的大丰东台一带，离徐扬庄有八十多里。友根十天半月去买一次羊，羊贩子们也经常会把羊直接送上他的门。羊群到来时总是黄昏时分，苍茫的田野上，一大群白晃晃的羊"咩咩"地叫着，沿着田埂涌过来，羊蹄在路面上击打出细碎杂乱的声音。天色昏暗，大地也是暗淡的，友根挥着树枝走在羊群的后面，远远看去，他好像是把一大片成熟的棉花唤出了地，赶上了路。羊群的足音从村中穿过，放学的孩子们常常会跟在后面，追看那些停下来翘尾巴拉屎的羊，拿土块砸它，让它把碎碎的屎拉上好一段路。羊群进圈以前要穿过整个村庄，因为友根的家在村子的西头。进圈以前羊都要长长短短地叫上好一阵，你呼我应，整个村子都能听见。它们在"海里"也是从各家收来的，但现在看上去，它们可没有什么两样。白色的羊涌进了羊圈，昏黑的羊圈一时间似乎亮堂了不少。

放学的孩子又看见了友根，还有他赶回的羊群。羊群涌过来了，白漫漫一片，来势很猛，小孩闪到路边，一直退到沟边上，差点就掉到沟里去。同伴不在的时候他其实是有些怕这个阵势的。羊群过去了，友根也过去了，还回头冲他做了个怪样。这时孩子发现羊群里有只黑羊，浑身都是黑的，身量略小，前前后后地乱跑，显得特别地不安分。它怎么会是黑的呢？难道羊也可以是黑的吗？这个孩子以前还从来没见过黑色的羊。他觉得奇怪。想问友根，但他已经过去了。他突然想起了自己家的猪，它就是一个黑色的家伙。既然猪可以是黑色的，那羊为什么不行呢？他还见过花猪哩。也许下次，友根就会赶回一只花羊呢！他很想看看，花羊到底是个什么模样。

小孩子跟在羊群的后面。他的家正好也在同一个方向。这时他发现友根的身后跟着两个女人。两个女人一老一小，小的二十左右，老的看上去跟友根差不多大，是个老太婆。老太婆拎着个黑包，姑娘空着手。前面的友根不时回过头看看两个女人，招呼她们说，快了，前面就是。两个女人都没有说话，但这个孩子一眼就看出她们不是本地人。这有点奇怪。但孩子没往心里去，他对那只黑羊更感兴趣。他跟在后面，想等那只黑羊拉屎，看看是不是有点特别，它拉的屎是不是特别的黑呢？黑羊前后乱蹿，不时在路边啃一口草，但一直等到进羊圈也没见它翘一下屁股。小孩子略略有点失望。他看到那两个女人跟着友根回家了，但他没在意。

他这个年龄的孩子，对很多事是没有什么兴趣的。

友根去买羊，还带回了两个女人，这件事很快就在村里传遍了。那几天，去友根家的人特别多，大家主要是去看那两个女人。友根家很热闹，羊在圈里叫，屋子里也是人来人往，走了一拨又来一拨。友根看上去很高兴，掏出他的"红波"香烟，一支支往人手里塞。人家手里还没抽完，就往人耳朵上夹。两个女人都换上了干净衣服，并排坐在长凳上，抿着嘴不说话。那个孩子也跟着来了。他想，她们身上的衣服肯定就是装在昨天那个老太婆拎的黑包里的吧？孩子们里里外外地乱跑。那个孩子告诉他的同伴，羊圈里有只黑羊，是他最先看见的。黑羊在羊圈里吃草，别的羊并不歧视它，它也不犯嫌。他们回到友根的屋子，那个老太婆已经站起了身，从她身上的蓝色衣服里摸出了一把水果糖，塞给孩子们吃。孩子们拿了糖，又一窝蜂地涌到羊圈那儿，他们要看那只黑羊拉屎。黑羊一直在吃，吃着吃着，它终于撅起了屁股，它拉了！他们看到了那些屎，看上去比满地的羊粪还真是要黑一点。他们大感奇怪，拿土块砸它，想听它叫一叫。这时那个老太婆出来了，看到孩子们在砸羊，脸上有些发凶，问，你们干什么？！小孩子有些怕，都一愣。那个孩子心里想，这关你什么事？不知谁带的头，哄一声全散了。

两个女人，到底哪个将是友根的老婆呢？但不管怎么说，友根肯定是有老婆了。不几天，友根家前的空地上扯出了一根麻绳，两个女人把友根的衣服挂得满绳都是。那个姑娘把衣服从大木桶里拎出来，用力绞干净，递给老女人，老女人接过去抖一抖，哗！哗！往绳子上挂。绳子吃重，弯弯的都要断了。友根在她们的身后剥着羊皮，太阳很好，照得他头上汗津津的。他的手上血糊糊的，不时回头和两个女人说说话。女人的口音是"海里"的，弄得友根的腔调也有点古怪。不过旁人还是能听出来，友根叫那个老太婆"哎"，叫那个姑娘"兰英"；姑娘喊老太婆什么，一时听不出，过了些日子大家总算听清了，她叫老太婆"妈"，但听上去总不那么顺溜，有点别扭。小孩子在无人处悄悄地学着喊：妈——妈——，心里想，谁会这样叫他的妈呢？

几天后的一个傍晚，友根家的方向传出了鞭炮的炸响。噼里啪啦，炸得村里的麻雀全都飞上了天，在空中乱叫着瞎飞，好像它们全被鞭炮击中了。麻雀们在天上绕一绕，一会儿全都没影了。大家赶到友根家时，散在地上的鞭炮还没炸完，零零星星在地上乱响。友根拿着带锡箔纸的"飞马"烟，见人就敬一支。他满面放光，看上去还有点不好意思。那两个女人呢，老太婆不见了，友根示意她待在房里；那姑娘前前后后地忙着，给每个小孩发两颗水果糖。她的头发上抹了水，或者是油（该不是友根的羊油吧？），大辫子乌黑油亮，在背上晃来晃去，像条乌梢蛇。大人抽烟，小孩吃糖，这和她们初来时的那天一样，但今天多了鞭炮。连小孩子都知道，今天友根结婚了。结婚的新娘子应该躲在房里，所以友根的老婆当然就是那个老太婆。大人们和友根打着趣，高声谈笑，等那个姑娘一出门，他们就在她背后冲着友根直拍大腿，还"嗨嗨"地叹气。小学里那个秃顶的张老师也在，他问：你怎么要了这个老的？你这个笨蛋啊！友根只是嘿嘿地笑，搓着他的手。张老师又说：好好的一块羊肉啊，到嘴了还不吃！呆！友根看看门外的姑娘，脖子一梗道：我们说好了的，这关你什么事？！他急眼了似的说，人又不是畜生，怎么能乱来？看他动气了，大家全笑起来。

孩子们挤在门外的空地上，嗡在一起抢着地上未炸的鞭炮，这是他们最来劲的事。村子里哪里有鞭炮响，哪里就会有一群孩子扑在地上抢。鞭炮抢到手，在头子上撕一撕，露出捻子，从大人手上讨根香烟过来，像模像样地叼在嘴上，不时点上一个——啪！比什么都快活。成串的鞭炮响过了，总有零零星星的"啪、啪"声还要在村里响上好半天。舍不得放的孩子甚至第二天口袋里还有鞭炮，带到学校去吓人。小孩并不觉得友根和那个老太婆结婚有什么不好，至少她这会儿只能待在房间里，不会出来骂他们。孩子们无端地觉得那个老太婆很凶，他们不喜欢她。现在她被关在屋子里，他们可以放开手脚来玩。

孩子们把鞭炮点起来，往天上扔，看谁扔得高。那个叫兰英的姑娘正好从屋里出来，一个鞭炮掉到她脚下，啪！吓了她一跳。孩子们以为她要发火，怔怔地看着她。不想她扬扬眉毛，只把嘴生气似的抿一下，倒笑了。那个扔鞭炮的小孩子想起她给的糖，从口袋里摸出来，把糖纸撕掉。糖已有些发黏，纸撕不干净，小孩子囫囵地把糖含在嘴里。他的舌头舔着糖上黏的纸，一时舍不得咬碎。

这时候他听见了一声咳嗽，仿佛有谁敲了一声破竹子。一看，友根家西房的窗户上露出了一张脸，是那个老太婆正扒着窗户朝这边看。她张张嘴想说什么，但又忍住了。小孩子还从来没见过这么老的新娘子，她的头上还戴了一枝红颜色的花，但小孩子看不出那是一朵什么花，反正他从来没见过。花是红的，脸是黄的，怎么看都像是两码事。她见小孩子在看她，突然喊：你们——！小孩子一扭身，跑了开去。那老太婆长了一个鹰钩鼻子——小孩子当时还不知道这个说法——他只觉得这老太婆的鼻子和鸟鼻子一样。透过窗棂看过去，老太婆活像是一只阴森森的黑鸟。那种黑鸟总是落在树梢上，一见有人走近就死命地"嘎嘎"地叫，叫得你心惊肉跳，直想逃走。小孩子一贯害怕这种黑鸟，他把它们叫作"警报器"。老太婆虽然没有喊出什么，但小孩子还是离开他的同伴们先走了。

他又到羊圈去看看那只黑羊，黑羊正在安静地吃草。这时那个姑娘兰英抱着一抱草走了过来。她把草往羊圈里撒，小孩子从她手里抽了一把，把那只黑羊引过来，让它舔自己的手。

兰英冲小孩子笑笑，伸手把他头上的一根草扯掉。小孩子要说什么，脸红一红，没有开口；他们什么也没有说。小孩子认生，大概兰英也还认生吧。

那边好多人走了过去，是村上的人散了。走过羊圈的时候，那个秃顶的张老师对什么人说：友根这房子不吉利，一股血腥气，煞气森森的，不是好兆头。有个人说：杀羊的能没血腥气吗？以前不就是这样啊？秃顶老师说：以前是以前，那是时间未到。正说着，看见兰英，立即住口了。兰英显然听见了，但她似乎一时还听不懂当地的话，一脸迷惑不解的神色。她看看小孩子，小孩子也看看她。孩子心里有点内疚，觉得很对不起她。

友根的家里有了人气，像个家的样子了。他的脸上几乎一天到晚都是红堂堂的，以前他只是傍晚吃了羊杂碎喝了点酒时才是这个样子。现在他羊杂碎不吃了，说是老太婆不让吃，留着卖，但他脸上倒是整天都红，而且冒着油汗，让人怀疑那是羊油。他身上的羊膻味也轻了，兰英经常吭哧吭哧地在太阳下趴在搓衣板上洗衣服。那个老太婆也很忙，她东转转西看看，腿不停，嘴不闲，手里倒不见什么事。有人来了，老太婆马上就会上前招呼，称肉，收钱，全由她来。以前友根把卖肉的钱装在一个大搪瓷杯里，现在老太婆把钱装在她身上的围兜里。她的围兜上有个口袋，差不多和围兜一样大，不知能装多少钱。村上人公认，除了干部，友根肯定是村上最有钱的人，小孩子想，友根的钱现在都装到这个老太婆的大兜里去了。中午，羊还煨在锅里时，友根一家全在屋后的小菜地里忙活。友根出羊圈，把羊粪往地里撒，兰英挥着钉耙松土，老太婆在田边拔草，抱过去给羊吃。全村人家没有哪一家会这么来劲地去伺候小菜地，这无疑是老太婆的主意。这个老太婆真是个很会来事的人啊！才来徐扬庄不久，她就学会了不少本地话，虽说还有点谝，但她说得很活络。兰英还是话很少，你总是能看到她低眉顺眼地在做事。有些人专喜欢和她说话，她偶尔答上一句，脸还要红一红。看来，友根家的主现在是由这个老太婆做了。要知道，友根原来是个多硬气的汉子呀。

老太婆话多，还喜欢哭穷。过了段日子，羊肉涨价了，从每斤七角涨到了每斤八角，羊杂碎也卖到了五角，原来友根是不卖杂碎的，留着下酒，还经常喊人来吃，白吃。现在连友根自己都不吃了。据说"海里"是很穷的地方，可这老太婆现在到了徐扬庄这个地方，有那么个装钱的大兜，还要哭穷，真想不出她原来日子怎么过。庄上人都不喜欢她，说鹰钩鼻子的人刁，不好处。小孩子们也不喜欢她。那个小孩一直关心着那只黑羊，他很想看看黑羊的肉是不是有什么特别。有天中午，他放学时发现黑羊已经被杀了，黑色的羊皮钉在墙上，但羊肉已经下锅，他没看见它的肉；他很想让他爸爸去买一点羊肉，但一开口就被他爸骂了一顿，因为几天前羊肉已经涨价了。

小孩子很喜欢羊圈里的羊。放学后他常常避开老太婆去给羊撒几把草。他喜欢让羊软软的嘴唇和糙糙的舌头舔在他的手心上。他扯几根长长的巴根草，甩过去，让羊叼着，然后他轻轻地拽着草根，把羊牵过来，伸出手，给它们舔。羊有时不肯舔，这孩子知道牛很喜欢舔人的尿，他想，羊是不是也喜欢呢？他试了一下。他把尿撒出大半，然后接了一点在手心上。他朝圈里的羊招招手，羊来了，他把沾了尿的右手伸过去，羊嗅了嗅，侧一下头，突然伸出舌头，一下就把手心的尿给舔干了。手痒得不行，小孩子哧哧地笑了出来。他缩回手，突然不笑了，他看见兰英正站在他的身后，满面诧异。她微微扬着眉毛，好像在询问什么。羊还不肯走开，小孩子飞快地伸手在它头上抹了一下，把手擦干了。他把手朝兰英一亮说：我没干什么，我给它们喂草。兰英说：我知道。你喜欢羊是吧？小孩子点点头，他庆幸刚才撒尿时没给她看见。为了掩饰他的羞怯，他很卖力地帮着兰英把草夹子里的草往羊圈里撒。圈里的羊围上来，咩咩地叫成一条声。小孩子想起了什么似的，突然说：他们说你们"海里"煮饭不烧稻草，烧芦苇，是真的吗？兰英一愣，说：是真的。我们那儿稻子长不好，有点稻草都要给牛吃。小孩子高兴地说：我们这儿牛冬天也要吃稻草。可是——他疑惑地说，大家都烧芦苇，那芦苇不就全烧完了吗？兰英笑起来：哪儿烧得完啊！我们那儿到处都是，不要钱，谁都可以去割。割完了，第二年又长。小孩子说：那要种吗？兰英说：不要。你们这儿的韭菜不也不要种吗？小孩子道：不，我们这儿的韭菜是要种的，先要把老根埋下去，以后才会长。兰英道：那芦苇肯定也是要种的吧，不过我不知道是谁先把它们种下去的。她的目光幽幽地看着前面，有些散淡。小孩子现在相信了，"海里"那个地方确实是有很多芦苇的，不过他想象不出，兰英的家是在芦苇丛中的什么地方。

　　初冬的阳光照在羊圈里，非常温暖。小孩子慢腾腾地撒着草，他的鼻息中清晰地嗅到了羊圈里飘来的羊粪的酸臭气，还有自己身上发出的汗味。由此他形成了关于温暖的某种概念，这个孩子长大后，这样的温暖是很难再现了。这孩子平时很少和女孩打交道，学校里所有男女合坐的课桌中间都被刻上了一道深痕，谁都不愿越过雷池。那道痕迹很深，是用刀子刻的，因为谁都不去碰一下，时间过去很久它还是白白的木碴的颜色。你如果看到这样的课桌，那肯定有一个男孩和一个女孩曾经合用过它。女孩子们到了三四年级时突然一下子就长高了，高得让男孩不好意思，觉得自己一辈子也长不过她们了。长高了的女孩更不愿意和男生打交道了。原来她们还会红着脸偶尔跟男生讲上一两句话，现在连话都不讲了，脸上总是板板的。这个孩子当然也不会去搭理她们。这会儿这个"海里"来的姑娘兰英正站在他的面前，和他悄声说着话。有个问题他已经想了很久，也听大人们议论过，现在他问她：你为什么要跟友根到我们这里来呢？兰英的眉毛跳动了一下，反问：是谁叫你问的？小孩子道：没有谁叫我问，是我自己想起来的。兰英从口袋里摸出一块糖，递给小孩子，说：你别问了，说了你也不懂的。小孩子接过糖，他想糖肯定是友根结婚那天留下的。糖纸已经磨破了，有些发黏，沾着不少衣袋里的布须须。小孩子小心地把糖剥好，用手指在上面搓搓，送进嘴里，含着吃，马上又觉得不过瘾，嘎嘣嘣地咬碎了。他的舌头搓着那些碎糖屑，含混地说：我知道了，友根买了你们的羊，你们就跟他过来了，是吧？兰英神色黯然，看着吃草的羊，没有答话。小孩子不知她在想些什么，但是他喜欢她，喜欢和她说话。她正在想心思。他想自己应该安慰她一下，但他不知道如何开口。

这时候传来了老太婆的喊声。你是喂羊还是喂老虎？羊把你吃掉啦？！说话间已经走了过来，看也不看小孩道：快去烧火，我都忙死了！兰英慌张地应着声，对小孩子说：我走啦。跟着老太婆走了。老太婆把她长着一个鸟鼻子的脸转过来，狐疑地打量一下小孩子说：你还不回家，你妈找你哩！小孩子别过脸，慢腾腾地往外走。他想自己刚才怎么就不问一下这个老太婆到底是不是兰英她妈呢？兰英的鼻子是人鼻子，说什么小孩子也不相信这个长了鸟鼻子的破老太就是兰英的妈妈。他问都不用再问了，她反正不是。

冬天还有苍蝇，这一点小孩子以前从来没有注意到。友根家的南墙上，还有墙角下，有一层黑红黑红的羊血，苍蝇们懒洋洋地叮在血迹上，有滋有味地爬来爬去，人走近了它们也不愿意飞起来。天确实是冷了，苍蝇大概也血脉不通，所以懒得动。这个地方有吃的，又暖和，全村活着的苍蝇可能全都集中到这儿来了。友根家西边的半面墙上一溜排钉着羊皮，那张黑羊皮也钉在那儿，非常显眼。小孩子发现，黑羊皮上的苍蝇特别地多，而且那些苍蝇也显得特别灵光，人一走近，"嗡"一声就散了，一会儿重又聚拢上来。小孩子觉得很奇怪，难道黑色的羊终究还是有什么特别吗？也许苍蝇已经发现了吧？

小孩子的家和友根家相距不远。他没事喜欢到那里玩。有一天，他趁无人时走到那一排羊皮那儿，伸手在黑羊皮上摸了一把，又把另一只手摸在旁边的羊皮上。他一下子就明白了：黑羊皮是热的，或者说，它比别的羊皮要暖和得多。小孩子终于弄懂了苍蝇们喜欢叮在黑羊皮上的原因。他心里真是很高兴的呀。不几天，黑羊皮干了，被友根摘下来，送到收购站去了。南墙上当然还有别的羊皮挂在那儿，但它们都是白的，没有了那张抢眼的黑羊皮，墙上就像是没挂皮一样。小孩子知道，羊皮被人家买去是要用来做衣服的，他心里思忖着，那件用黑羊皮做的衣服不知会穿在什么人的身上，他是不是会感到格外的暖和呢……小孩子想着他自己所关心的那些事情，而对另外的一些事情他毫无兴趣。他当然不会注意到，杀羊的这个人家已经悄悄地起了某种变化，友根的脸上也不像前些日子那么喜庆，那么喜气洋洋了。

　　日子大概过去了几个月吧，春天已经到了，天气渐渐暖和了一些，小孩子听到了大人们的一些议论，但这些议论只是像风一样，从他耳边一掠而过。小孩子好像听到大人们说，友根开始骂那个老太婆了，夜里他们好像还经常打架。有一次白天，在屋前的空地上，友根和他老婆打起来了，小孩子正好在远处看见。他看见友根正一把一把地把老太婆往地上推，老太婆躺在地上，撕着友根的衣服，抬脚猛踢友根的下身。两个人都"嗷嗷"叫。小孩子冷漠地看着他们打成一团，他觉得他们打得离自己还远着哩。突然他想起了兰英，抬眼四处找着，但他没有发现兰英的影子。这时候已经有人来拉架，几个人把他们两个分开了。友根气冲冲地往屋子里走，一群鸡被他吓得四处乱飞，友根抬腿踢一脚骂道：娘个×！连个蛋都不会下的东西！老太婆一听，扑上去又要打，被两个人扯住了。小孩子看得无趣，一个人沿着屋子东边的小路走开去了。他先是看到了墨绿色的河水，静静地，一圈一圈往外漾，然后他看到了河边的水跳板，看到了跳板上正在洗衣服的兰英。她正在汰一件大红碎花的衣服，想来是她自己的。初春的河水还不那么活泼，衣服漂在水上显得非常鲜艳，兰英的两只手在水里轻轻地搓着，仿佛两只毛茸茸的小鹅正在戏弄着一片荷花……吵架的声音远远地传了过来，声声入耳，兰英似乎意识到有人在看她，她回过头，看见了河岸上的小孩子，她咧嘴笑了一下。看得出来，她笑得很勉强。

和暖的春天眼看着就来了。风已经开始发暖，田野里的油菜虽然看上去还是一片绿色，但顶端已有了星星点点的花，要不了多久，田野最富色彩的季节就要到来了。

吃羊肉的人渐渐少了。友根现在一天只杀一只羊了。更多的时间他是坐在门口晒太阳，眯着眼睛抽烟。半晌，他咳出一口痰，"扑"地一吐老远。立即就有几只鸡抢上去，争着吃痰，一拖老长。他就这么坐着，一坐老半天。那老太婆话也少了，现在已经很少有人到她家里来。她成天在家里家外走来走去，也不知在做些什么。看上去她已不像刚来时那么来劲，看她走路的样子，倒很像是一只被人打伤了的黑鸟儿。

就在这段日子，友根家开始丢羊。他家的羊圈在房子的西边，大概十几步远的地方；圈里总共养着八九只羊。友根打算把这些羊杀完，也就歇市了。这时候，有人来偷他的羊了。

　　这已经不是吃羊的旺季，只有在冬天，人们才会想到去吃羊吃狗，那时的肉肥，好吃。偷狗是正常的事。养狗的人家很少去喂它，家养的狗也差不多就是野狗。狗被别人打死了，兴许打狗的人第二天还会笑嘻嘻地送一碗肉过来，骂上几句也就算了——但人家圈里的羊和猪是不能偷的，那可是真正的偷！可友根家的羊已经接连被偷了好几只，而且看上去那个偷羊的人是个很厉害的角色，一个真正的老手。

　　其实友根夜里是听到了动静的，但他没在意。第二天一早，他起来一看：羊圈的栏杆上搭了一张羊皮，血糊糊的，还有血在往下滴！他开始还没明白究竟是怎么回事，脑子里有些发蒙，他立即把羊数一数，羊少了，少了一只！小偷把羊偷走了，却把羊皮褪在这儿。这是什么意思？友根把羊皮翻开看看，羊皮剥得很好，白白净净，没有粘一丝肉，这是行家的手艺，甚至比他这个杀羊的还要强——要知道，这是夜里摸黑干的！这是什么人呢？

　　第二天，友根存了心。半夜里，他果然又听到了羊的叫声。有一只羊叫得最惨，突然又不叫了，想来已被扼住了喉咙。友根壮起胆子，拎上他的杀羊刀，下了床。他出了门就觉得冷，打了个哆嗦。他看到了羊圈前的那个黑影，喝一声：谁？！那人显然听见了，却不走，转过身，把一个白晃晃的东西朝友根亮一亮——那是一把刀！月光下，友根看得很分明，而且看上去，那刀子比他自己手上的要长，要快！友根稍一迟疑，飞快地返身回家去了。直到天亮，他才再出来，一眼就看到一张羊皮赫然挂在那儿。他觉得自己是像碰上鬼了，但羊皮确凿无误地挂在羊圈的栏杆上，白的皮，红的血，眼睛躲不掉。

友根站在屋前的空地上跳脚大骂：娘的×！是哪个狗日的干的！不把老子当人，我日死你妈妈！他骂骂咧咧地提着他的杀羊刀，冲到羊圈里，揪出一只羊，"嗤"就是一刀。娘的×！给你杀，还不如我自己来！他杀了三只羊时，那个老太婆不知从哪儿扑了过来，一把拽住他的手，喊道：你疯啦？要杀就把我杀了吧！友根一脚蹬开她，红着眼骂道：老子不顺遂，就怪你这个丧门星！说着，又去拖出一只羊来杀了。羊的颈上喷着血沫，躺在地上直蹬腿。友根拎着滴血的刀，呆呆地站着，突然捂着脸"呜呜"地哭了。老太婆不再理他，用个绳套把剩下的活羊一只只往家里拖。屋前的空地上死羊被扔成一堆，整个屋子周围笼罩着浓烈的血腥气，老远都能闻到。羊血遍地，阳光照在上面，再反射上去，光都被染红了。小孩子看到了这幕场景，心里很害怕，他的两腿瑟瑟发抖。他想起那个秃顶张老师的话——血光之灾，心里想：这恐怕就是血光吧？

剩下的羊被关在友根家里养，起先大概是四只，拴在堂屋吃饭的大桌下，一条桌腿上拴一只；羊草就扔在桌子底下，上面人吃饭，下面羊吃草。不几天，羊就被陆续杀掉，卖了。至此，友根卖羊肉的季节算是彻底过去了。庄上的人把友根的羊被偷的事传得很邪乎，说为什么别的不偷，就专偷友根的羊呢？偷羊也不好好偷，还把皮留下来，谁见过这样偷东西的呢？他们也和友根谈，友根先是妈妈×奶奶×地骂上一气，愤愤地说：这个贼哪儿还把我当个人啊？他指着自己的鼻子道：你们看，我这还像个人吗？我他妈的是个狗啊！他长叹一口气说，我反正是不顺遂。其实，他差不多还是老样子，只是看上去有些委顿，眼皮耷拉着打不起精神，总像是想了一夜的心思。

天气暖和了，真正的春天来了。大片的油菜花铺满了田野，一直延伸到河边，河水都被映成了黄色，像是被谁泼了颜料。菜花的香味并不浓，但是无处不在。棉袄是穿不住了，孩子们终于可以轻着身子到处乱跑了。

友根家的羊圈早就空了，连圈里的羊粪都干了，风吹进来，旋起一团灰尘。圈里还有些干草，小孩子家的猫喜欢躲在里面晒太阳。小孩子担心猫被人家偷了，常常会找到这里。他现在已经很少到友根家来了，这里已没有什么让他感兴趣的东西，而且兰英也很少在外面露面了。她来了已经半年多，差不多已经成了一个本地人了，小孩子觉得和她反而生分了。

友根的羊全部杀掉后，那锅煨羊的汤也就没用了。往年友根都要邀上一帮人来，猛喝一气，喝不完就倒掉，今年那老太婆却出个主意，把汤拿来卖。卖得不算贵，不论碗大碗小，一角钱一碗，来喝的人很多，都带了家里最大的海碗。这是真正的老汤啊！原汁原味，有那么多的羊肉烂在锅里，能不鲜吗？小孩子已经连续好几个傍晚都来买汤喝。那天是兰英在掌锅，小孩子是最后一个来的，兰英给的汤格外的多，小孩子喝完了，她又加了一点。小孩子喝着汤，咂咂嘴，看着她。他看见兰英自己也舀了一碗汤，还在上面撒了葱花，"咕嘟咕嘟"地喝起来。小孩子觉得很奇怪，他还从来没见过卖东西的人自己也在一边吃的。兰英见小孩子看她，略略有些不好意思，她从砧板上拿起一撮葱花问：你要吗？小孩子摇摇头。他用手指沾了沾碗底的汤，在桌上写：兰英。汤里油多，字一写好每个笔画就结上了白膜。不等兰英看见，他就伸手擦掉了。他看见兰英的嘴边粘了一片葱花，整个嘴唇油嘟嘟的，嘴的四周汗毛很重，竟有些像半大男人的胡子。他以前还从来没注意到这些，这个样子实在是有点蠢。小孩子把汤喝完了，肚子里鼓鼓的，心里却有些空，寡寡的不舒服。他抹抹嘴准备走。兰英说：还要吗？她嘻嘻笑着说，你肚子真大。小孩子突然有些来火，顶嘴道：你肚子才大哩！他一扭头转身出了门。走出不远，他回头望望，见兰英手里拿着那个喝空了的碗，正木木地站在厨房门口。她的脸朝着自己的方向，但目光里没有自己。小孩子这时又发现，兰英好像长胖了，腰身好像也粗了。她已经不是才来时的那个姑娘了。有一些变化已经发生，但小孩子如何能看透呢？

羊汤还温着，锅盖边冒出袅袅的蒸汽。兰英把锅盖推开，一股蒸汽扑面而来，她的眼睛有些发雾。

锅里面是真正的老汤，有无数说不清的东西熬在里面；锅大，而且深，有一层白色的羊油已经开始在面上凝结，再等一会儿，连汤的颜色都将看不见了。

友根家出事了。

那天是个晴朗的日子，阳光早早地就从薄雾里穿了出来，房屋和树木上都被勾上了一层淡淡的金色。沉在地面上方的晨雾正在飘散，和庄子里家家烟囱里冒出炊烟搅在一起。突然，一阵裂帛般的哭叫声划破晨雾，从庄西友根家的方向传来。这是那个老太婆的声音，她和友根打架时很多人都听到过她的哭声，但今天更惨。如果说那天的哭声像是宰羊，那现在就是杀猪。只有死了人的人家才会传出这样的哭声。

正在整理农具的男人们停住了手，吃饭的人推开了饭碗，很多人都跑向庄西，涌到友根家屋前的空地上。老太婆披头散发，躺在堂屋里打滚。她的衣服原本就没穿好，在地上一滚，像一堆破布似的裹在她身上。西屋的床上躺了两个人，赤条条的一丝不挂。因为被子已经被掀掉，所以谁都能看清那两个人一个是友根，另一个就是兰英。床上鲜血淋漓，地上也流了一大片血。小孩子挤在人缝里，看见友根的手搭在床沿上，一把杀羊的刀还抓在他手上。老太婆"哇哇"地哭叫着，呼天抢地，但她嘴里说的全是"海里"的话，一时间谁也听不清她讲的是什么。这时候房门口的人挤得更多，小孩子渐渐被挤到了外面，一时间他再也看不清房里的情况，事实上即使能看清他也不想再看了。他的心像寒风中栖在枯枝上的鸟儿那样瑟瑟发抖。临退出人群的当儿，他看见一缕金色的阳光从房间的窗户射了进来，照在鲜血横流的床上，又弥散开来，形成一片红雾。这是真正的人的血光啊！小孩子昏昏沉沉地挤出了屋子。

大人们一拨拨挤进去看。出来的妇女们叽叽喳喳地谈论着，她们说她们早就看出来了，兰英的肚子里至少已经怀了四五个月了。小孩子在回去的路上，遇到了那个秃顶的张老师，他正在往友根家的方向走。小孩子想起了友根结婚的那天他说的"血光之灾"的话，他疑惑地盯着那个秃顶。那秃顶在阳光的照射下反射着奇妙的光。从此以后，他怕这个老师，而且恨他。他也恨那个老太婆，恨那个死了的友根。小孩子当时感到身上一阵阵发冷。这时候他家的猫"喵呜"一声从他身边蹿过去了。

　　小孩子病了。他浑身发烫，说胡话。他病了好几天，才从床上病歪歪地起来。他爸妈心疼他，到友根家买了一大碗羊汤来给他喝。小孩子想：老太婆这么快就开张了吗？他接过碗，刚喝了一口就"哇"一声吐了出来，手一抖，羊汤洒了大半。小孩子的嘴里留着淡淡的羊膻气，眼睛木木地看着他的爸妈。他回想着他所看见的那些事情，但懵懵懂懂没个轮廓。就像他嘴里残留的味道，淡淡的，有一股膻味。

　　他爸妈舍不得那汤，两人分着喝了。

大　河

　　是的，我要找的就是这个人，我见过他。我知道我没有找错。但是他老了。老得不成样子了。他的脸瘦得像个骷髅，看上去很怕人。鼻子以下倒是有点肉，但是嘴歪着，不停地在吸溜。很难想象这个人二十几年前也曾经是一个彪形大汉，但是我知道，我并没有找错。少年时的记忆是模糊的，但也是深刻的。春天的阳光很暖和，他坐在茅草屋前晒着太阳。走进沙家舍不久，我就遇到了一个流着鼻涕的小男孩，我和他搭讪了几句，然后我问他：你知道以前你们这儿曾经挖过一个古墓吗，就在村子北头？小男孩奇怪地看看我，吸了吸鼻涕说：我不知道。我摸出块糖给他，自己先笑了起来。我要打听的是刘熙载的墓，挖墓的时候是"文革"期间，那时候他的父亲顶多也不过像他现在这般大，他还不知道在哪儿呢。我这确实是在问道于盲了。离开兴化县城时我曾向县府的人打听过这件事，但他们也语焉不详，谁还记着这种陈年往事呢？后来我找到郑板桥纪念馆的工作人员，才算找到了一点线索。

那个工作人员的老家正好是沙家舍的，他告诉我，那个当年领头挖墓的人叫刘高，现在不知道在不在了。我想请他带我去一趟，他没有同意。他说现在正是"板桥艺术节"，他走不开。我知道他这是托词。我稍一沉吟灵机一动说：你们不是"文化搭台，经济唱戏"吗，我正好到那儿看看是不是有什么项目，说不定以后还要多多仰仗你呢。他看了看手上我的名片，撇撇嘴说，你还是自己先去看看再说吧。他的语气略带讥诮，我知道我只能自己去了。一个穷书生，说要搞什么经济项目，这话连我自己也不会相信的。不过临分手时他告诉我，刘高并不难找，他是个老光棍，就住在村南头的大河边上，如果他还没死的话，他家的房子一定是全村最破的。这话倒是提醒了我。我正是先找到全村最破的房子，然后才看见刘高的。我对那个小孩说：你就把我带到你们这儿最破的房子那儿吧，到了那儿，我手上的这一把糖就全是你的了。小孩看了看我手里的糖，点点头。然后他带着我穿过大街，拐上了一条小路，然后，我们就站到了刘高的面前。

春天的阳光把我的影子投射到他身上。刘高抬起头，狐疑地看着我。南边的不远处，是擦村而过的大河。

这是 1993 年。离郑板桥在兴化诞生正好三百年，承蒙故乡还有人记得我这个书生，给我发去了一封参加"板桥艺术节"的邀请信。故乡古来多俊彦，除"扬州八怪"的郑板桥、李鱓之外，尚有《水浒传》的作者施耐庵和被时人誉为"中原才子"的宗臣等人。有这样的机会，我当然是要去的。当时的学界正为了施耐庵的原籍究竟是兴化县还是大丰县进行着一场论争，而我有充分的证据证明，施耐庵确是兴化施家桥人。我带着写好的文章来到兴化，这才发现，我的话题是不合时宜的。我抽着"板桥牌"香烟，喝完面前的那杯"板桥家酿"，打定主意，还是早点离会，去完成我的另一个计划，一个原本并不清晰的计划。也许我不该来，但我现在应该去。在我还是一个少年的时候，我曾经目击了那次挖墓的过程，但我想我现在还是应该去一趟。去沙家舍的前夜，在宾馆的黑暗的虚空里，我隐约听到了一个时断时续的声音。有人在空中低声吟道：……古今将相在何方，荒冢一堆草没了，草没了，草没了……我惊醒了，醒在无边的黑暗里。但我的主意已经打定，船票也已买好了。我睁着眼睛，一直等到晨曦初现。

现在我站在刘高的面前。平原的野风在南边的大河奔驰，一条挂桨船正在驶过，河水拍打河岸的声音和呼啸的风声混在一起。我蹲下身子，告诉他，我是从南京来的，我想找他打听点事情，关于那座墓的事情。我说的是普通话。我不想让他知道我的老家其实就是离这儿不远的徐扬庄，我的童年和少年时代也就是在这块平原上度过的。他抬起头，接过我递给他的烟，迟疑着没有搭腔。但是我看出，他已经听懂了我的意思。我猜测他也许是有什么顾虑，我解释说，我只是一个写文章的，只是想去看看。我唠唠叨叨说了一大堆，总的意思是说，我并不是其他什么身份的人，当然也不可能是公安局的。刘高抽着烟，吐出一口浓痰，猛地站起身说：就是公安局的我也不怕！那个墓是我带头挖的，我不赖！我还怕个什么呢？他的神态使我想起了当年那个精壮的汉子。他把我引进屋子，又回过头问我：听说墓里的那个人也姓刘，他到底是个什么人？

这我确实一下子讲不清了。刘熙载是清朝咸丰、同治年间人，字伯简，晚年号寤崖子。少时家贫，以苦读成名。他三十一岁中进士，曾被咸丰帝任命为上书房行走。晚年主持上海龙门书院，与俞樾并讲于沪杭，各擅其名。刘熙载通文艺、精音律、擅书法。他一生仕途多舛，因力革弊端而屡屡犯上，任广东提督学政时，任未满即乞归故里。刘熙载一生贫寒，却著述甚丰，给后人留下了《艺概》《昨非集》《说文叠韵》《说文双声》等一大批不朽著作。其中的《艺概》，作为一部文艺批评名著，更是遗泽至今，影响弥远……这一些我了然于胸，然而怎么跟他说呢？

那个小孩也跟了进来。他不断吸溜着他的鼻涕，声音很夸张。我明白过来，不等他伸出手，连忙将糖塞到他的手上。小孩子左手接过糖，右手在鼻子上一擤，把鼻涕摔在地上。我和刘高开始了拉家常式的交谈。刘高念念唠唠重复着我话里的词：文学家、文学家。在这样的环境里，从他歪斜的嘴里吐出这几个字，显得很别扭。在谈话的间隙我不时打量着站在一旁的小孩，擤去鼻涕的孩子原来相当俊俏。他对我们的话题不感兴趣，不久就出了门，跑到远处的油菜地里去了。他飞扬着双臂，捕捉着蜜蜂，也许是蝴蝶。黑色的小脑袋在花丛中时隐时现。油菜花很灿烂，无际无涯，看不到边。

沙漠是山的粉末，沼泽是死亡的湖泊。这是谁写的诗呢？

那是个寒冷的冬天。我们站在河堤上。黄龙鼻涕在我们的鼻管里上上下下地忙碌着。

早就不上课了。冬天正是大干水利的季节，大人们挖河，我们学校的宣传队到工地上表演节目，给他们鼓劲。大地被开膛破肚了，河道里积着浑浊的河水，看上去头有点发晕。我们几个小孩跟着老师，拎着锣鼓家伙，等着他们上岸。河堤已经成了形，上面用白石灰写着：农业学大寨！深挖洞广积粮不称霸！每个感叹号都有小孩那么大吧？

实在冷得不行。老师命令我们敲起了锣鼓家伙。他们开始往岸上爬了。黑油油的河泥从他们的草鞋里吱吱地冒了上来。

我们的节目有一个固定的程序。唱过"样板戏"，我们表演"对口词"和"三句半"。哐哐哐，哐哐哐，哐哐才才哐！祖国形势一片好，革命群众开口笑，批林批孔干水利，斗志高！收尾的这半句总是我的词，所以到现在我还记忆犹新。

宣传队的红旗插在一个土堆上。一抔黄土，几秆芦苇。红旗在寒风中飒飒飘动。

那个坟堆离河道还远得很。挖河本来不该挖到它。怎么就把它给挖了呢？

刘高说：反正也过了那么多年了，我不赖，是我带头挖的。你说他是文学家，可他们告诉我他是地主。

挖墓的时候飘起了大雪。就像电影里杨白劳头上的雪。雪落到我们身上就化了，后来就化不动了。

一片两片三四片，五六七八九十片。千片万片无数片，飞入梅花总不见！风雅孤傲的郑板桥和一个富豪斗诗，随口吟出了这首咏雪的怪诗，可他们给安到那个宰相刘罗锅身上去了。我知道他们是故意的。很多兴化人也知道他们搞错了。

那个大雪纷飞的冬日，郑板桥已经去世两百多年了。雪是一样的雪。

那其实只是个土堆子，用不了几锹就平了。好多人都围了上去。我们挖去土，砖砌的墓穴中是一口红皮棺材。我们用钉耙和大锹把棺材盖撬开，却发现刘大人——刘高是这么叙述的——浮在红红的半棺材水上，他的尸身一点也没坏！他脸上很瘦，身上穿着长袍，好像才埋下去不久。我们都呆了。我们挖过不少墓，年代比这个早的和晚的都有，但还从来没见过一个尸身不烂不坏的！我们真的都呆了。

我那个时候胆子最大。我带头跳到墓穴里，抢先伸手到他嘴里去掏。可我掏了半天什么也没找到……

我打断他，问：你掏什么呢？

刘高说：我原先听说过，尸身不烂的人嘴里肯定含着宝贝，是镇墓之宝，夜明珠！

我淡淡地笑道：那你们是白忙一场了。

他说：后来好多人都下去了，不少人还跳到红水里摸，可就是什么宝贝也没见着，不过——他略带得意地说，我第一个看到刘大人头下枕着一个木头盒子，我就把它抢到手了。没有人抢得过我。

我急切地问：里面是什么东西？

他不屑地说：是一本书，一个字也不认识。我把它扔下河了。

我一下子从凳子上站起了身：你还记得书的模样吗？

他说：书还不都一样吗？他奇怪地看看我，回忆道，皮子好像上是两个字，我们一个也不认得。

我跌坐在凳子上，呻吟道：那是《艺概》，是《艺概》的手稿啊！

刘高突然警觉起来，他狐疑地看看我，问：你怎么知道？

是的，我并没有看见。人群密匝匝地围在那儿，我什么也看不到。而且，我怕。我本来就怕看见死人。如果不是老师也围在那儿看，我早就逃开了。我站在人群的外面瑟瑟发抖，因为冷，更因为恐惧。工地上的广播里正雄壮地说着话：……《水浒》这部书，好就好在投降，让人民都知道投降派……投降派！水浒，不是水许。广播教我认识了这个字。谢谢广播。记忆中的高音喇叭挂在那儿，挂在平原上的电线杆上。

投降，嘿嘿，投降！我听到了施耐庵遥远的冷笑声。大限一到谁不投降呢？我投降了，曹雪芹披阅十载，增删五次，然后他笔一扔，腿一伸，也投降了。有谁能够不投降呢？……试看书林隐处，几多俊逸儒流。虚名薄利不关愁，裁冰及剪雪，谈笑看吴钩……兴亡如脆柳，身世类虚舟。见成名无数，图形无数，更有那逃名无数。霎时新月下长川，江湖变桑田古路……我相信这是施耐庵的声音，我坚信这一点，就像我认定那个木盒子里的书就是《艺概》一样。

《艺概》一书成书于沙家舍某处的一间茅屋里。那是1873年，离刘熙载去世只有短短四年时间。《艺概》甫一面世，民间即有抄本，苏州和金陵的书坊也多有刻印，所以我现在还能在南京的古籍图书馆读到这部著作。在那个大雪飘飞的冬天，一本泛黄的手稿被扔到了大河里，河道尚未贯通，手稿漂在水面上，就像一片树叶……封面上是两个字，没有人朝它再看一眼。但我现在认定，那一定是《艺概》。

有些事情的线索是绵延不绝的。譬如我面前的这个人，二十多年前我见到他时他的嘴并不歪，后来就歪了，现在也还歪在那儿。作为一个标志性的特征，它很容易把人引入歧途，但我还是找到了他。他浑浊的眼睛注视着我，问：你怎么知道？你怎么知道得这么清楚，难道……我说我是专家，当然会知道。他似乎相信了，叹了口气，又问我：刘大人他的尸身一点都没坏，你知道这是为什么？真是日鬼哩。我愣了一下，老实地回答我不知道，一百年了，可他就是没坏，我确实不明白这是什么原因。刘高冲我翻了翻眼睛，说：你不是专家吗？他叹了口气。说不定还真是有镇墓的宝贝哩，可我怎么就没找到呢？

有一个问题我一直没敢问：他的嘴是怎么歪的呢？我曾经

听到过一些传说，但把它明确提出来，那就有些过分了。但他是个健谈的人，又歪着嘴，我的视线总是被吸引到那儿。这有点尴尬。屋里实在是太冷了，我提出，请他带我到当时的现场去看看。他好像不太愿意。好说歹说，他才站起了身。

出了门，我们拐上了一条田埂。两边夹拥的油菜花随风起伏着，一望无际。走不多远，我们又遇到了那个孩子。那个小男孩。他的脸上红扑扑的，头发上沾满了金色的花粉。他跟在后面，一会儿又绕到我们前面，不时看看我们。这是个寂寞的孩子，我真有点喜欢他了。我问他：你知道我们这是到哪儿去吗？小孩说：我知道，你是要去看那个坟。刘高说：你认识啊？你认识你就带人家去吧，我腿不好。小孩说：我怎么认识啊，我看你们向北边去，我们学校也在那儿。他的手指向远处的一排红房子，有稚嫩的读书声隐约传来。我说：那你怎么不上学呢？你逃学了吧？

小孩子说：你瞎说，我明年才够报名哩。

我们沿着村子的边缘走到沙家舍的北边。一条大河挟着湿润的劲风出现在我们面前。我们走上了大堤，它比当年似乎低了许多。大河蜿蜒向东，河的对岸有很多砖窑，沿河排列，连绵不绝。更远处是一个湖泊，那是窑工们取土留下的。湖泊里散落着很多小小的孤岛，上面开满了灿烂的油菜花，很像是湖里停泊的花船。我知道，那就是垛田，是"兴化十景"之一。但二十多年前它并不存在。地形的变化实在太大了，没有人带路我自己是找不到这个地方的。大堤上风很大，黄尘滚滚，疾逾奔马。刘高指着远处的一棵楝树说：喏，就在那儿。

小孩子先奔了过去，我跟在他后面。这是一棵孤零零的楝树，我的记忆没有它的影子，这也许是鸟儿的功劳吧。楝树的周围是一片荒弃的野地。地面微微有些凹陷，有星星点点的野花羞怯地开放着。我站在那儿，一时间竟有些手足无措。我的耳朵里灌满了呼啸的风声。一只蝴蝶被我们惊动了，它倏地飞起，立即就被风摔向了远方。小孩子挥一下双臂，叹了口气。他回头问我：叔叔，你到这儿找什么呢？我说，我不找什么，我只是来看看。我什么也不找。

刘高坐在河堤上，呆呆地看着我们。风中传来了他的说话声，断断续续听不清楚。我走上大堤，在他身边坐下。刘高说：刘大人他是恨我呢，他朝我吹了一口气！

什么？

吹了一口气，刘高指指他的面颊说，他吹了一口气，后来我的嘴就成这个样子了。

我瞪眼看着他，立即又觉得有些无理，把目光撇开了。

他说：我在他嘴里掏东西的时候，他吹了我一口气。当时没觉着什么，回去就病了。他喃喃地说，我又没有作践你的尸身，那是他们干的，你又干吗要吹我呢？

我有些不寒而栗。这是传说中的细节，现在我仍然认为它是一个传说。刘高说：我什么也没弄到，倒落了场病，妈的，算我倒霉！他的表情很是可怜。我说：你不是还落了个盒子吗？你把它弄哪儿去了？刘高说：我哪里还敢留那个东西啊？

第二天一早我就把它扔了。扔到河里去了。

前方的河水缓缓地流动。风在河道里奔驰。一个木盒子漂在河水上，晃晃悠悠，发着幽光，就像是一盏河灯。

刘熙载的尸身被弄得很惨。钉耙大锹全用上了。老师也不敢再看，我们拎上锣鼓家伙逃走了。我相信刘高没有动手。他可能真的没有干，因为他毕竟得到了一个木盒子。

楝树孤零零地立在那儿，大风穿过它的身躯，枝丫大幅度地晃动着。我给刘高递去一根烟，是"板桥牌"香烟。但是风太大，点不着火。他把烟抓在手里，凑在鼻子上吸着，看上去令人怜悯。

漫天的大雪在天空飞舞。雪升上去，又落下来，落在新鲜的黄土上，悄无声息。传来的是谁说话的声音呢？

刘老弟啊，你又何必吹那口气呢？你不必和他计较的。

我没有吹。

你呀，只管躺到坟里就是了，又何必管他们怎么把你弄出来？

可是我真的没有吹。我只是叹了一口气。

不必叹气，不必叹气。郑板桥摇摇头，走远了。

旷野的风很有力量，吹得人都有些打飘。我们的头上都落满了黄色的尘土。突然我对刘高说：我知道刘大人的尸身为什么不坏了。

他说：什么？

就是那个木盒子，那可是红木的！

刘高将信将疑地看看我。

我说：那也是宝贝，能值不少钱呢！

小孩子这时插嘴问：红木是最好的木头吗？

我说：是的。再没有比它更好的了。

刘高捶一下大腿道：我是不该扔掉。要是有钱治病，我说不定就不会弄成这个样子了。

他后悔了。我认真地朝他点点头，心里竟有几分快意。

风太大了。我们离开了那个地方。这一次我们是从村子里走的。进村的时候，我回头看了看那远方的楝树，它已经成了一个晃动的绿影。树下有一片凹地，它留在我的记忆里。记忆有时像一个小芽芽，突在你大脑中的某个地方，等待你的思维绸缎般拂过，而更多的时候，它却只是一个凹陷。小街上人不是很多，不时有人奇怪地朝我们张望。看上去我们很像是祖孙三代，但他们知道我们其实不是。马上我就要离开这个地方了，我的事情还很多。快要出村的时候，我看到了一家包子店，我诧异地发现，它的招牌上写的是"孙二娘面食店"。我停住了脚步。小孩子仰头看着我说：你知道吗，这儿原来是十字坡，《水浒》里还写过哩。我说：是吗，那你敢不敢吃他们的包子？小孩子说：那有什么不敢？我敢的。我走过去，买一捧包子，递给刘高几个，其余的全都塞到小孩子怀里了。

阿青和小白

　　小白坐在方凳上，头上顶着一堆巨大的白沫。刚才，他的头发还像一团乱草，一大坨洗发精挤上去，淋上水，却搓不出沫来。他的头太脏了。这是第二遍，少许的洗发精就造出了一大堆白沫，乱草总算是被白雪覆盖了。他好像是戴了一顶奇怪的白毛帽子。阿青抬着双手，麻利地揉着，搓着。白沫塌下来了，沿着脖子淌下去，她抽出手，朝上抹一下，再拨弄一下，双手捂一捂，白沫就成了个粮仓的形状，尖尖的。阿青端详一下，抿嘴笑了。她的双手插进白沫里，像两只小鸟，钻到粮仓里去了。她的手小巧而灵活，抓，挠，搓，揉，抠，但动作不大。她既没有大刀阔斧地翻弄那堆白沫，也没有挺起十指在男人头上啪啪弹动，连虚握双拳在头上敲打那一套也省了。那一套手法是讨好，是卖弄，其实是做给客人看的。客人享受的基本不是头上的感觉，他的快感主要来自于对面的镜子，有个小妹在为自己忙活。这一点阿青明白得很，给自己的男人洗头是做家务，不需要那么虚张声势。白沫轻轻蠕动着，阿青的双手忙个不停，你完全看不出她的手的活动，但小白已经舒服得不行了，他哼哼着，腰肢也扭动起来。阿青的手滑到他耳朵那里，揪一下，意思是叫他坐好。小白坐直了，反手朝她腰间摸过去。这下轮到阿青扭腰了。她的腰扭着晃着，躲着他的手，自己的手继续在白沫里抓挠，白沫颤巍巍地蠕动，好像盖着夫妻的白色被子。阿青的脸红了，心怦怦跳。她手上加力，想用疼痛阻止他，但他不在乎，想把阿青拉到身前，却拉不动，竟然猛一转身，忽地九十度，双手搂住了阿青。

　　这里就他们两个，没有别人。顶上的日光灯发出嗡嗡的电流声。小白在喘粗气，但他只能动手，头不能动。阿青坚决地用手固定着他的头。她的衣服很漂亮，不能弄脏。他头上这么个情况，其实干不了啥的，他只是情不自禁。阿青长吸一口气，稳稳神，伸手端起桌上的杯子，往他头上倒点水，继续搓起来。这里没有专门挤水的瓶子，只能用杯子代替。天很冷，水肯定有些凉了，正好给他浇浇冷水。小白老实了些，手不乱动了，但他坚持让阿青站在他面前。这样他们就是面对面。他坐得很直，眼睛时不时地朝阿青看。头上的水不断流下来，沿着眉毛，流进眼角。他夸张地挤眉弄眼，阿青不时地替他擦一擦。这下好，竟成了阿青给他擦亮眼睛，好让他不断抬眼看自己。阿青又好气又好笑，她双手一搂，抹下了一大团白沫，像个大雪团，今年还没有下过这么大的雪哩。她在他头上拍一下说："好了。自己去冲掉。"小白站起身，没去卫生间，却一屁股坐到椅子上。他伸手从头上刮了一指泡沫，看看，笑道："这下白了。"他就着泡沫洗着手道，"这么冷的天，工地上洗澡真不方便——你不会是嫌我脏吧？"阿青道："为什么这么说？我嫌过你吗？"她脆声道。她端起地上的开水瓶，到卫生间的水池里兑好了水，见小白坐在椅子上还不动，突然扑哧笑了："我知道你为什么洗头不肯坐椅子，要坐凳子。你，就是想突然转过来，骚扰我！"小白脸腾地红了："我可没想这么多。谁叫你，你那么好看。"说着进了卫生间，乖乖地把头凑到水池上。他头上的白沫坍塌了大半，在灯光的映照下，无数的小泡泡幻化着颜色。小时候老师说，一个泡泡就像一个愿望。这无数的愿望啊！阿青抓起毛巾沾上水，一把就把泡泡们消灭了。她现在已经很少给别人洗头，就是说，洗头已经不是她的主要工作了，但给小白洗头是她自己愿意的。她盼望他来看自己，但不喜欢他头上顶着灰蒙蒙的头发。他头上的白沫现在在白色水池的衬托下，显得不那么白了，"你看看，好脏啊。怕有半斤灰！"小白的耳朵里糊了很多泡沫，听声音都是嗡嗡的，当然，他听得见她的话，但他假装听不见，用手指指自己的耳朵。阿青夸张地叹口气，手一滑，两根手指一伸，一拧，分别爬进了他双耳里。她的手指真细啊，进得那么深，那么滑，在耳朵里轻轻爬梳。小白舒坦地抽一口气，浑身紧绷了起来。前面的水池妨碍了他，这回他不好转身了。他手朝后一伸，抓住了阿青的腿。"不许动！"阿青用手指顶着他的后背，像一支枪。小白一震，果然不动了。突然，他开始短促地喘气，扑哧扑哧的，阿青奇怪地看着他，他脖子陡然一梗，"啊哧"打了个喷嚏。他指指水池，不用说阿青也明白，下水口的味道太冲了。这个喷嚏让他老实了。阿青怕他着凉，飞快地给他擦着头发。他的头在毛巾的搓动下摇晃着，他的视线却固定在一个地方。马桶边上有一个纸篓，里面乱糟糟的。他的眼睛躲闪开去。他们回到了小厅里。

　　小白坐到椅子上，全身松弛了。他已经累了一天，也可以说是累了一年，是阿青让他轻松了。他在一个工程队打工，砌房子，也拆房子，都是吃灰的活计，满天的扬灰干涩，呛人，拉嗓子，是没有生命的味道；这里的味道似乎是浑浊的黄黑色，有分量，像黄昏里的奇异植物，能辨出的就有方便面、榨菜、酱油、被褥、香水，还有人的味道。男人和女人。他吸着鼻子，心慢慢沉了下去。他不喜欢这里。但是不在这里又在哪里？难不成还去开房？他忍不住扭头扫一眼马桶边的纸篓，又看看阿青，觉得冷，把棉袄穿上了。

　　冷了就更饿。他真是饿了。他还没吃晚饭呢。他挺了挺身子，眼睛下意识地四下看着。阿青绕到他身后，拍他肩膀一下，一个猪蹄戳到他面前。小白哇地大叫一声，手不动，一口就叼住了猪蹄。好香啊！他双手接着猪蹄，大口啃着，"好吃，好吃。啊，还有肉包子！"阿青一把夺过猪蹄，拎上装包子的袋子，去微波炉上热。小白跟过去，盯着显示屏，在心里倒计时，最后竟读出来了：四、三、二、一。微波炉"嘟"一声，他迫不及待地拉开了炉门。食物似乎热过了头，塑料袋软塌塌地趴在食物上，他嘴里吹着气，抓起包子就要吃。"至于吗？你真饿成这样？"阿青娇嗔地道。"真饿了。你对我真好。"其实他还真不至于饿成这样，但他愿意夸大他的饥饿。袋子里有两个猪蹄，他抓起一个递给阿青："你也吃。你真舍得啊，半个猪都在这里了！"阿青抿嘴笑笑，接过去，吃玉米一样秀气地啃着。小白最喜欢吃的其实是鸡，但是，他在这里吃过好几次饭，一次鸡也没吃过。他们都明白这是为什么。这时候，阿青的电话响了。是她妈妈的电话。她妈是个干瘦的女人，因为守寡多年，苦，五十不到就干枯了。小白还没有见过她，但看过照片。阿青站在她妈身后，她妈搂着她弟弟。阿青就像一棵枯树上开出的花。小白减轻了啃猪蹄的力道，似乎怕干扰了母女俩的对话。其实隔着几百里的山山水水，哪儿听得见呢？但小白似乎能看见阿青母亲说话的样子。阿青说着他们家乡话，小白能听个五六成。他知道说到了她弟弟，还有她家的房子。阿青肯定多次接到过类似的电话，她说再过一个月一定回去，回去过年。她很平静，这说明没有什么大事、急事。阿青挂了电话，难以察觉地叹了口气。小白没有开口。他说什么都不好。突然说："刚才我们上来的时候，我好像看见楼底下的墙上写了个'拆'字。这里也快拆迁了。""是的。这不关我的事。"阿青懒懒地道，"说不定你又有活干了，就是你们来拆。"小白道："其实也不关我的事。老板叫拆哪儿就拆哪儿。我只管干活拿钱。"似乎觉得自己的话太没劲，恶狠狠地道："我把城里人的房子拆掉，回去干啥？起房子！起自己的房子！起了房子就剩一件事，嘿嘿，娶媳妇。"阿青道："你做梦娶媳妇，美得你！"话虽这么说，她的脸上还是泛出了一丝红晕。她真好看。她擦擦手，从口袋里掏出一样东西，往他面前一摊道："这，是你说的大话！"

那是两片树叶。红叶。小白愣一下，脸立即红了。支支吾吾说不出话。"这是我刚才在路上捡的。你说带我去栖霞山看红叶的，现在树叶全掉了。"阿青嬉笑着说，"是你吹掉的。吹牛吹掉的！"小白道："这不能怪我。我们工地可以请假的，是你走不开。"他确实是请过一下午的假的，但阿青下午开始上班，就不能随便外出了。时间就是"钟"，按"钟"算的。所以阿青一听这话脸就沉了下来。她受伤了。她是个洗头妹，这个他知道，他们就是在洗头房认识的。后来他来这里，她只是悄悄掌握着"钟"，但从来没有在他面前提过"钟"，提"钟"那成什么了？其实小白刚才那话也只是男人习惯性的犟嘴，但阿青觉得自己被隔着衣服刺了一下。就像小时候她去抓河蚌，手一戳河蚌的嫩肉，它就会紧紧地夹起来，她板着脸沉默了。小白有些不知所措，拉过她冰冷的手在手里捂着。阿青没有挣扎，像个木头人。她们洗头房里经常放一首歌：我想去桂林呀，我想去桂林，可是有时间的时候我却没有钱；我想去桂林呀，我想去桂林，可是有了钱的时候我却没时间。就是这么唱的。老板娘说我们不是叫休闲洗头房吗，这个歌最贴切，提醒顾客要抓紧人生。阿青真是很向往去看红叶的，当然是和小白去。但现在树叶都掉了。阿青搓着手里的红叶，道："其实，红叶不看也没什么的。我看着这片叶子就想到那棵树，想到那棵树就能想到满山包的红叶。我小时候看得多了。"她说的那棵树就在她上班的洗头房边上。她这样说是不想让小白难受。可她这么一说小白立即想到了她的家乡，马上就想到了她刚才接的那个电话。她妈妈，还有她弟弟，似乎来到了这个房子里。就站在他们面前。小白抱住她，有些发怔。她家里人应该不知道她在城里做什么。他一开始就知道，可他就是喜欢她。他家里人也不知道，他们永远也不会知道的。等他起了房子娶她回家，她就是一个小媳妇。

　　阿青很漂亮。她染了栗色头发，白皮肤，细腰身，好漂亮的小媳妇！小白看见了她的乳沟，躁动起来。他身子没动，但身体的某一部分已经有了反应。阿青感觉到了，情不自禁，立即有了呼应。她挣开他的拥抱，走过去，打开了电视机。电视里正说着天气：有一股强冷空气，自北向南，昨天下午到达本市。本市气温直坠冰点……气温到了冰点，小白的热情正快速上升，向沸点挺进。阿青把电视机的声音又调到大了些，走向朝南的房间，小白立即跟了进去。阿青按亮手里的手机，看了看，说："我们快点吧。"又摸到遥控器，"哔"一声把空调打开了。风吹了出来，很冷，夹带着一股浑浊的气味。小白紧紧拥抱着阿青，吻着她。阿青喘息着，身子慢慢软了下去。身后是床，双人的，阿青下班后就和一个同伴睡在这里。床托住了他们的身体，小白的手开始动作。阿青顺从地配合着他。他们这就要做了。阿青想：我这才是在做爱，和跟客人做是两回事，那是做生意。做生意的时候她的心在身体外面，挂在天花板上注视着自己，这会儿，她的心归了位。她的肌肤在昏黄的光线下飞快地从衣服中挣脱出来。突然，一阵轻微的振动从下面袭来，阿青立即定住了。又一阵振动。是手机，阿青调在了振动。她把小白轻轻推下，往床那头挪远些，接通了电话。"嗯。知道了。没事，你再加一个吧。"她简短地挂了电话，不等小白询问就说："是阿丽。我让她帮我买个牙膏的，买两个可以打折。"小白不再问。这像是老板娘的电话，催"钟"的，但他愿意相信阿青的话。他还相信阿青只洗头，不做别的。她洗头洗得那么好，那么舒服，这就说明她是专业的，手艺没落下。别人做什么那是别人的事，但阿青不做，阿青只和自己做。很多事是不能追究的，就像他也不希望别人追究自己一样。追究了就可能要伤人。然而他还是有些走神了。外面的电视里还在播报新闻。说科学家正在研究宇航员的性爱问题。在太空中，由于失重，人类的正常性行为变得十分困难。但在漫长的太空航程中，宇航员的性爱既不可避免，也不可或缺。欧洲航天局早已着手这项工作，但对具体进程不予披露；至于此前的太空活动中是否已经存在自发的性行为，相关人员也三缄其口……小白上过高中的，电视里的话他能够听懂。他忍不住要笑。阿青摸着他还没有干透的头发，吻着他的耳垂，喃喃地道："我只愿意和你。我只和你……"小白近乎被她点燃了。他摸着她的胸部，突然冒出一句："那阿丽，阿丽她做吗？""什么，做什么？"

阿青一时没回过神。其实话一出口小白就后悔了，说到底，他关心的只是阿青，他自己的阿青，但脱口却问了阿丽。其实连阿丽也不该问的。他这时只好接着说："我问阿丽她跟不跟别人做。"阿丽和阿青睡一张床，她有老公，很豪爽，这个小白知道。阿青气恼地说："你这么关心她，下次你找她好了！"小白直摆手："你瞎说什么！"阿青道："你既然这么关心她，我就告诉你：阿丽她做。她老公吃喝嫖赌什么都来，没钱，阿丽不愿意和他做那事，讨厌他，她宁可和别人做，挣了钱给他，让他出去……"她咬住了那个难听的字，"出去找别人。"阿青也许是觉得有些话总是要说的，认真地道："我和她最好。我蛮喜欢她。女人骨子里都很挑的。她跟我说了，等她离了婚，就找个老实男人，再不在外面做了。"阿青似乎有些伤心，紧紧搂着他的腰，柔声道："我只跟你。我不要再找了。就是你。"

　　小白想：阿丽这样挣了钱，给她老公出去甩，他还会跟她离吗？这有点脑子不清楚。但脑子清楚了又如何呢？很多事是不该多管的，很多事也不能深究。小白从老家出来走南闯北，其实也是见过世面的，他早就知道，有些事还是模糊一点好。阿青不是说了吗，阿丽只要真能找个好男人，她就会抽身。阿青这也是表态啊。他相信自己算个好男人，会对阿青好。他来见一次阿青，其实也不容易，每一次的亲热都是在这里，让他心醉神迷。这里是他身心的栖息地，在这里，他有一点家的感觉，似乎拥有了一个未来。阿青按亮了手机屏幕，看了一下。她这是在看时间。时间是珍贵的。小白找到阿青的嘴，用舌头拨开她的嘴唇，深深地吻了下去。他们滚到了床上。

房间里陡然亮了起来！亮光在移动。如果不是伴随着汽车的引擎声，一定会被误认为是谁射来的手电。灯光把外面的树枝投射进来，射在墙上，像移动的铁栅栏。阿青显然有点紧张。小白说："是车灯。"阿青撑起身子，直直地看着窗外，直到灯光消失。小白继续，但阿青心不在焉了。她轻轻推开他，拽一块毯子披着下了床，走到窗前，朝外面张望。

窗户关得很紧。但窗户本身就像一堵冰墙，寒气袭人。

立冬已经好些天了，但前一阵的报上一直在议论到底算不算入冬。今年天确实是有些暖。从下午起，天陡然变了，冷风从北方呼啸而来，黄叶和尘土漫天飞舞，气温直线下跌。风稍一歇，雨又来了，还夹着星点的雪花。冬天终于来了，没准还是个脏冬。

天是铅灰色的。白天没有太阳，晚上没有星星。天空看不见一片乌云。但其实满天都是乌云。云太大了，一片乌云遮满天。

这天天黑得格外早。路灯提前亮了，马路上车来车往，人影憧憧。沿街的霓虹灯明灭闪烁着，很有点五彩缤纷的样子。相形之下，那些门面后居民区就显得黑沉沉的。其实有心的人都明白，大马路边的门面都只是城市的脸面，真正的内容都隐藏在它的后面。陡然而至的寒冷猝不及防，人被冻得直哆嗦，树也哆嗦，落叶遍地。路边停着不少车子，车顶泛着淡淡的寒光，车窗像黑洞洞的眼睛。七点前后，两条人影走向路边的一幢楼。走道的灯亮了，然后是二楼，透过楼道的圆窗，可以看

256 | 类似于自由落体 |

见一男一女两个人停在三楼。女的在开门。然后，房子中间，应该是客厅的位置，灯亮了。

居民区里行人寥寥。灯光昏暗，勾勒出房屋凌乱的轮廓。隔了一会儿，路上出现了一些人，不声不响地在忙碌。很快，零零散散的火光出现了。东一堆，西一群，有人不断往火苗上添纸。这一天是冬至。很多人看到火光才想起这个日子。火光摇曳着，晃动着人的影子。

阿青怔怔地站在窗前。小白跑过去，连着毯子把她抱到了床上。阿青紧紧裹着毯子，不愿意被摊开。她的身体轻轻抽动。"你哭了？"阿青不答。"你怎么啦？"小白跑到窗前一看，也不说话了。他想起了自己的爷爷。阿青啜泣着道："我答应回去烧纸的。我妈刚才打电话，我都没有想起来。妈妈就不说了。"小白拉过被子，把两人盖好，让阿青枕在自己胳臂上。"别哭啊。马上就过年啦。过年了就可以回去的。如果你肯，可以带我一起去你家。"阿青侧过身子，面对着他，认真地道："真的？可我更愿意跟你回去。""啊，就今年？今年就去我家？！"阿青说："好。"小白想起正月十六，他们那里叫"十六夜"，也是要点火的，人们在街头点上一堆堆篝火，穿梭着在火上跳来跳去，祈望来年的运气。他说："我们回去一起跳'十六夜'！就是在火上跳，去晦气。你们那里也这样吗？"阿青点头，说："我跟你回去跳。你如果能起好房子，我去了就不走了。"小白兴奋得坐了起来："你说话算数？我肯定能把房子起起来的！"这样的话其实他们说过许多次了，但没有这一次这么明确具体。"我说话当然算数，就做你的小媳妇。"阿青抬起她红艳的嘴唇，在他额上"叭"了一个，"我先盖上一个章，私章。这个男人是我的。"小白幸福地呻吟一声："我的小媳妇哦！"他的火焰重被点燃了。正要动作，阿青的手机"嘟嘟"响了两下。是短信。阿青叹口气道："阿丽要过来。"她很不高兴这时候有人进来。没有人来，这地方类似于家，她和小白的家；阿丽一来，这里的味道就变了。

小白沮丧地靠墙坐起来。墙很冷，很快冷到他的前胸。阿青开始穿衣服。本来就没有全脱光，很快就穿好了。小白的头发早就干了，他用手指梳着自己的头发，突然说："你说她宁可和别人做，挣钱给老公出去玩，是不是很奇怪？""谁？哦，你说阿丽，"阿青做个手势，让小白也穿衣服，"这是她自己说的。反正她老公常来要钱，不给就打。我相信她只要找到个好男人，就一定能不再做了那个了——女人就是能说到做到！"阿青边往房间外走，冷笑地说："她一会儿就要来了，你有兴趣可以自己问她。"

小白干笑两声，点上了一支烟。"砰砰"，有人敲门。阿青停住脚步，侧耳听听。敲门声很有节奏。阿青问一声："谁啊？"待门外应了声，去把门打开了。

阿丽进来了。身后跟着个男人。大冷天光着头，也不戴帽子。是个光头男人。他大大咧咧的，看来也不是第一次。阿丽化妆很浓，脸上红是红白是白，穿得也不多，露着不少肉，冻得缩手缩脚的。"好冷啊。"阿丽朝阿青笑了一下，对光头男说，

"厕所在那边。"自己先进了另一个房间。光头男四处打量着，并不上厕所，朝阿青身后的房间看了一眼。房间里有两点亮光，一个是空调的指示灯，另一个在活动，是烟头。光头男嘿嘿笑一下，乐呵呵地跟阿丽进去了。

　　小白有点紧张。他盼着阿青进房间来，又似乎不愿意她进来。似乎她进来了就和隔壁他们一样了。阿青果然没有立即进来。外面，厕所的门响了一下。阿青到厕所去了。小白抽着烟，动也不敢动。忍不住又侧耳细听。两个房间是大间隔开的，隔音不好，人在这边，耳朵差不多就在隔壁。只听到那光头男说："你把灯打开。"阿丽说："开灯干吗？""我要好好欣赏欣赏你。"阿丽没好气地说："你刚才在店里还没看清楚啊！"啪一声，她还是把灯打开了。"你好漂亮！好性感！"那男的赞叹道，又说，"这里，我看看。就是这儿啊。"他肯定是嬉皮涎脸地指着某个地方。阿丽坚决地道："不行。你什么意思啊？！除非你看过就算完事！""我总得先看看嘛。检验检验。"光头男说归说，倒也不坚持，道："那就看看这个。"他长长地"咦"了一下。小白正奇怪，这是什么意思，阿丽气恼地说："舌头你也要看？""你不是不让看那个吗，"这时阿青猫一样进来了，小白指指隔壁。那男的继续道，"你不给看那个我才要看舌头的。嘿嘿，先检验检验。"又是"咦"的一声，这次是阿丽的声音。紧接着阿丽突然叫起来："你怎么还带着手电筒！你有毛病啊！"凳子在地上哗啦一下，大概是阿丽把他推了开去。光头男嘿嘿地笑着："我是有毛病。医生说我既有脂肪肝又有酒精肝，所以要注意。"阿丽冷笑道："原来你有两个肝！你的心肝跟一般人不同。"光头男认真地道："是啊，我有两个肝，很容易被传染起来发病的……我，还是算了吧。"阿丽"喊"一声。光头男道："对不起对不起。你没毛病，是我自己有毛病。我干不了什么了。"说着传来一连串的脚步，大门一响，他出去了。

小白直想笑。阿青动都不敢动。大门吱的一声，咣——关上了。楼道里传来渐行渐远的脚步声。阿丽在客厅里骂道："有多远滚多远！"对迎出来的阿青说："这种人，少有！"抓起桌上的一个包子，捏一下，"你这是冻包子，砸得死人！"气鼓鼓地出去了。阿青没好气地道："又不是给你吃的。"

这套房子肯定每天都要进出不少人。今天晚上先是小白和阿青，阿丽他们是第二对；很快就会有人再来，但小白这会儿可想不到。不知怎么的，他像气球被撒了气，软塌塌地提不起精神了。按说他年轻精壮，和阿青又难得见面，不该这样的。倒是阿青似乎不受干扰。她双手吊在小白脖子上，问："你不想啦？想要我们就快点。"她从来没有告诉小白，每次他来，她都要给老板娘交台费。她和小白交朋友是瞒着老板娘的。现在早过了一个"钟"，第二个"钟"还有剩余，反正省不下来了。她像喝醉了酒，玉香温软，娇喘吁吁。小白忍不住了。他们躺到了床上，衣服一件件飞到了地板上。今天有点怪，关键时候，小白不肯用那个东西了。他呜呜地亲着阿青，动作坚决。阿青阻止着他，不依他。但她的阻止是无力的，"你等等。"突然她说，"阿丽啊，她真厉害。她说以前有个男的不肯用这个，阿丽就对他说，其实我是最讲规矩的，从来不坑人。我什么都不要你的，你也只会给我一点点。男人问她什么一点点。阿丽说，一点点就是你的几千万分之一！一个精子！那男人立即就吓傻了，然后就老实了——喂，你听见吗？"

小白听见了，但是他呜呜地亲着阿青道："我和他们不一样。"他抬起头坚决地说，"不要这个！我不是要给你一个，我要给你全部！我要你怀上我的孩子！越早越好！"阿青轻轻地叹一口气，好像是让步了。她敞开身体躺在床上，等待着。让暴风雨来得更猛烈些吧！他们初中都学过这段课文的。他们似乎是说好，要在如注的大雨中尽兴地奔跑。但其实，阿青不愿意淋雨。还没有出门，她的手上突然变戏法似的出现了一把雨伞。雨伞把他们罩住了。

空调已经开了很久，房间里暖和多了。被子被掀掉了，房间里充满了含混的气息。

半晌，房子的门开了。小白走了出来。阿青在后面锁好门，跟在他后面。外面好冷啊。小白浑身紧了一下。他按亮了走道的灯，走下台阶。和他们进来时相反，先是三楼，然后是二楼，走道的灯一路朝下亮了下去。他们的轨迹拖亮了半条楼道。刚下楼梯，一道电光唰地照住了小白。一条黑影从墙角蹿出，小白的右手腕被死死掐住了。小白喊："干什么干什么？你们干什么？！"抓着他的黑影手往他面前一伸，亮出了证件。小白的眼被刺得发花，他没看清，但他心里清楚了。他的头嗡了一下，争辩道："我们，我们没干啥事！"手电后面的人在冷笑。小白道："我们是在谈朋友！""谈朋友？嘿嘿。"抓着他的那个人也冷笑。小白坚决地说："我们是要结婚的！"这句话让阿青心里一热，有点感动，这可是当着警察说的。她仿佛多了底气，道："我们要结婚的。你们弄错了。"话音刚落，手电光唰地划过来，照在她身上。那拿着手电的道："拿来！钥匙！"对另一条黑影说，"你带她上去，固定证据。"阿青手上的钥匙被一把拽了过去。她在心里呻吟道："这一回，我真不是做那个的啊。"

小白挣扎起来。他真有把子力气，但他不专业，刚一动作，肘关节就突然一疼，腰不由自主地就弯了。他昂着头道："我们谈恋爱，犯法吗？"情急之下，嘴里爆炸了，"妈的 ×，老子谈恋爱，不行啊！"这时，两边楼上好些人家的灯开了，有人下楼来看热闹了。很快就会有更多的人过来。这么好看的事从来就不缺围观的人。小白的手腕被抓得更紧了，那人抬一抬他的胳臂道："你不要叫。再叫你就难看了。"说着拉开了路边的面包车门，把小白按了进去。

转眼间上楼去的黑影下来了，他拉开车门，坐到小白的另一边，把一个东西往小白前面一送，一股怪异的味道直冲过来。"你还有什么可说？"那是个纸篓，厕所里的。阿青被推到副驾位置。她嘤嘤啜泣着。

车外光线一闪，手电熄灭了，最后一个黑影也过来了。他拉开驾驶室的门，说："你们不许再说话！"坐上了驾驶座。黑暗中，他显得格外的壮实。小白惊恐地看着他，看着他的头。他的头顶在车灯的散射中，泛着明亮的寒光。

运动手枪

　　开车时间定在上午八点半，与平日的上班时间一致。那是十几年前，还没有早高峰这个说法。到界牌岭二十几公里，半小时足够。活动预留一个半小时，十二点前回到学校，正好一个上午的时间。

　　他们要去的是界牌岭靶场。打靶。打的是手枪，运动手枪。前一天，活动通知一贴出来，大家那个兴奋啊，用兴高采烈、跃跃欲试来形容一点不过分。连女同志都兴奋，她们顶多摸过儿子的玩具枪，能打真枪，刺激；男同志岂止是兴奋，他们简直感到欣慰，如果没有这次活动，他们很难有机会一圆儿时的梦。通知是中午贴出的，整个下午，出版社都沉浸在欢快和期待之中。发行部的大李以前是打过枪的，半自动步枪，卧射，

10发，92环，确实好枪法。其实他打的是90环，因为这环数被一个爱抬杠的曲解，说成是9枪命中靶心却有一枪脱靶，从此就调整成了92环，这样就是弹无虚发了。那个爱抬杠的跟他一个办公室，好在后来离职了，大李的神枪手之誉从此无可置疑。他是个军迷，从导弹、火箭到电离层、黑障无一不通；你听他如数家珍，会认为他接受过航天员培训，只因为发胖才没被选上。通知贴出后他的办公室自然成了新闻中心，他兴致勃勃，侃侃而谈，从枪支的分类到品牌，他有问必答，详加解释。大家对这些似懂非懂，也不感兴趣，他们关心的是明天他们自己的活动，打的什么枪。大李笑道："还不就是运动枪支吗？界牌岭，省体工队的射击场，还能有什么枪？"他指指窗外，那边是运动场，学校田径队在训练，"那玩意儿跟跨栏的架子和跑鞋是一个家族，专门比赛的，谈不上杀伤力。"

　　他这话扫兴，大家都有点气沮。办公室主任小嫣站在他身后，拿手一顶他后腰说："不许动！哈哈，你怕啥？谈不上杀伤力啊！"大李让开她的手指，说："那也未必。气枪就那么回事，火药子弹可不是闹着玩的，也是真枪。"这一说有人想起来了，电视上看射击比赛，打飞碟的那种，砰一声，枪口冒烟哩。大李说飞碟你们想都不要想，明天肯定是手枪，估计是气手枪。运动手枪肯定没戏。小嫣是办公室主任，听不得他这副腔调，问："运动手枪是打真子弹的对不对？好，我去问问。"小嫣说是去问问，想必是去争取。她身份特殊，肯定有效果。

　　果然小嫣片刻即回。笑眯眯地说："运动手枪。气枪排除。"

办公室里顿时一片欢呼。大李冲她一竖大拇指。小嫣说:"谁愿意去打鸟啊?搞个活动,那就玩个痛快。"

参加活动和上班不一样,大家都穿得很休闲,有人还戴着太阳帽,身穿运动装。大巴停在出版社前的空地上,社长站在车前吸烟。他身高体壮,运动员出身,退役后到大学读了体育学院然后留校,一直干到人武部长,前几年调到出版社。社长文武双全,主编过好几本军训和体育教材,对出版也不是外行。因为为人豪爽,声若洪钟,又是一把手,三尺之内全是他的气场。同事们欢声笑语着鱼贯上车,小嫣站在车门边,清点人头。她虽然离异且年过三十,但依然是不折不扣的美女。她站在社长边上,身材窈窕,长发披肩,一看就是个尽职的下属。大李因为烟瘾大,也站在车下抽烟,他戴了副墨镜,酷酷地左顾右盼,颇似保镖,因为个子太矮,更显得身怀绝技。八点将至,小嫣抬腕看表,扬声说:"人员全部到齐。是否开车,请指示!"她拿腔拿调十分俏皮,像个女兵。社长扔掉半截烟,说:"好。出发!"

全部坐好了。社长的位置在最前面。他身边还空着个位子,大李不敢坐,跑到后面去了。小嫣也坐第一排,不过在另一边。车大,空位还有不少。总编王响坐第二排。他拍拍社长的肩膀,大声说:"这活动好!大家辛苦一年,今天枪一端,啪啪啪,明年的困难全部打破!"大李说:"我们社长有路子,安排得好啊。"大家一齐鼓掌,车内一片欢乐。

车子轰隆隆振动一阵,开动了。

车行校园，树木萧疏。大李哼起了《打靶归来》，声音还越来越大，这是引大家一齐唱的架势。主编哈哈一笑，朝后压压手，说现在唱这歌逻辑颠倒，还是回来时再唱。他是篇章结构的第一高手，这删节符画得确实有道理。小嫣问有没有出发壮行的歌，却没人想得起来。总编说可以唱《团结就是力量》，大李立即清清嗓子起头，刚唱两句，社长站起身，说："你们还是忍忍吧，出了城再闹。现在这一唱，人家还以为一车神经病哩。"这是选题被毙。大家哄堂大笑，总算安静下来了。

　　校园很大，车开得也慢，但说话间也就看见了学校大门。他们将从这里出门，几小时后再回来。此时此刻，没有人预料到《打靶归来》他们是唱不成的；归途中所有人都一语不发，社长戏称的"一车神经病"倒差不多一语成谶。

　　没想到有人拦车。就在大门口，车等横杆抬起的当儿，有个人出现在车前。他身着迷彩服，头戴作训帽，脚蹬一双黑皮靴。这身装束，威武专业，秒杀车上所有人。除了一个人，这车上所有人都认识他：周侃如。大家心中都一愣：怎么把他给忘了？心中一咯噔：他怎么来了？！

　　唯一不认识他的是司机。这很要命。等到有人意识到这一点，已经迟了。司机不认识周侃如，但却认了他那副装束，周侃如双手一分让他开门，司机随手一按按钮，车门就开了。周侃如上车，大咧咧地朝同事们挥手致意。社长边上还有个座位，他一屁股就坐下了。

气氛立即就不对了。刚才还热气腾腾，却迅即冷却，大客车仿佛成了冷冻车。有人左顾右盼，有人故作镇定，更有人呆若木鸡，一时间所有人都有了心思。车前的抬杆举起来了，车子出了大门。周侃如站起身，朝全车的同事挥挥手，又双手一拱，并不计较他们的反应。车身一抽，晃得他一屁股矮下去，他猛地一拍社长的肩膀，夸道："打枪，射击，这个好玩！好玩啊！"他嘎嘎地笑，一抽一抽的。

　　社长笑得很尴尬。他的表情后面的人虽然看不见，但他的笑声是干笑，又干又冷。大家面面相觑，有人开始窃窃私语。周侃如早就基本不到单位，他怎么就知道了活动的消息？小嫣想的是：我没在单位看见他啊，是哪个混蛋透露了消息？她恨不得站起来说明，自己绝对没有走漏消息。社长心里是又悔又气，他是一把手，很具自省精神，悔的是本就不该搞这次活动，吃吃饭、KK歌算了，不该听小嫣的，要搞什么新花样！他心里也有气，气的是单位肯定有小人，私下鼓动了周侃如，此事因故请假的赵、钱、孙三个嫌疑最大，回去一定要查清。但无论如何不能直接问周侃如本人，现在不能问，今后也不能问，问了他也不会说，关键是，他确实是单位正式员工，而且是建社后不久就进来的元老，他有权参与活动，别说是打枪，就是打炮你也没理由拦着他。

　　作为活动组织者，小嫣难免在心里埋怨司机：你车门不开，周侃如难道会躺在车前？这埋怨有无道理小嫣不深想，反正她对司机心里有气，半途找茬指责他路选得不好，绕了，还说你们公司说话不算数，弄个破车来糊弄。周侃如嘎嘎大笑，劝小嫣不要动气，起身坐到小嫣身边，伸手在她肩上连拍数下，分量着实不轻。小嫣身子偏一偏让着，嘴里说你干吗，却不敢骂。周侃如越发兴奋，大声说我还是坐这边好，香！小嫣顶他，说你是说社长边上臭。周侃如说社长不臭，一点不臭，就是屁股大，老虎屁股，他嘎嘎大笑，大概觉得自己说得好，因为社长确实属虎。他说那边真有点挤，还是你苗条。

　　社长和小嫣的关系人人心知肚明，周侃如这是明知山有虎偏向虎山行。他已离婚两年，对本社最漂亮且也已离异的小嫣有点想法，这好些人也都有察觉。社长果然站起身，清清嗓子，大声说要强调几点纪律：第一是团结紧张严肃活泼，现在开始就不要太活泼了，到了靶场更要保持绝对严肃；第二是一切行动听指挥，各部门负责人现在就要负起责来，管好自己的人；到了靶场必须听教练指挥，所有动作按规定执行；第三他一时想不起来，大声问大家："能不能做到？""能。"有几条声音应和。他提高嗓门再问："能不能做到？不能做到我们就别去了，取消活动。怎么样？"底下说："好。"周侃如大喊一声："能！"他这一嗓子盖过所有声音。社长悻悻地坐下了。

　　取消活动也只是说说的，半途而废，社长丢不起那个人。团结紧张严肃活泼，基本接近此时车上的状况。车在城市穿行，大家都严肃，有的还紧张，尤其是以前与周侃如不太和睦的人；活泼的是周侃如，他嘴里哼着小调，朝窗外东张西望，像是垫着个猴子屁股；只有团结是真的算不上，车刚要出城，总编突然一拍大腿，大叫停车。车缓缓靠边，总编抱歉地对社长说，他忽然想起一件急事，必须马上回社里，因为作者是约好了的，身份不低，不能怠慢。也不等社长同意，他急急如漏网之鱼，下车了。

社长面色铁青，又不好在下属面前评价同僚，只对司机说："时间不早了，你可以开快点。"他这意思就是不要再耽搁，不要再停车。这就是封门了。社长对下车的总编十分鄙夷：好吧你怕，就算你要临阵逃脱，找个理由把周侃如带走不行么？——此人实在没担当。他两次竞争社长职位都告失败，学校让自己来主事，果然有道理。更多的人在埋怨自己反应慢，没随总编一起走掉。

车窗外景色如流水，周侃如双手做持枪状，嘴里砰砰发声，作势朝外射击。到目前为止，除了大李，其他人还不知道他这持枪的手势也有名目，叫"威沃尔式"持枪法，一手持枪，另一手托护，有模有样。大家对他随身带来的双肩包却满腹狐疑，沉甸甸的，不知道装的是什么。

考虑不周是难免的。这一年全社都忙得不轻。市场压力大，正常的出版工作已足够忙碌，上半年又转企，变成企业，虽然"老人老办法"，没有伤筋动骨，可下半年社长又开始吹风，说要实行"末位淘汰"。虽然还有本校的教材撑着，单位整体效益还好，但既然要排个末位，谁都怕这个刀子真落到自己头上。不过大家心里也基本有数，那"末位"差不多是明摆着的。周侃如已多年不正常工作，个人创利历年倒数，去年竟还是个负数。但据此就认为被淘汰的一定是他，那也未见得是板上钉钉，他资格老，名校出身，事业编制，这个头不好剃。更要命的是他行为怪异，思维反常，明明知道要有人被淘汰，却我行我素，毫不在乎，一副破罐破摔的样子，让别人不知深浅。社长当然不喜欢他，谁当领导都不会喜欢这样的人，可周侃如浑然不觉，竟还喜欢跟办公室主任小嫣套近乎。小嫣是可以随便亲密的吗？不是。周侃如来单位少，他没准还真不知道小嫣跟社长的关系。这简直就是捋虎须啊。社长度量大，从来不拿周侃如说事，也不公开批评他，还给过他书稿，合同都谈好了，只要他编编就有利润，这其实就是拉他一把了，可周侃如不领情，宣称他是中文系毕业，科技稿编不了。又给他介绍过对象，省报的打字员。对这个周侃如有兴趣，他提前几天就烫了头，可相亲回来却到社办大发牢骚，说怎么着咱也是名校毕业，介绍个高中生，还不就是个打工妹，明摆着瞧不起人嘛。小嫣虚应他几句，趴在桌前做自己的事，不再理他。他凑上去摸摸小嫣的头，抬脚虚踢一脚，说："我踢她了，不是她踢我，是我踢了她！"他嘎嘎怪笑，好像很解气。

相亲本是个私密的事，他如此张扬，显然异常。此前就有不少同事认为他精神不正常，这下几乎成了共识。但要成为定论显然一般人说了不算，要医生说。社长曾想让他去医院检查，可考虑到让他检查也可视为一种冒犯，实在不舍得让小嫣去跟他说，于是安排大李出面。大李其实根本没有去说，回话却回得很艺术，他说他老婆就是脑科医院的，她认识周侃如，她早就说过，周侃如不正常，神经质，但还不至于是精神病。她这基本上就是什么也没说。好在周侃如并不常年处于亢奋状态，每年四五月间他就兴奋，易激，春天一过基本就安稳了。他不怎么上班，也不惹事，唯一特别的是喜欢讲英语，口音很纯正。据说他在学校的英语角已经成了名人，特别喜欢跟女生聊英语天，不过谁也没看见过。他难得来上一天班，签到也签英文，左手签，说这样对大脑均衡有利。总之，一年到头大家看不见他，也没哪个会想起他。这么一个人，搞个活动想不起他，还真的不能怪谁。

说他疯，他半疯不疯；说他傻，他绝对不傻，那名校岂是谁都能考上的？虽然没人拿他当回事，但社里提起要末位淘汰的时候，平心而论，大家不约而同都想起了他。他让大家觉得安全。那个全社大会他也来了，目光炯炯，正襟危坐，什么也没说。但他来了，就说明他并没有傻到家。会上民意测验谁是"末位"，至少坐在他身边的几个人就没敢写他。细究起来，他说英语也不是见人就说，在英语好的人面前，他就从来不说。今天的车上，外语编辑部的人一个不缺，但他不知怎么的，看着窗外景物，竟一个单词接一个短语的，开始冒英语了。这很异常。小嫣就是英语系毕业的，她听得烦，听得真切，那些单词无联系无逻辑，却像子弹，一梭一梭的，小嫣越发心惊肉跳。她无辜地看看社长，社长无奈地看看她。他们这是要去打枪，实弹射击，周侃如意外地主动加入，谁能知道枪到了他手上会怎么样？如果说，社长正祈祷周侃如如果一定要发疯，最好是举枪自尽，这个太过分了，他毕竟是社长，责任重大，但要说这车内就无人如此盼望，那真不见得。小嫣希望什么也不要发生，至少他能怜香惜玉，不要冲自己来。

"一定要提高警惕，加强防范！"社长心里在给自己打气。他的块头和身手那是没说的，平日的威仪犹在，只要注意提防，谅不至于出事。又长叹一声："搞什么末位淘汰哩！纯粹是撑的。但愿今天不要被淘汰一个。"

车子慢下来，拐个大弯，远远看见了射击场大门。周侃如第一个站了起来。他第一个起身，第一个下车，这其实是第一次玩新鲜游戏的正常心态。但其他人都磨磨蹭蹭的，动作迟缓。

射击场建在一个山洼里，占地阔大。建筑物都很低矮，主要就是一片矮房子。车一停，射击场主任就迎了上来。他是社长的熟人，彼此寒暄敬烟，十分亲热。他喊来管事的经理，吩咐要好好服务，就先走了。临走前还说中午备薄酒一杯，好好喝喝。社长像是有什么话要说，却欲言又止。也难怪，他手下某人有点异常，需要警惕，这话确实难以贸然出口，何况主任并不一直陪着，说了徒送笑柄。好在周侃如目前未见出格。他拎着双肩包，走在众人前面，东张西望，对一切似乎都充满好奇。山洼四面环山，树木茂密。周侃如脚步慢下来，其他人都躲鬼似的绕开他继续往前。他等到小嫣过来，笑嘻嘻地说："主任，你说，是刚才那个主任级别高，还是你这个主任级别高？"

小嫣一愣，不理他。周侃如继续说："你有没有注意到，此地风景秀丽，景色如画，可是却少了一样东西。"他语气神秘，小嫣又惊又疑。"没有鸟！一只鸟都没有！这本该是鸟类乐园啊，为什么一只都没有？"周侃如自己解答："枪啊！枪声把它们吓跑啦！这都不知道！"他得意地嘎嘎大笑。就在这时，一阵枪声砰砰从射击棚传来，一只黑鸟从树丛中腾空而起，扑棱棱地划个弧线，飞走了。周侃如笑得跌脚，指着鸟去的方向喊道："呆鸟！最后一只。就它胆大！"小嫣不知怎么的，想起了"末位淘汰"这个词，道："它也胆小的。胆大它就不飞了。"她娇嗔地说："我也胆小的。我最怕打枪，要不是当这个破主任，我才不来哩。待会儿你们打，我不打，给你们做好服务工作。"周侃如一愣，叫道："那怎么行？女人打枪那才有味儿。英姿飒爽，性感，我就等着看。待会儿你要第一个打。"他的语气不容置疑，是命令的腔调了。社长走过来，若无其事地对周侃如说："你这包里装的什么啊，这么沉？"周侃如说："私人物品，运动保障装备。"社长笑道："我们都知道你是运动达人，冬泳、爬山你是高手，我倒要看看参加这个活动你能带什么。"说着靠上前，作势要开包看。周侃如退后一步，从包里拿出一瓶矿泉水说："不是说了吗，运动保障装备，吃的喝的。"说着竟又拿出一包梅子递给小嫣。社长对小嫣说："不是规定不能带其他物品吗？没通知到周老师啊？"他喊来大李，叫他把周侃如的包送到车上去。他喊大李倒不是欺负他，是因为大李不幸自己也背着个包。

社长思路缜密，所虑有理。谁知道周侃如包里带的是个啥？在走向射击棚的路上，社长借递烟聊天的机会，跟几个部门负责人都打了招呼，要求他们保持警惕，留点神，密切注意周侃如的动向，同时又不能激怒他。说话间已到了射击棚。很简陋，一个长方形的棚子，用废旧轮胎做墙，空着的一面前方是山体，一排胸靶就立在那里。他们进去时一群人刚好打完了出来，有男有女，嘻嘻哈哈，有的吹嘘，有的抱憾，都是一副意犹未尽的样子。虽然这无形中减缓了他们的压力，但对即将开始的射击他们早已不跃跃欲试了，恨不得时间进入快进模式，立即就能像这群人这样，嘻嘻哈哈地出来。

　　万幸的是周侃如到目前为止，举止神情尚属正常。说他正常是相对于他平时，比之别人他还是显得兴奋活跃。他同前后左右的同事搭讪调笑，一副没心没肝的样子，浑然不知别人心中忐忑。他问："这个地方你们没来过吧？我来过啊！不是来打枪，来远足啊！"他得意地拍着自己胸口说："踏青，冬泳，健身。瞧这身子板。"他颠三倒四地夸这个活动好，放松身心，有新意。还说整天工作挣钱，有意思吗？"鸟意思没有！"你不得不承认，自从拒绝正常工作，他精干多了，面色黧黑，肌肉结实。他目光炯炯，时而迷离，手势动作倒是刚劲有力，迷彩服袖口里拖出根毛线，一甩一甩的，这说明他虽然生活落魄窝囊，但精神状态远非他人所及。大李忍不住说，出版社今后怎么样我不敢打包票，但有一条却很有把握，"有一天出版社的人都老了死光了，一定只剩你周侃如先生还活着，你长命百岁！"

周侃如嘎嘎大笑，乐不可支，他笑得转一个圈，猛捣大李一拳。大李夸张地捂着肩，皱眉道："我夸你哩，你怎么给我一下？我吃不消啊。"

社长狠狠瞪了大李一眼。他思忖虽然周侃如精瘦结实，但只要防患于未然，周侃如未必会轻举妄动。十有八九，人家本来也就是来玩玩的。但对他，也不能不防。他刚才吩咐几个部门领导监控周侃如的一举一动，尽量靠近他，他们嘴上唯唯诺诺，但其实都在躲他，像见了鬼。社长感到寒心，第一次觉得这社长是真正不好当。他自认为对周侃如还具有压倒性优势，即使没有优势，这群人中也只有他一个躲无可躲。他决定整个活动中一直跟在周侃如身边，如影随形。万一他行为异常，立即拿下！他想好了，最佳方案是周侃如最后一组射击，自己的位置就在他边上。

他喊来小嫣，如此这般吩咐了。

大家次第进棚。首先要听教练宣布射击纪律，小嫣趁此机会招呼大家列队。小嫣工作能力确实强，她喊喊拉拉，四排队伍就站好了。周侃如被安排在最后一排，社长在他后面。周侃如肯听小嫣的话，但嘴里嘟嘟哝哝，似有不服。小嫣赔笑说："你来得最迟，当然你最后啰。"社长说："我比你还靠后哩。我们一组。据说你运动素质好，我可以学习你的动作要领。"社长内紧外松，近乎曲意阿谀了，但讨好周侃如的又岂止社长一个？所有人都轻声细语，举止有度。有几个平时曾嘲弄过周侃如的人，极力缩小自己的声音和动作，恨不得缩成无穷小、归于零。周侃如周围的气氛友好而温柔。但他毕竟不是常人，你俏媚眼做给了瞎子看，也未可知。

　　射击的纪律十分严格，共有八条之多，主要是：不许大声喧哗、随意走动；验枪、压弹均由教练员操作；枪口只能对准靶区，严禁对着其他方向；所有行动听从口令，听到射击口令时方能开始射击，听到停止口令时严禁射击；射击完毕后立即退出射击位。宣布纪律的总教练声音洪亮，斩钉截铁；五个射击位各配一个教练，也都英气勃勃，这让大家平添一份安全感。总教练宣布完毕，大声问："大家能不能做到？"众人齐声说："能！"随后退出警戒线，依次坐好，听总教练讲解"三点一线"之类的动作要领。大李被安排在队伍最后，五人一组，他显然不得不跟周侃如同组。周侃如见到教练手里的枪，两眼放光，双手跟着比画。他手里那瓶矿泉水就摆在大李身边。大李如坐针毡，想说什么又不敢说，用眼睛向社长求助。社长不懂，大李鼓起勇气，拿膀子碰碰周侃如说："我口干得厉害，这水能不能给我喝？"周侃如双手举着做瞄准状，眼一斜说："你喝。"大李拧开瓶子喝一口，如饮甘霖。社长这时明白，他是担心里面不是水，是汽油之类，对大李心下赞许。

　　必须说明的是，十几年前的射击场远不像现在这么正规。现在的枪都用铁链锁在射击台上，链子很短，一个正常身高的人只能朝靶区射击；各个射击位之间有区隔，相当安全。那时射击远未成为时尚运动，基本不对外开放，各方面都很简陋；

因为能来打枪的大多是关系单位，人员素质不低，也没有出过什么事，所以防范措施并不严格。周侃如按规定坐着，嘴里哼着小曲，不能算是大声喧哗，但依然让社长心生不安。他内心做了一番权衡，确定还是安全最重要，面子次之。预防第一。待教练讲解完毕，他起身过去，跟教练握手，悄声说明了一下他们中的这个周侃如，需要稍微注意一点。那教练一点就通，连连点头。他用力握着社长的手，低声说："没事，弄不出什么幺蛾子！"

他的手温暖而有力。社长退回座位，周侃如笑嘻嘻地说："不许随意走动。社长你走动了。"社长脸涨得通红，呵呵笑着表示歉意。他说他是去核实一下，费用怎么算，一颗子弹多少钱。他这是没话找话说，总不能说我要人家注意你。不激怒周侃如，这是他自己提出的原则，确实必须注意。社长掏出根烟，其实是想给周侃如一支，突然想起他不吸烟，于是自己点上。也给大李一支。大李抽了两口，突然说肚子疼，要上厕所。他一去好半天，这边，第一组已经走上射击位了。

砰砰砰……枪声传了过来，耳膜一紧一紧的。毕竟是真枪，跟屏幕上闻不到硝烟味的枪声感觉完全不同。他们打的是慢射，教练喊出"射击"口令，大家才一齐打出一枪。在枪声的间隙中，弹壳掉在水泥地上的声音清晰可辨，似乎在提示，打出去的那可是真子弹。按规定每人打五发，最后一枪射出后，各人立即把枪放在射击台上，按口令离开射击位，后退两步，等待报靶；随后退出警戒线，坐回原位，随后第二组再上位。规定很严格，大家也守规矩，社长紧绷的神经稍稍松弛了些。大李这时已上厕所回来，他坐回社长身边，悄声说运动手枪他也是第一次打，跟军用步枪那还是不能比。枪声就绝对不能比，步枪那简直就像是打炮。社长嗯一声，未置可否，大李突然想起这活动是社长亲自联系的，不宜差评，立即补充说运动手枪的模样实在很酷，那枪管，活像是无声手枪的消音器。社长笑笑说是。教练在检查枪支，第二组上位了。教练的口令果断权威。大李说：他小时候放鞭炮，一个臭子，大家都以为不响了，凑上去看，结果"砰"，炸了，一个同学眼睛报销了。他哧哧笑起来，夸奖说，现在这个程序很严密，验枪，压弹都是教练做，保险。他这是宽慰社长，也是安慰他自己。射击棚里挂着个大标语：和平时代，居安思危。社长又给大李递了根烟。

　　一组一组都很顺利。周侃如也很安生。他不知从哪里捡到个弹壳，拿在手上玩，闻闻味道，对着弹壳口吹，竟吹出了音调，听不出是《潇洒走一回》还是《爱拼才会赢》，或者是两者杂拌。这也算不上是大声喧哗，但社长还是有点烦他，正想着怎么说他一下，长条凳上，前面打过的人却传来了声音。五个人里三男两女，三个男的竟有两个人是零环，全部脱靶，两个女的倒都有环数。也就二十五米远啊，男人面子下不来了，其中一个一口咬死，他是打错了靶子，边上女同事的靶数，尤其是两个八环的，肯定是自己打的。女的当然不认，但男的理由十分充分，因为女同事的靶上竟有七个弹孔，这还不算是铁证吗？

　　他们叽叽喳喳的，声音半大不小。小嫣朝他们摇摇手，在嘴上捂一下。他们忍不住，继续研讨。另一个男人插话说，七个弹孔也不见得就有你打的，我看是我打错了。他们喋喋不休，哧哧笑起来。社长倒不烦这场面，他甚至希望周侃如能被这场面吸引，他能关注成绩，专注于靶子，心无旁骛，社长祈祷的还不就是这个吗？时间漫长也很快，一组一组过去，倒数第二组已经在打了。阿弥陀佛，周侃如依然正常，只有快活抖动着的双腿流露出他的兴奋和期待。他把弹壳装进口袋，站起来了。社长端坐不动。周侃如嘴里嘟哝道："怎么就五发呢？不过瘾啊。"大家此时都有些松弛，笑了起来，还有随声附和的。周侃如坐下，不久又站起来了，因为快轮到他们进入射击位了。大李捂着肚子，皱着眉，突然说："不行。忍不住。"他站起来对社长说："要拉稀。能不能等等我？不能等我就算了。你们打，我的五发随你们哪个玩了吧。"不等谁同意，他弯着腰跑了。大李平时为人就失之于话多，他最后这句话显然多余了。从此他在单位成了一个上上下下都不受待见的人，不过他此时可没想到这个。他已经跑远了，当然没有亲耳听见周侃如接了他的话。周侃如开心地笑着说："十发，也还是不够啊。"这话其实也没什么，好玩的东西谁不想多玩呢？但他后面的话，轻声说的、隐隐约约的、不能字字入耳的话却令人胆战心惊。这时最后四个人已经站起来，沿着长条凳走向射击区。周侃如右手自然下垂，做手枪状，嘴里念叨，"一、二、三……这么多人呢，"他目光游离，却步伐坚定，鹰视虎步，再加上他身上的迷彩服、军帽和黑皮靴，十足是一个赳赳武夫。他沿着长凳往前走，边走边嘟哝："子弹真不够啊。"因为他是边走边说，几乎没有一个人听到了完整的句子。把他的两段话连成一句，那已经是事后了。社长当时就在他前面，但周侃如跟他略有距离，他理解的是周侃如嫌子弹少，玩得不过瘾。作为社长，活动联系者，这不算犯忌。周侃如经过小嫣身边，右手一指小嫣道："你很漂亮。"小嫣赔个笑，比哭还难看。社长有所察觉，回头对他说："你别磨蹭，跟上啊！"

不能说社长毫无警觉。他站在射击位前，冲发令的总教练使个眼色。教练点点头，他忽然做个手势，把周侃如所属射击位上的教练换下，自己上阵。这已经是特别待遇了，他拍拍周侃如的肩膀，笑道："一看你就是老军迷，我亲自为你服务。"这话也很得体。他的措施和言行均无不当，即使是事后，社长也怪无可怪。要说当场取消周侃如的射击资格，他自思也没那个胆子。他当时还笑笑对周侃如说："我们现在是并肩对敌的战友啦。"

口令声起，教练压弹。举枪。射击。枪声次第响起。社长眼睛的余光里，周侃如两腿分开，稳如泰山，双手平举，专心瞄准。他枪口一跳，枪一响，嘻嘻笑起来，"妈的，真不好打。"社长见他专注于靶标，自己手里的扳机才扣下去。警戒线外的同事安静如死。第二枪又响起了。

第三枪，然后是第四枪，马上就没事了。功德圆满。也许世上本无事，庸人自扰之。第四枪打出，就在大家都长松一口气的时候，就在社长专心瞄准，争取打出好成绩不要太丢脸的时候，周侃如瞄着靶标的枪突然举了起来——是指向上方，而不是对着任何人——他举着枪，昂然四顾，嘎嘎一笑，砰的一声巨响。他的手并不立即落下，回过头，朝身后的同事粲然一笑。像打劫成功的山大王，也像奇袭凯旋的特种兵。

不要怪教练没有反应，他根本做不出反应。即使他身手如电，怎能确定什么才是最恰当的反应？社长其实已在心里预演过，喝止恐怕是激发，你是抱住他，还是打落他的枪？都是血肉之躯，谁能保证一击成功？弄不好自己倒先被淘汰。最好是一把抓住他持枪的手，举向天空——可周侃如不正是朝天开了一枪吗？事实证明，目瞪口呆和无所作为正是最有效的。周侃如举着枪的手放了下来，与此同时，教练的手也猛地紧按在枪上。

其实按不按已无所谓。枪已是空枪。教练一把抓住周侃如的后领，把他拖离了射击区。

周侃如不挣扎，脸带微笑地迈动双腿。因为他很配合，看起来他不是被拖离射击区，而只是被带离。

条凳上这时才大乱。尖叫声一片。立即那里就空了，如鸟兽散，只有一个小嫣瘫软在地上。她晕过去了。

第二天，单位有一半多的人没来上班。坚持到岗的也都先打电话核实过周侃如去没去。据说，周侃如前四枪竟然全部中靶，甚至还有两枪正中靶心，即使他最后一枪是零环，他的环数也在所有人中名列第一。要知道，手枪真的是不好打。